【臺灣現當代作家
研究資料彙編】69

趙滋蕃

國立台灣文學館
出版

部長序

　　從歷史的角度檢視特定時代的文學表現，當代作家及作品往往是研究的重心；而完整的臺灣文學史之建構，更有賴全面與紮實的作家及作品研究。臺灣文學自荷蘭時代、明鄭、清領、日治、及至戰後，行過漫長的時光甬道，在諸多文學先輩和前行者的耕耘之下，其所累積的成果和能量實已相當可觀；而白話文學運動所造就的新文學萌芽，更讓現當代文學作品源源不絕地誕生，作家們的精彩表現有目共睹。相應於此，如何盤整研究資源、提升無論是專業學者或一般大眾資料查找的便利性，也就格外重要。

　　由國立臺灣文學館規畫、籌編的《臺灣現當代作家研究資料彙編》，即可說是對上述問題的最好回應。本計畫自 2010 年開始啟動，五年多來，已然為臺灣文學史及相關研究打下厚重扎實的基礎。臺文館不僅細心詳實地為作家編選創作生涯中的重要紀錄，在每一冊圖書中收錄豐富的作家照片、手稿影像，並編寫小傳、年表，再由學有專精的學者撰寫研究綜述、選刊重要評論文章，最後還附有評論資料目錄。經過長久的累積和努力，今年，已進入第六個年頭，即將完成總共 80 位作家的研究資料彙編。在本階段所出版的作家，包括詹冰、高陽、子敏、齊邦媛、趙滋蕃、蕭白、彭歌、杜潘芳格、錦連、蓉子、向明、張默、於梨華、葉笛、葉維廉、東方白共 16 位，俱為夙負盛名的重量級作者，相信必能有助於臺灣文學的推廣與研究的深化。

　　這套全方位的臺灣現當代文學工具書，完整呈現了臺灣作家的存在樣貌、歷史地位與影響及截至目前的相關研究成果，同時也清晰地勾勒出臺灣文學一路走來的變貌與軌跡，不但極具概覽性，亦能揭示當下的臺灣文學研究現況並指引未來研究路徑，可說是認識臺灣作家與臺灣文學發展的重要讀本依據，相信必能為臺灣文學研究奠定益加厚實的根基；懇請海內外關心及研究臺灣文學之各界方家不吝指正，以匯聚更多參與及持續前行的能量。

文化部部長　

館長序

　　時光荏苒，「臺灣現當代作家研究資料彙編」第五階段已接近尾聲，16 冊圖書的出版，意味著這個深耕多年的計畫，又往前邁進一步，締造了新的里程碑。

　　「臺灣現當代作家研究資料彙編計畫」乃是以「臺灣現當代作家評論資料目錄」（2004～2009 年）為基礎，由其中所收錄的 310 位作家、十餘萬筆研究評論資料延展而來。為了厚實臺灣文學史料的根基，國立臺灣文學館組織了精實的顧問群與編輯團隊，從作家的出生年代、創作數量、研究現況……等元素進行綜合考量，精選出100 位作家，聘請最適合的專家學者替每位作家完成一本研究資料彙編。圖書內容包括作家生平重要影像、文學活動照片、手稿或文物影像、作家小傳、作品目錄和提要、文學年表；另有主編撰寫的作家研究綜述，再從龐雜的評論資料中挑選具有代表性的評論文章，並附上完整的作家評論資料目錄。這套叢書不僅對文學研究者而言是詳實齊全的文獻寶庫，同時也為一般讀者開啟平易可親的文學之窗，讓大家可以從不同角度、多面向地認識一位作家的創作、生平與歷史地位。

　　本計畫自 2010 年啟動，截至目前為止，以將近六年的時間，完成了 80 位臺灣重量級作家的研究資料彙編，在本階段將與讀者見面的有詹冰、高陽、子敏、齊邦媛、趙滋蕃、蕭白、彭歌、杜潘芳格、

錦連、蓉子、向明、張默、於梨華、葉笛、葉維廉、東方白共 16
人。這是一場充滿挑戰的馬拉松，過程漫長艱辛，卻也積聚並見證
了臺灣文學創作與研究的能量。為了將這部優質的出版品推介給廣
大的讀者，發揮其更大的影響力，臺文館於 2015 年 8 月接續推動
「臺灣文學開講──臺灣現當代作家研究資料彙編行銷推廣閱讀計
畫」，透過講座與踏查，結合文學閱讀、專家講述、土地探訪，以
顯影作家創作與生活的痕跡，歡迎所有的朋友與我們一同認識作
家、樂讀文學、親炙臺灣的土地，也請各界不吝給予我們批評、指
教。

國立臺灣文學館館長　

編序

◎封德屏

緣起

　　1995 年 10 月 25 日，在臺灣師範大學教育大樓的 201 室，一場以「面對臺灣文學」為題的座談會，在座諸位學者分別就臺灣文學的定義、發展、研究，以及文學史的寫法等，提出宏文高論，而時任國家圖書館編纂張錦郎的「臺灣文學需要什麼樣的工具書」，輕鬆幽默的言詞，鞭辟入裡的思維，更贏得在座者的共鳴。

　　張先生以一個圖書館工作人員自謙，認真專業地為臺灣這幾十年來究竟出版了多少有關臺灣文學的工具書，做地毯式的調查和多方面的訪問。同時條理分明地針對研究者、學生，列出了十項工具書的類型，哪些是現在亟需的，哪些是現在就可以做的，哪些是未來一步一步累積可以達成的，分別做了專業的建議及討論。

　　當時的文建會二處科長游淑靜，參與了整個座談會，會後她劍及履及的開始了文學工具書的委託工作，從 1996 年的《臺灣文學年鑑》起始，一年一本的編下去，一直到現在，保存延續了臺灣文學發展的基本樣貌。接著是《中華民國作家作品目錄》的新編，《臺灣文壇大事紀要》的續編，補助國家圖書館「當代文學史料影像全文系統」的建置，這些工具書、資料庫的接續完成，至少在當時對臺灣文學的研究，做到一些輔助的功能。

　　2003 年 10 月，籌備多年的「臺灣文學館」正式開幕運轉。同年五月《文訊》改隸「財團法人台灣文學發展基金會」，為了發揮更大的動能，開

始更積極、更有效率地將過去累積至今持續在做的文學史料整理出來，讓豐厚的文藝資源與更多人共享。

於是再次的請教張錦郎先生，張先生認為文學書目、作家作品目錄、文學年鑑、文學辭典皆已完成或正在進行，現在重點應該放在有關「臺灣現當代作家評論資料目錄」的編輯工作上。

很幸運的，這個計畫的發想得到當時臺灣文學館林瑞明館長的支持，於是緊鑼密鼓的展開一切準備工作：籌組編輯團隊、召開顧問會議、擬定工作手冊、撰寫計畫書等等。

張錦郎先生花了許多時間編訂工作手冊，每一位作家的評論資料目錄分為：

（一）生平資料：可分作者自述，旁人論述及訪談，文學獎的紀錄。

（二）作品評論資料：可分作品綜論，單行本作品評論，其他作品（包括單篇作品）評論，與其他作家比較等。

此外，對重要評論加以摘要解說，譬如專書、專輯、學術會議論文集或學位論文等，凡臺灣以外地區之報刊及出版社，於書名或報刊後加註，如中國大陸、香港、新加坡等。此外，資料蒐集範圍除臺灣外，也兼及中國大陸、香港、新加坡、日本、韓國及歐美等地資料，除利用國內蒐集管道外，同時委託當地學者或研究者，擔任資料蒐集工作。

清楚記得，時任顧問的學者專家們，都十分高興這個專案的啟動，但確定收錄哪些作家名單時，也有不同的思考及看法。經過充分的討論後，終於取得基本的共識：除以一般的「文學成就」為觀察及考量作家的標準外，並以研究的迫切性與資料獲得之難易度為綜合考量。譬如說，在第一階段時，作家的選擇除文學成就外，先考量迫切性及研究性，迫切性是指已故又是日治時期臺籍作家為優先，研究性是指作品已出土或已譯成中文為優先。若是作品不少而評論少，或作品評論皆少，可暫時不考慮。此外，還要稍微顧及文類的均衡等等。基本的共識達成後，顧問群共同挑選出 310 位作家，從鄭坤五、賴和、陳虛谷以降，一直到吳錦發、陳黎、蘇

偉貞，共分三個階段進行。

　　「臺灣現當代作家評論資料目錄」專案計畫，自 2004 年 4 月開始，至 2009 年 10 月結束，分三個階段歷時五年六個月，共發現、搜尋、記錄了十餘萬筆作家評論資料。共經歷了三位專職研究助理，近三十位兼任研究助理。這些研究助理從開始熟悉體例，到學習如何尋找資料，是一條漫長卻實用的學習過程。

接續

　　「臺灣現當代作家評論資料目錄」的專案完成，當代重要作家的研究，更可以在這個基礎上，開出亮麗的花朵。於是就有了「臺灣現當代作家研究資料彙編暨資料庫建置計畫」的誕生。為了便於查詢與應用，資料庫的完成勢在必行，而除了資料庫的建置外，這個計畫再從 310 位作家中精選 50 位，每人彙編一本研究資料，內容有作家圖片集，包括生平重要影像、文學活動照片、手稿及文物，小傳、作品目錄及提要、文學年表。另外每本書分別聘請一位最適當的學者或研究者負責編選，除了負責撰寫八千至一萬字的作家研究綜述外，再從龐雜的評論資料中挑選具有代表性的評論文章，平均 12～14 萬字，最後再附該作家的評論資料目錄，以期完整呈現該作家的生平、創作、研究概況，其歷史地位與影響。

　　第一部分除資料庫的建置外，50 位作家 50 本資料彙編（平均頁數 400～500 頁），分三個階段完成，自 2010 年 3 月開始至 2013 年 12 月，共費時 3 年 9 個月。因為內容充實，體例完整，各界反應俱佳，第二部分的 50 位作家，接著在 2014 年元月展開，第一階段出版了 14 本，此次第二階段計畫出版 16 本，預計在 2016 年 3 月完成。

　　首先，工作小組必須掌握每位編選者進度這件事，就是極大的挑戰。於是編輯小組在等待編選者閱讀選文的同時，開始蒐集整理作家生平照片、手稿，重編作家年表，重寫作家小傳，尋找作家出版品的正確版本、版次，重新撰寫提要。這是一個極其複雜的工程。還好這些年培養訓練出

幾位日漸成熟的專案助理，在《文訊》編輯部同仁的協助之下，讓整個專案延續了一貫的品質及進度。

成果

　　雖然過程是如此艱辛，如此一言難盡，可是終究看到豐美的成果。每位編選者雖然忙碌，但面對自己負責的作家資料彙編，卻是一貫地認真堅持。他們每人必須面對上千或數百筆作家評論資料，挑選重要或關鍵性的評論文章，全面閱讀，然後依照編選原則，挑選評論文章。助理們此時不僅提供老師們所需要的支援，統計字數，最重要的是得找到各篇選文作者，取得同意轉載的授權。在起初進度流程初估時，我們錯估了此項工作的難度，因為許多評論文章，發表至今已有數十年的光景，部分作者行蹤難查，還得輾轉透過出版社、學校、服務單位，尋得蛛絲馬跡，再鍥而不捨地追蹤。有了前面的血淚教訓，日後關於授權方面，我們更是如臨深淵、如履薄冰，希望不要重蹈覆轍，在面對授權作業時更是戰戰兢兢，不敢懈怠。

　　除了挑選評論文章煞費苦心外，每個作家生平重要照片，我們也是採高標準的方式去蒐集，過世作家家屬、友人、研究者或是當初出版著作的出版社，都是我們徵詢的對象。認真誠懇而禮貌的態度，讓我們獲得許多從未出土的資料及照片，也贏得了許多珍貴的友誼。許多作家都協助提供照片手稿等相關資料，已不在世的作家，其家屬及友人在編輯過程中，也給予我們許多協助及鼓勵，藉由這個機會，與他們一起回憶、欣賞他們親人或父祖、前輩，可敬可愛的文學人生。此外，還有許多作家及研究者，熱心地幫忙我們尋找難以聯繫的授權者，辨識因年代久遠而難以記錄年代、地點、事件的作家照片，釐清文學年表資料及作家作品的版本問題，我們從他們身上學習到更多史料研究可貴的精神及經驗。

　　但如何在規定的時間內，完成每個階段資料彙編的編輯出版工作，對工作小組來說，確實是一大考驗。每一冊的主編老師，都是目前國內現當

代臺灣文學教學及研究的重要人物，因此都十分忙碌。每一本的責任編輯，必須在這一年多的時間內，與他們所負責資料彙編的主角——傳主及主編老師，共生共榮。從作家作品的收集及整理開始，必須要掌握該作家所有出版的作品，以及盡量收集不同出版社的版本；整理作家年表，除了作家、研究者已撰述好的年表外，也必須再從訪談、自傳、評論目錄，從作品出版等線索，再作比對及增刪。再來就是緊盯每位把「研究綜述」放在所有進度最後一關的主編們，每隔一段時間提醒他們，或順便把新增的評論目錄寄給他們（每隔一段時間就有新的相關論文或學位論文出現），讓他們隨時與他們所主編的這本書，產生聯想，希望有助於「研究綜述」撰寫的進度。

在每個艱辛漫長的歲月中，因等待、因其他人力無法抗拒的因素，衍伸出來的問題，層出不窮，更有許多是始料未及的。譬如，每本書的選文，主編老師本來已經選好了，也經過授權了，為了抓緊時間，負責編輯的助理們甚至連順序、頁碼都排好了，就等主編老師的大作了，這時主編突然發現有新的文章、新的資料產生：再增加兩三篇選文吧！為了達到更好更完備的目標，工作小組當然全力以赴，聯絡，授權，打字，校對，重編順序等等工作，再度展開。

此次第二部分第二階段共需完成的 16 位作家研究資料彙編，年齡層較上兩個階段已年輕許多，因此到最後的疑難雜症，還有連主編或研究者都不太清楚的部分，譬如年表中的某一件事、某一個年代、某一篇文章、某一個得獎記錄，作家本人絕對是一個最好的諮詢對象，對解決某些問題來說，這是一個好的線索，但既然看了，關心了，參與了，就可能有不同的看法，選文、年表、照片，甚至是我們整本書的體例，於是又是一場翻天覆地的大更動，對整本書的品質來說，應該是好的，但對經過多次琢磨、修改已進入完稿階段的編輯團隊來說，這不啻是一大挑戰。

1990 年開始，各地縣市文化中心（文化局），對在地作家作品集的整理出版，以及臺灣文學館成立後對日治時期作家以迄當代重要作家全集的

編纂，對臺灣文學之作家研究，也有了很好的促進作用。如《楊逵全集》、《林亨泰全集》、《鍾肇政全集》、《張文環全集》、《呂赫若日記》、《張秀亞全集》、《葉石濤全集》、《龍瑛宗全集》、《葉笛全集》、《鍾理和全集》、《錦連全集》、《楊雲萍全集》、《鍾鐵民全集》等，如雨後春筍般持續展開。

　　經過近二十年的努力，臺灣文學的研究與出版，也到了可以驗收或檢討成果的階段。這個說法，當然不是要停下腳步，而是可以從「臺灣現當代作家評論資料目錄」所呈現的 310 位作家、10 萬筆資料中去檢視。檢視的標的，除了從作家作品的質量、時代意義及代表性去衡量外、也可以從作家的世代、性別、文類中，去挖掘有待開墾及努力之處。因此這套「臺灣現當代作家研究資料彙編」，大部分的編選者除了概述作家的研究面向外，均有些觀察與建議。希望就已然的研究成果中，去發現不足與缺憾，研究者可以在這些不足與缺憾之處下功夫，而盡量避免在相同議題上重複。當然這都需要經過一段時間去發現、去彌補、去重建，因此，有關臺灣文學的調查、研究與論述，就格外顯得重要了。

期待

　　感謝臺灣文學館持續推動這兩個專案的進行。「臺灣現當代作家評論資料目錄」的完成，呈現的是臺灣文學研究的總體成果；「臺灣現當代作家研究資料彙編」的出版，則是呈現成果中最精華最優質的一面，同時對未來臺灣文學的研究面向與路徑，作最好的建議。我們可以很清楚的體會，這是一條綿長優美的臺灣文學接力賽，我們十分榮幸能參與其中，更珍惜在傳承接力的過程，與我們相遇的每一個人，每一件讓我們真心感動的事。我們更期待這個接力賽，能有更多人加入。誠如張恆豪所說「從高音獨唱到多元交響」，這是每一個人所期待的。

編輯體例

一、本書編選之目的，為呈現趙滋蕃生平、著作及研究成果，以作為臺灣文學相關研究、教學之參考資料。

二、全書共五輯，各輯內容及體例說明如下：

    輯一：圖片集。選刊作家各個時期的生活或參與文學活動的照片、著作書影、手稿（包括創作、日記、書信）、文物。

    輯二：生平及作品，包括三部分：

        1.小傳：主要內容包括作家本名、重要筆名，生卒年月日，籍貫，及創作風格、文學成就等。

        2.作品目錄及提要：依照作品文類（論述、詩、散文、小說、劇本、報導文學、傳記、日記、書信、兒童文學、合集）及出版順序，並撰寫提要。不收錄作家翻譯或編選之作品。

        3.文學年表：考訂作家生平所進行的文學創作、文學活動相關之記要，依年月順序繫之。

    輯三：研究綜述。綜論作家作品研究的概況，並展現研究成果與價值的論文。

    輯四：重要文章選刊。選收國內外具代表性的相關研究論文及報導。

    輯五：研究評論資料目錄。收錄至 2015 年 11 月底止，有關研究、論述臺灣現當代作家生平和作品評論文獻。語文以中文為主，兼及日文和英文資料。所收文獻資料，以臺灣出版為主，酌收中國大陸、香港、日本和歐美國家的出版品。內容包含三部分：

        1.「作家生平、作品評論專書與學位論文」下分為專書與學位論文。

        2.「作家生平資料篇目」下分為「自述」、「他述」、「訪談」、「年表」、「其他」。

        3.「作品評論篇目」下分為「綜論」、「分論」、「作品評論目錄、索引」、「其他」。

目次

輯一◎圖片集

影像◎手稿◎文物

1960年，趙滋蕃與三女趙慧娟合影於家中。
（趙慧娟提供）

1957年，趙滋蕃與三女趙慧娟（左）、長子趙坤如
（右）合影於臺北市嘉興街（今樂業街）自宅庭院。
（趙慧娟提供）

1960年代，趙滋蕃任教於中國文化學院（今中國文化大學）中國文學系文藝創作組，因陽明山上風大，常穿溫暖又儒雅的棉長袍。（趙慧娟提供）

1960年代，趙滋蕃（右）與友人合影於中國文化學院。（趙慧娟提供）

1960年代，趙滋蕃（中）與學生合影於中國文化學院。（趙慧娟提供）

1973年，趙滋蕃全家福，攝於臺北市嘉興街自宅庭院。左起：趙滋蕃、次女趙素娟、
妻子衛道京、三女趙慧娟；前蹲者為長子趙坤如。（趙慧娟提供）

1978年，長篇小說《子午線上》獲中山文藝
獎時的趙滋蕃。（趙慧娟提供）

1978～1979年，撰寫《十大建設速
寫》期間的趙滋蕃。（趙慧娟提供）

1970年代末，趙滋蕃全家福。前排右起：趙滋蕃、妻子衛道京；後排右起：長子趙坤如、三女趙慧娟、次女趙素娟、長女趙飛飛。（趙慧娟提供）

1980年代，東海大學創作研習營講師及學員合影。後排右二起：羅門、趙滋蕃、周芬伶、蓉子、佚名、蔣勳。（翻攝自《文訊》第23期）

1980年代，趙滋蕃攝於臺北市嘉興街自宅庭院。（翻攝自《文訊》第23期）

1974年，趙滋蕃素描像。
（趙慧娟提供）

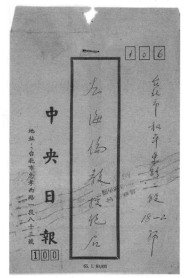

1976年11月26日，趙滋蕃致左海倫信
函。（左海倫提供）

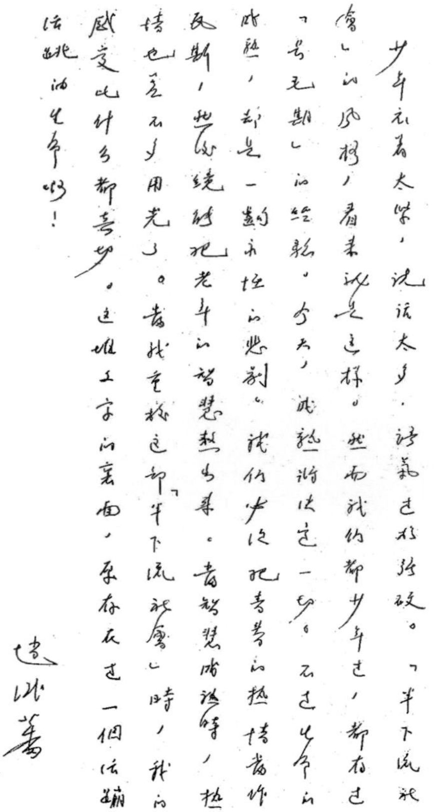

1978年4月，長篇小說《半下流社會》〈第二十四版序言〉手稿。（趙慧娟提供）

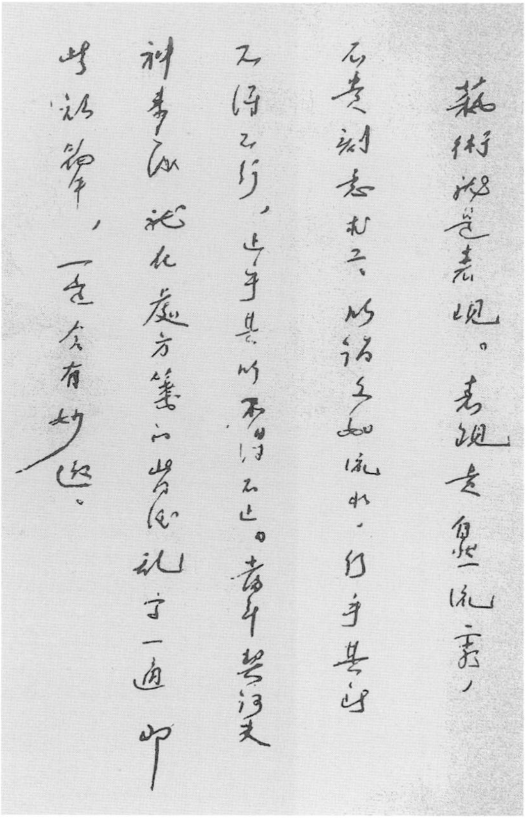

趙滋蕃手稿。（趙慧娟提供）

輯二◎生平及作品

小傳◎作品◎年表

小傳

趙滋蕃 (1924～1986)

趙滋蕃，男，原名趙資蕃，筆名文壽。籍貫湖南益陽，1924 年 1 月 13 日生於德國漢堡，1964 年自香港來臺，1986 年 3 月 14 日辭世，享壽 62 歲。

湖南人學法學院經濟系畢業。曾任香港《中國之聲》週刊社、《人生》月刊編輯、亞洲出版社總編輯兼《亞洲畫報》主編，來臺後歷任《中央日報》主筆、淡江文理學院（今淡江大學）教授、政工幹部學校（今國防大學政治作戰學校）教授、中國文化學院（今中國文化大學）中國文學系文藝創作組教授、東海大學中國文學系教授兼系主任。曾獲中國文藝協會小說獎章、中山文藝創作獎、國家文藝獎。

趙滋蕃創作文類以小說、散文為主，兼及論述、詩與兒童文學。善於長篇小說，筆觸靈活，人物刻畫生動，情節布局嚴謹，作品中多融入自身生活經驗、理念及抱負，如處女作《半下流社會》，取材其流亡香港困苦求生的血汗，描寫社會底層的知識分子，身處希望與失望交織、新生與滅亡糾纏的黑暗時代，掙扎上進的茫然無措與堅毅風骨。在創作風格上，大致分為香港時期與臺灣時期：前者以香港經驗為主要書寫對象，除《半下流社會》之外，另有諷刺香港政客與匪幹勾結的《蜜月》，影射意味濃厚，宛如一齣道德劇；後者則延伸香港經驗，融會人生閱歷，展現宏觀格局，如《子午線上》藉中國近代 60 年的歷史縱深與時空橫越，結合基督教的受難

精神，描繪出中國人飽經憂患卻屹立不搖的韌性，以及人性的崇高光輝，魏子雲稱此書「在氣質上，它有哲學家的靜觀，也有藝術家的豪情。溫馨處有如一位儀態萬千端莊的處子；奔放處則有如一位頂天立地氣慨萬世的豪英。」其後尚有富含人道精神與寫實主義的《重生島》與《海笑》，及傳記小說《烽火一江山》等。

其散文創作主要分兩類，一為文學、美學評論，一為品類紛呈、面向廣博之雜文。前者廣泛涉獵中西方的文學、哲學與美學理論，對藝術批評、文學傳統、藝文教育提出見解與批判，奠定後期致力於文學理論建構的基礎，後多輯為藝文論述集，如《藝文短笛》、《談文論藝》等；後者以說理見長，觀察時事、關懷社會、省思人生、評析詩詞，題材包涵萬方，如《人間小品》、《生命的銳氣》等。林語堂曾仿金聖歎評道：「早餐一面喝咖啡，一面看『中副』文壽的方塊文字，或翻開《新生報》，見轉載《艾子後語》，好像咖啡杯多放一塊糖。不亦快哉！」

此外，在論述方面，遺作《文學原理》有系統地闡釋何謂文學，曾為多所大學文學院所指定為教學及參考書籍；在詩作方面，長篇劇詩《旋風交響曲》演繹湖南雪峰山的抗暴事件，以紀念一段被遺忘的歷史；在報導文學方面，《十大建設速寫》不僅側記了時代的工業建設，也開啟了「工程文學」的新頁；在兒童文學方面，著有《飛碟征空》、《太空歷險記》、《月亮上望地球》，為普及天文知識的少年科學讀物。

趙滋蕃一生波折流離，曾藉德國哲人康德所言，自嘲：「我是不規則動詞中的不規則動詞。」出身數理而後跨足語文，結合科學家的理性、詩人的慧心與哲人的悲憫，主張文學是人的藝術，創作本於生活；推崇雨果與托爾斯泰，以寫實之筆見證時代的亂離，反映人性的崇高與墮落，探求人生的意義與理想。韓濤認為他「非但是人文精神的衛道者，而且能擺脫哲學的憂鬱，充滿奮進的情緒，以非常的活力，挺身而為真、善、美的藝文精神作見證，任守護，並以雷霆萬鈞的力道勇作開創。」

作品目錄及提要

【論述】

藝文短笛
臺北：臺灣商務印書館
1968 年 6 月，40 開，271 頁
人人文庫 706-707

本書選輯作者發表於 1965 至 1968 年間，評論藝術與文學的短文。
全書收錄〈十字真言〉、〈談簡樸〉、〈論自然〉、〈說生動〉、〈釋活力〉等 113 篇。正文前有王雲五〈編印人人文庫序〉、趙滋蕃〈序〉。

談文論藝
臺北：三民書局
1969 年 4 月，40 開，191 頁
三民文庫 46

本書選輯作者發表於 1967 至 1969 年間，評論美學、文學與藝術的
短文。全書收錄〈談批評風氣〉、〈文學與道德〉、〈鑑賞批評〉、〈創作與批評〉、〈捉字虱〉等 72 篇。正文前有三民書局編輯委員會〈三民文庫編刊序言〉、趙滋蕃《談文論藝》序。

文學與藝術
臺北：三民書局
1970 年 5 月，40 開，216 頁
三民文庫 93

本書選輯作者發表於 1966 至 1970 年間，關涉藝術哲學、美學與心
理學的評論文章。全書收錄〈文學與語言〉、〈作品的外在標準與內在標準〉、〈談未來主義〉、〈什麼叫做韃韃主義？〉、〈論不朽〉等 68 篇。正文前有三民書局編輯委員會〈三民文庫編刊序言〉、趙滋蕃《文學與藝術》序。

小說論

臺北：這一代出版社
1970 年 8 月，40 開，184 頁
這一代文叢 4

本書以單篇文章，分別剖析小說的各項文學命題。全書收錄
〈小說創作的美學基礎〉、〈小說的題材〉、〈小說的結構〉等 18
篇。

文學與美學

臺北：道聲出版社
1978 年 2 月，32 開，256 頁
道聲百合文庫 72

本書選輯論述文學與美學批評的文章。全書收錄〈什麼叫做文
學〉、〈平心論印象批評〉、〈析〈烏衣巷〉〉等 12 篇。正文前有
殷穎〈出版「道聲百合文庫」序〉，正文後有趙滋蕃〈《文學與
美學》後記〉。

東大圖書公司 1988

文學原理

臺北：東大圖書公司
1988 年 3 月，25 開，672 頁
滄海叢刊・文學

臺北：東大圖書公司
2003 年 5 月，25 開，618 頁
滄海叢刊・語文類

本書自「何謂文學」的基本問題發端，探討文學的風格、形
式、創作與批評方法等主題，有系統地闡釋文學理論。全書分
「文學原理」、「文學批評」兩部分，收錄〈何謂文學〉、〈文學
的美學〉、〈文學與意識〉等六篇。正文前有趙滋蕃〈詢問的沉
思（代序）〉，正文後附錄趙滋蕃〈文學與時代〉、《文學原理》
編輯委員會〈本書編後及其他〉。
2003 年東大版：內容與 1988 年東大版同。

東大圖書公司 2003

【詩】

亞洲出版社（上）
1955

亞洲出版社（下）
1955

長歌出版社 1975

德華出版社 1980

旋風交響曲（上、下）

香港：亞洲出版社
1955 年 7 月，32 開，489 頁

臺北：長歌出版社
1975 年 10 月，32 開，489 頁
長歌當代創作叢刊 1

臺北：德華出版社
1980 年 9 月，13×18.5 公分，489 頁
愛書人文庫 133

本書以詩劇的形式，呈現 1950 至 1951 年間，由一群知識分子在湖南雪峰山組織游擊軍，對抗中共軍隊的歷史。全書計有：1.天臺之上；2.木屋哭聲；3.最後的晚餐；4.出發；5.風雪雪峰山等 14 章。正文前有亞洲出版社編者序言、〈《旋風交響曲》主要人物表〉，正文後有〈《旋風交響曲》勘誤表〉。

1975 年長歌版：合為一冊，正文與 1955 年亞洲版同。正文前刪去亞洲出版社編者序言，新增〈介紹《旋風交響曲》〉，正文後刪去〈《旋風交響曲》勘誤表〉。

1980 年德華版：合為一冊，正文與 1955 年亞洲版同。正文前刪去亞洲出版社編者序言，新增趙滋蕃〈重讀《旋風交響曲》——第五版代序〉，正文後刪去〈《旋風交響曲》勘誤表〉。

【散文】

長歌出版社 1968

清流出版社 1970

文壽雜文選

臺北：清流出版社
1968 年 10 月，32 開，205 頁
清流叢書 001

臺北：清流出版社
1970 年 4 月，40 開，199 頁
清流叢書 001

本書收錄〈談雜文〉、〈雜家與雜文〉、〈雜文火
網〉、〈談讀書〉、〈夜讀抒感〉等 99 篇。
1970 年清流版：刪去〈報告文學〉、〈才情與實
學〉、〈送給故鄉的歌〉三篇。

人間小品

臺北：三民書局
1969 年 4 月，40 開，209 頁
三民文庫 48

本書選輯作者品味人間、探討人生面相的隨筆、漫談與短論。
全書收錄〈奇幻人間〉、〈奇太郎〉、〈長與短〉、〈談夢想〉、〈火
星之旅〉等 101 篇。正文前有三民書局編輯委員會〈三民文庫
編刊序言〉、趙滋蕃〈關於《人間小品》〉。

生命的銳氣

臺北：大西洋圖書公司
1970 年 3 月，32 開，200 頁
大西洋叢書 5

本書選輯作者感時抒懷、漫談生活見聞的雜文。全書收錄〈生
命的銳氣〉、〈寬容的智慧〉、〈不必護短〉、〈強迫的沉默〉、〈穿
草鞋的朋友〉等 100 篇。正文前有段造時〈「大西洋從叢書」緣
起〉。

長話短說集

臺北：彩虹出版社
1972 年 10 月，32 開，250 頁
彩虹叢書 8

本書選輯作者評論文藝、感懷生命、記錄生活的雜文。全書收錄〈創造的反叛〉、〈談當代小說〉、〈關於雷馬克〉、〈意到筆隨〉、〈談即興之作〉等 120 篇。正文前有趙滋蕃〈《長話短說集》之外〉。

夏天的書

臺北：華欣文化中心
1974 年 11 月，32 開，215 頁
莘莘叢書 26

本書選輯作者談論生活與美學、文學批評與文學教育、電視電影、青年心態與問題、生活雜感、自由與奴役的雜文。全書收錄〈美學漫談〉、〈任重道遠〉、〈談美育〉、〈大題小答〉、〈論怪麗〉等 100 篇。正文前有〈點燃那盞爝火——「莘莘叢書」出版緣起〉、趙滋蕃〈揮汗談《夏天的書》（代序）〉。

寒夜遐思

臺北：道聲出版社
1975 年 9 月，32 開，189 頁
道聲百合文庫 41

本書選輯作者發表於 1974 至 1975 年間的文藝評論、抒情小品、時事分析等雜文。全書收錄〈歲尾年頭〉、〈除夕吉語〉、〈新春詞筆〉、〈寒夜遐思〉、〈心靜自然涼〉等 68 篇。正文前有殷穎〈出版「道聲百合文庫」序言〉、文壽〈寫雜文的（代序）〉。

永恒的祈禱

臺北：大漢出版社
1975 年 11 月，32 開，258 頁
大漢文庫？

本書選輯作者漫談文藝理念、生活經驗與人生體悟的小品雜文。全書收錄〈人生各階段〉、〈生命的遠景〉、〈快樂的心境〉、〈生命的銳氣〉、〈生活的情趣〉等 83 篇。正文前有文壽〈序〉，正文後有〈趙滋蕃（文壽）著作目錄〉。

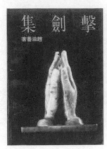

擊劍集

臺北：彩虹出版社
1977 年 12 月，32 開，224 頁
彩虹叢書 119

本書選輯作者談論美學、文學、文化、生活等主題的雜文。全書分「美學叢談」、「文學短論」、「歷史文化」、「自由與人權」、「生活情趣」、「青年勵志」、「書評與影評」、「時論選粹」八輯，收錄〈情感的哲學〉、〈生活的藝術〉、〈再談生活藝術〉、〈談美〉、〈師大美展〉等 84 篇。正文前有趙滋蕃〈《擊劍集》的話〉。

人間情趣

臺南：新人出版社
1978 年 4 月，32 開，214 頁
新人文庫 1

本書選輯作者的文藝評論、生活隨筆、抒情小品、時事分析等雜文。全書收錄〈全民的召喚〉、〈笑談爛柯經〉、〈科學精神〉、〈成熟的民生〉、〈我讀〈狼來了〉〉等 70 篇。正文後有鄭傑光〈為風暴見證的靈魂——趙滋蕃（文壽）與其作品〉、〈趙滋蕃作品書目〉。

流浪漢哲學

臺北：水芙蓉出版社
1980 年 9 月，32 開，214 頁
水芙蓉書庫 170

本書選輯作者的文藝評論、生活隨筆、抒情小品、時事分析等雜文。全書收錄〈流浪漢哲學〉、〈幾句老實話〉、〈散文基礎〉、〈作品好壞〉、〈作品的風格〉等 104 篇。正文前有小民〈文壇「流浪漢」——代序〉，正文後有林小戀〈春風・綠樹・語意長——趙滋蕃（文壽）訪問記〉。

生活大師

臺北：李白出版社
1986 年 10 月，32 開，231 頁
李白文叢 1

本書選輯之千字小品，以生活經驗為主題，呈現作者對生命的
體悟與感想。全書分「美的沉思」、「生活大師」、「人性論」、
「生命的神祕」四卷，收錄〈美人蕉〉、〈美事永存〉、〈歲末懷
人〉、〈寒夜遐思〉、〈蛛網沉思〉等 72 篇。正文前有趙滋蕃〈重
振狂飆精神（序）〉，正文後附錄〈趙滋蕃傳略〉。

情趣大師

臺北：李白出版社
1986 年 10 月，32 開，229 頁
李白文叢 2

本書選輯之千字小品，以生活情趣為主題，呈現作者對生活態
度與美感經驗的哲思。全書分「青青子衿」、「情趣大師」、「人
間喜劇」、「試金石」四卷，收錄〈情緒與健康〉、〈談情緒〉、
〈矛盾心理〉、〈談心理疲勞〉、〈惶惑情緒〉等 71 篇。正文前有
趙滋蕃〈生活的情趣（序）〉，正文後附錄〈趙滋蕃傳略〉。

創造大師

臺北：李白出版社
1987 年 1 月，32 開，241 頁
李白文叢 6

本書選輯之千字小品，以藝術創造為主題，談論生活經驗與美
感經驗對生命的影響。全書分「生活經驗」、「永恆的祈禱」、
「創造大師」、「談美」、「偉大心靈的迴響」五卷，收錄〈生活
經驗〉、〈活用經驗〉、〈善用活經驗〉、〈深入生活〉、〈熱愛生
活〉等 82 篇。正文前有趙滋蕃〈培養創造性的幻想（序）〉。

遊戲大師

臺北：李白出版社
1987 年 1 月，32 開，238 頁
李白文叢 7

本書將寫作喻為遊戲，談論寫作的入門技巧。全書分「活語言」、「遊戲大師」、「寫作百態」、「文心與文風」、「文化復興」五卷，收錄〈活語言〉、〈文學與口語〉、〈口語的妙用〉、〈生活語言〉、〈語言的傳達〉等 82 篇。正文前有趙滋蕃〈江湖不負初來人（序）〉。

靈魂大師

臺北：李白出版社
1987 年 7 月，32 開，232 頁
李白文叢 11

本書以詩、散文、小說、戲劇為文學的四大類型，分別剖析其文學特徵。全書分「詩歌大師」、「散文大師」、「小說大師」、「戲劇大師」四卷，收錄〈詩人〉、〈詩人氣質〉、〈詩人心態〉、〈詩人修養〉、〈詩才與詩趣〉等 75 篇。正文前有趙滋蕃〈新人文主義者的基本信念（序）〉。

風格大師

臺北：李白出版社
1987 年 7 月，32 開，228 頁
李白文叢 12

本書評介文學史上各時代文學批評的方法，並談論文藝教育。全書分「傳統與現代」、「風格大師」、「文藝教育」、「談藝錄」四卷，收錄〈傳統與現代〉、〈比較文學〉、〈浪漫主義〉、〈再談浪漫主義〉、〈意識流〉等 68 篇；「傳統與現代」卷後附錄「兒童文學及其他」，收錄〈兒童文學〉、〈童話世界〉、〈寓言〉等八篇。正文前有趙滋蕃〈文學教育的明確目標（序）〉。

現代大師

臺北：李白出版社
1987 年 10 月，32 開，232 頁
李白文叢 16

本書選輯之千字小品，漫談現代生活的問題，及現代社會中的隱憂與現象。全書分「現代社會」、「傳播與影視」、「常識與科學」、「醫學衛生」、「太空科技」、「成長的極限」六卷，收錄〈披頭的沒落〉、〈噪音苦人〉、〈噪音可惡〉、〈音樂煩人〉、〈彈性疲勞〉等 74 篇。正文前有趙滋蕃〈面對二十一世紀（序）〉。

自由大師

臺北：李白出版社
1987 年 10 月，32 開，222 頁
李白文叢 17

本書選輯之千字小品，談論當代民主國家的自由意義，解析集權國家的政治神話，並說明當代大陸的社會現象與 1930 年代的文人遭遇。全書分「自由大師」、「政治神話」、「大陸怪現象」、「人物論衡」、「全民召喚」五卷，收錄〈談穩定〉、〈成熟的民主〉、〈民主與和平〉、〈談自由〉、〈自由日談自由〉等 76 篇。正文前有趙滋蕃〈誰起中華民國於沉痾（序）〉。

【小說】

亞洲出版社 1953

黎明文化公司 1975

半下流社會

香港：亞洲出版社
1953 年 7 月，32 開，268 頁

臺北：彩虹出版社
1972 年，32 開，267 頁
彩虹叢書

臺北：黎明文化公司
1975 年 5 月，32 開，300 頁
中國新文學叢刊 22

高雄：三信書局
1978 年 2 月，32 開，268 頁

大漢出版社 1978　　黎明文化公司 1978

臺北：大漢出版社
1978 年 4 月，32 開，326 頁
大漢叢書 12

臺北：黎明文化公司
1978 年 4 月，32 開，300 頁
中國新文學叢刊 22

臺北：喜美出版社
1980 年 8 月，32 開，326 頁
喜美叢書

美國：瀛舟出版社
2002 年 2 月，25 開，291 頁
經典文學

喜美出版社 1980　　瀛舟出版社 2002

長篇小說。本書共 29 章，根據作者流亡香港的生活經驗，描寫調景嶺上一群流浪的知識分子，在社會底層討生活，實踐對生命的抱負，追求人生理想的種種情狀。正文前有亞洲出版社編者〈本書與作者〉、趙滋蕃〈我對於人生的體驗〉、趙滋蕃〈我為甚麼寫《半下流社會》？〉。

1972 年彩虹版：（今查無藏本）。

1975 年黎明文化版：更名為《趙滋蕃自選集》，正文與 1953 年亞洲版同。正文前刪去〈本書與作者〉、〈我對於人生的體驗〉、〈我為甚麼寫《半下流社會》？〉，新增趙滋蕃畫像、照片與手稿、趙滋蕃〈關於我自己〉。

1978 年三信版：（今查無藏本）。

1978 年大漢版：正文與 1953 年亞洲版同。正文前〈我對於人生的體驗〉、〈我為甚麼寫《半下流社會》？〉移至正文後，刪去〈本書與作者〉，新增趙滋蕃照片與手稿、〈香港各大報刊對《半下流社會》的書評〉、趙滋蕃〈第二十四版序言〉。

1978 年黎明文化版：更名為《趙滋蕃自選集》，正文與 1953 年亞洲版同。正文前刪去〈本書與作者〉、〈我對於人生的體驗〉、〈我為甚麼寫《半下流社會》？〉，新增國防部總政治作戰部〈印補國軍官兵文庫叢書前記〉、趙滋蕃畫像、照片與手稿、趙滋蕃〈關於我自己〉。

1980 年喜美版：正文與 1953 年亞洲版同。正文前〈我對於人生的體驗〉、〈我為甚麼寫《半下流社會》？〉移至正文後，刪去〈本書與作者〉，新增〈香港各大報刊對《半下流社會》的書評〉、趙滋蕃〈第二十四版序言〉。

2002 年瀛舟版：正文與 1953 年亞洲版同。正文前刪去〈本書與作者〉、〈我對於人生的體驗〉，新增趙衛民〈強盜與基督〉、楊勝坤〈從書中人酸秀才的遺囑「勿為死者流淚，請為生者悲哀。」談生命哲學與現代人的窘困〉。

荊棘火

香港：亞洲出版社
1954 年 2 月，32 開，170 頁

中篇小說集。（今查無藏本）。

蜜月

臺北：中國文學出版社
1956 年 5 月，32 開，158 頁

中篇小說集。本書共八章，描寫一齣政治鬧劇，暗喻肉體與政治的雙重蜜月關係，諷刺與共產黨幹部勾結的香港政客。正文前有中國文學出版社序。

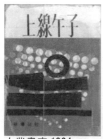

大業書店 1964

長歌出版社 1976

德華出版社 1980

瀛舟出版社 2004

子午線上

高雄：大業書店
1964 年 1 月，25 開，759 頁
長篇小說叢刊 50

高雄：田中書店
1974 年，25 開，759 頁
現代小說叢書 1

臺北：長歌出版社
1976 年 2 月，32 開，957 頁
長歌當代創作叢刊 2

臺北：德華出版社
1980 年 10 月，32 開，948 頁
愛書人文庫 136

美國：瀛舟出版社
2004 年 1 月，25 開，635 頁
經典文學 4

長篇小說。本書共 41 章，刻畫出身湖南土匪世家的外科醫生金秋心，因失散多年的妻女遭綁，被迫回到大陸為一位病重的領導人動手術，面臨應該犧牲自我、放棄自由，抑或堅持理念的抉擇。作者以子午線譬喻自由世

界與極權世界的分界，在縱深 60 年的歷史與橫跨臺、港、澳門、廣州四地的時空之間，交織出一段跨越三代的恩怨情仇，也側寫了中國人飽經憂患卻能屹立不搖的韌性。正文前有孫如陵〈序〉，正文後有魏子雲〈評：《子午線上》〉。

1974 年田中版：(今查無藏本)。

1976 年長歌版：正文前刪去〈序〉，新增〈簡介《子午線上》〉，正文後刪去〈評：《子午線上》〉。

1980 年德華版：正文前刪去〈序〉，新增德華出版社〈簡介《子午線上》〉、趙滋蕃〈重校《子午線上》有感——第五版代序〉，正文後刪去〈評：《子午線上》〉，新增附錄保真〈《子午線上》讀後——一部高水準的基督教文學作品〉。

2004 年瀛舟版：正文前刪去〈序〉，新增趙滋蕃〈生命銳氣的昂揚〉，正文後刪去〈評：《子午線上》〉，新增〈作者簡介〉、〈大事記〉。

烽火一江山
臺北：幼獅文化公司
1965 年 3 月，40 開，172 頁
愛國青年傳記小說叢書 5

臺北：幼獅文化公司
1985 年 3 月，32 開，129 頁
愛國青年傳記小說叢書 5

幼獅文化公司 1965

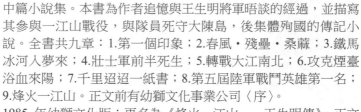

中篇小說集。本書為作者追憶與王生明將軍晤談的經過，並描寫其參與一江山戰役，與隊員死守大陳島，後集體殉國的傳記小說。全書共九章：1.第一個印象；2.春風・殘壘・桑蔴；3.鐵馬冰河入夢來；4.壯士軍前半死生；5.轉戰大江南北；6.攻克煙臺浴血來陽；7.千里迢迢一紙書；8.第五屆陸軍戰鬥英雄第一名；9.烽火一江山。正文前有幼獅文化事業公司〈序〉。

1985 年幼獅文化版：更名為《烽火一江山——王生明傳》，正文與 1965 年幼獅文化版同。正文前刪去〈序〉，新增幼獅文化公司編輯部〈出版的話〉。

幼獅文化公司 1985

自由太平洋出版社
（上）1965

自由太平洋出版社
（中）1965

自由太平洋出版社
（下）1965

德華出版社 1981

瀛舟出版社 2002

重生島（三冊）
臺北：自由太平洋出版社
1965 年 5 月，32 開，578 頁
自由太平洋叢書 18

臺北：大西洋圖書公司
1970 年 4 月，32 開，478 頁

臺北：德華出版社
1981 年 5 月，32 開，590 頁
愛書人文庫 137・趙滋蕃經典名著 6

美國：瀛舟出版社
2002 年 8 月，25 開，425 頁
經典文學

長篇小說。本書分三冊，共 24 章，描寫 14 名
被香港政府流放荒島的罪犯，直面死亡的陰
影，努力求生，在絕境中映照出人性未泯的溫
情光輝。每冊正文前有趙滋蕃〈寫在《重生
島》之前〉，正文後有段宏俊〈出版者的願
望——「自由太平叢書」出版後言〉。
1970 年大西洋版：合為一冊，正文與 1965 年
自由太平洋版同。正文前刪去趙滋蕃〈寫在
《重生島》之前〉，正文後刪去〈出版者的願
望——「自由太平叢書」出版後言〉。
1981 年德華版：合為一冊，正文與 1965 年自
由太平洋版同。正文後刪去〈出版者的願
望——「自由太平叢書」出版後言〉。
2002 年瀛舟版：合為一冊，正文與 1965 年自
由太平洋版同。正文前新增彭歌〈頑強的大
筆〉、小民〈從遊俠到流浪漢〉、保真〈趙滋蕃
的兩本書〉、趙慧娟〈頑皮豹長大了〉，正文後
刪去〈出版者的願望——「自由太平叢書」出
版後言〉，新增附錄〈永恆的英雄樂章，不朽
的文學生命〉、〈作者簡介〉、〈大事記〉。

天官賜福

臺北：文壇社
1965 年 8 月，32 開，252 頁

中篇小說集。本書共 19 章，取材 1959 至 1961 年間發生於香港的綁架事件「三狼案」，描寫事件相關人物的故事。

亞洲出版社 1969　　大漢出版社 1978

喜美出版社 1980　　瀛舟出版社 2002

半上流社會

香港：亞洲出版社
1969 年 2 月，32 開，399 頁

臺北：大漢出版社
1978 年 9 月，32 開，399 頁
大漢叢書 13

高雄：三信書局
1978 年，32 開，268 頁

臺北：喜美出版社
1980 年 8 月，32 開，399 頁
喜美叢書

美國：瀛舟出版社
2002 年 2 月，25 開，380 頁
經典文學

長篇小說。本書共 29 章，為《半下流社會》之姊妹作，揭露香港的失意政客及軍閥等上層社會人士，生活豪奢但行徑無恥，戴著「上流」的假面具向下沉淪的醜態。正文前有趙滋蕃〈前記〉。
1978 年三信版：（今查無藏本）。
1978 年大漢版：正文與 1969 年亞洲版同。正文前新增趙滋蕃照片。
1980 年喜美版：內容與 1969 年亞洲版同。
2002 年瀛舟版：正文與 1969 年亞洲版同。正文前刪去〈前記〉，新增趙衛民〈強盜與基督〉、楊勝坤〈趙滋蕃先生紀念文集〉。

默默遙情
臺北：三民書局
1969 年 12 月，40 開，213 頁
三民文庫 79

短篇小說集。全書收錄〈默默遙情〉、〈血戰〉、〈龍城一夜〉、〈打鼓嶺〉、〈一家春〉、〈沉默的人〉共六篇。正文前有三民書局編輯委員會〈三民文庫編刊序言〉、趙滋蕃〈幾句閒話——代《默默遙情》序〉。

驚聲文物供應公司
（上）1971　　驚聲文物供應公司
（中）1971

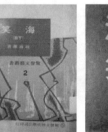

驚聲文物供應公司
（下）1971　　德華出版社 1980

海笑（三冊）
臺北：驚聲文物供應公司
1971 年 11 月，32 開，1001 頁
驚聲文藝叢書 2

臺北：德華出版社
1980 年 7 月，32 開，1004 頁
愛書人文庫 123

臺北：喜美出版社
1980 年 8 月，32 開，1004 頁

長篇小說。本書根據作者參與抗戰之親身經驗，以常德、衡陽兩場大會戰為背景，憶述 1940 年代一群中學生飽經戰亂流離的歷史悲歌，為少數作者身歷烽火所描寫之戰事小說。全書共 12 章：1.風暴的靈魂；2.橫鋪子之夜；3.燭影搖著那燭影搖著！；4.春在菜花香裡；5.秋意滿桂林；6.夢裡暫時相見；7.虎賁忠烈；8.西風殘壘武陵溪；9.風雨壠頭壠；10.心花朵朵開；11.衡陽四十七天；12.海笑。正文前有趙滋蕃〈關於《海笑》〉。
1980 年德華版：正文與 1971 年驚聲版同。正文前新增趙滋蕃〈《海笑》心酸三十年——第五版代序〉。
1980 年喜美版：（今查無藏本）。

德華出版社 1981

趙滋蕃短篇小說集

臺北：德華出版社
1981 年 9 月，25 開，354 頁
愛書人文庫 183

短篇小說集。本書收錄〈龍城一夜〉、〈打鼓嶺〉、〈勒馬洲〉、〈老夫老妻〉、〈理髮記〉、〈除夕〉、〈危城〉、〈十三號病床〉、〈被埋葬的喜劇〉、〈沉默的人〉、〈一家春〉、〈默默遙情〉、〈二無黨黨魁〉、〈畫家與模特兒〉、〈血戰〉共 15 篇。正文前有〈趙滋蕃傳奇〉。

【報導文學】

十大建設速寫

臺北：中央日報社
1979 年 6 月，32 開，374 頁

本書為作者 1977 至 1979 年間採訪十大建設的側寫。全書分「百鍊成鋼」、「橫海樓船」、「油的旅程」、「工業之母」、「火車快飛」、「開天闢地」、「馬漢的夢」、「人定勝天」、「自強之果」、「勇往直前」十部分，收錄〈英雄的歲月〉、〈分秒必爭〉、〈人鋼之間〉、〈生產線上〉、〈向歷史交代〉等 57 篇。正文前有趙滋蕃〈前言〉，正文後附錄趙滋蕃〈談工程文學〉、趙滋蕃〈再談工程文學〉。

【兒童文學】

亞洲出版社 1956

飛碟征空／嚴以敬圖

香港：亞洲出版社
1956 年 4 月，32 開，143 頁
少年科學故事叢書

高雄：三信出版社
1977 年 8 月，32 開，143 頁
少年科學故事叢書

本書藉祖孫二人的太空旅行，帶領讀者神遊地球、月球、金星、水星等「內行星」的宇宙風貌。全書分「自由島上的異

象」、「太空人與飛碟」、「再會吧，地球！」、「安全降落月球」、「金星之旅」、「宇宙航行站」、「極化世界——水星」、「太陽的壯觀」八部分，收錄〈自由島的位置〉、〈天上的彩虹〉、〈龍捲風帶來的怪雨〉、〈美麗的「天女散花」〉等 49 篇。正文前有編者序、趙滋蕃著〈作者致讀者的信（代序）〉。

1977 年三信版：正文與 1956 年亞洲版同。正文前新增趙滋蕃著〈重印「少年科學故事」的幾句話——代四版序〉。

三信出版社 1977

亞洲出版社 1958

三信出版社 1977

太空歷險記／高寶圖

香港：亞洲出版社
1957 年 4 月，32 開，141 頁
亞洲少年叢書

香港：亞洲出版社
1958 年 1 月，32 開，182 頁
亞洲少年叢書
（高寶圖）

高雄：三信出版社
1977 年 8 月，32 開，182 頁
少年科學故事叢書
（嚴以敬圖）

本書為《飛碟征空》續集，描述火星、木星、土星等「外行星」的風貌，並介紹太陽系的形成等天文科學知識。

1957 年亞洲版：（今查無藏本）。

1958 年亞洲版：全書分「諸行星的誕生」、「飛碟在火星上著陸」、「太空歷險記」、「暴風雪搖撼木星」、「光環繚遶的土星」、「我們在綠色的星球上」、「開始接近航程的終點」、「從冥王星上歸來」八部分，收錄〈飛碟遙指火星〉、〈十二宮和二十八宿〉、〈什麼叫做火星衝日〉、〈水星「近日點」上看到的奇景〉等 43 篇。正文前有編者序、趙滋蕃著〈再致讀者（代序）〉。

1977 年三信版：正文與 1958 年亞洲版同。正文前刪去〈再致讀者（代序）〉，新增趙滋蕃著〈重印「少年科學故事」的幾句話——代四版序〉。

月亮上望地球

香港：亞洲出版社
1959 年 9 月，32 開，140 頁
亞洲少年叢書

高雄：三信出版社
1977 年 8 月，32 開，140 頁
少年科學故事叢書

本書為《飛碟征空》、《太空歷險記》續集。
1959 年亞洲版：（今查無藏本）。
1977 年三信版：更名為《月球上看地球》。（今查無藏本）。

文學年表

1924 年　　1 月　　13 日，生於德國漢堡，籍貫湖南益陽。父親趙紹周，母親符
　　　　　　　　　愛光。

1939 年　　9 月　　抗戰軍興，決意返回中國。自法國馬賽登船，航行期間閱讀了
　　　　　　　　　父親贈送的 100 本英文小說，奠定日後寫作的基礎。抵達香港
　　　　　　　　　後開始學習中文，九個月後北上返回益陽老家。

1943 年　　9 月　　考入湖南大學經濟學系，兼修數學系課程。同時師從一位老秀
　　　　　　　　　才習中文，自《唐詩三百首》讀起。

　　　　　　11 月　常德會戰爆發，響應「十萬青年十萬軍」，投身抗日，任政工
　　　　　　　　　少校一年。

1944 年　　6 月　　參加衡陽會戰。至 1945 年日軍投降為止的參戰經驗，成為日
　　　　　　　　　後寫作長篇小說《海笑》的基礎。

1946 年　　2 月　　退伍返校復學。

1948 年　　秋　　　湖南大學經濟學系畢業，留校任助教，講授「高級統計學」。

1949 年　　本年　　受衛立煌司令所託，偕其女衛道京，自長沙經廣州流亡香港。

1950 年　　7 月　　23 日，自深圳抵達香港，寄居調景嶺，白天流浪討生活，夜
　　　　　　　　　晚閱讀德文版康德《理性批判》、《尼采全集》等書，並在肥皂
　　　　　　　　　箱上寫作。

1951 年　　春　　　應試香港教育司署招考中學數理教員，筆試第一名，口試時因
　　　　　　　　　不會廣東話而落榜。

　　　　　　本年　　開始投稿香港《自由人》半週刊，寫作題材廣泛，遍及工程、
　　　　　　　　　哲學、歷史、文學等。

1953 年	夏	應香港亞洲出版社總編輯黃震遐之邀赴半島酒店會面，黃震遐勉其創作小說，並當場預付港幣千元稿費。58 天後完成處女作長篇小說〈半下流社會〉。
	7 月	長篇小說《半下流社會》由香港亞洲出版社出版。
1954 年	1 月	〈新人文主義者的基本信念〉發表於香港《人生》第 7 卷第 1 期。
	2 月	中篇小說集《荊棘火》由香港亞洲出版社出版。
	5 月	與衛道京於香港結婚。
1955 年	2 月	1 日，詩作〈遙寄洞庭雪峰〉發表於《暢流》第 3 卷第 11 期。
	6 月	2 日，〈評《勾臉的人》〉（易金著）發表於《聯合報》6 版。
	7 月	詩劇《旋風交響曲》（二冊）由香港亞洲出版社出版。
	12 月	1 日，〈評：《自由之歌》〉（上官予著）發表於《中央日報》6 版。
1956 年	4 月	兒童文學《飛碟征空》由香港亞洲出版社出版。
	5 月	中篇小說集《蜜月》由臺北中國文學出版社出版。
	7 月	〈臺灣文藝界面臨的問題〉發表於《自由報》第 563 期。
	9 月	16 日，〈歷史底車輪〉發表於《暢流》第 16 卷第 6 期。
		詩作〈三顆人頭〉發表於《幼獅文藝》第 26 期。
	10 月	〈〈三顆人頭〉後記〉發表於《幼獅文藝》第 27 期。
	本年	獲第一屆青年獎章。
1957 年	4 月	兒童文學《太空歷險記》由香港亞洲出版社出版。
1958 年	1 月	兒童文學《太空歷險記》由香港亞洲出版社出版。
1959 年	3 月	1 日，短篇小說〈畫家與模特兒〉發表於《文星》第 17 期。
	9 月	16 日，短篇小說〈驕傲的人〉發表於《暢流》第 20 卷第 3 期。
		〈談「話本」的整理〉、〈話本與演義〉發表於香港《出版月

		刊》第 13 期。
		兒童文學《月亮上望地球》由香港亞洲出版社出版。
	11 月	〈文學與美學〉發表於香港《出版月刊》第 15 期。
1962 年	7 月	19 日，長篇小說〈子午線上〉連載於《中央日報》5、6 版，至隔年 5 月 1 日止。
1964 年	1 月	長篇小說《子午線上》由高雄大業書店出版。
	3 月	24 日，〈寫在〈重生島〉之前〉發表於《聯合報》7 版。
		26 日，長篇小說〈重生島〉連載於《聯合報》7 版，至 12 月 8 日止。
	9 月	25 日，經中國大陸災胞救濟總會（今中華救助總會）協助，舉家搭四川輪船抵臺定居。後應聘任《中央日報》副刊主筆。
	秋	先後任教於淡江文理學院（今淡江大學）、政工幹部學校（今國防大學政治作戰學校）及中國文化學院（今中國文化大學）中國文學系文藝創作組。
	11 月	1 日，〈沙特與諾貝爾文學獎〉發表於《中央日報》10 版。
		2 日，〈惜墨如金〉發表於《中央日報》10 版。
		3 日，〈小說要不要思想傾向？〉發表於《中央日報》10 版。
		5 日，〈前輩風範〉發表於《中央日報》10 版。
		7 日，〈作家的氣質〉發表於《中央日報》6 版。
		10 日，〈短篇、中篇、長篇〉發表於《中央日報》6 版。
		26～30 日，〈港九文藝戰鬥十五年〉發表於《中華日報》6 版。
	12 月	5 日，〈論效果集中〉發表於《中央日報》6 版。
1965 年	1 月	〈培養創造性的幻想〉發表於《幼獅文藝》第 133 期。
	2 月	〈評司馬中原《荒原》〉發表於《幼獅文藝》第 134 期。
	3 月	中篇小說集《烽火一江山》由臺北幼獅文化公司出版。
	5 月	〈段彩華的〈在新竹集合〉〉發表於《幼獅文藝》第 137 期。

長篇小說《重生島》（三冊）由臺北自由太平洋出版社出版。

8 月　〈每月信箋〉發表於《幼獅文藝》第 140 期。

中篇小說集《天官賜福》由臺北文壇社出版。

10 月　21 日，〈蕭洛霍夫的《靜靜的頓河》〉發表於《中央日報》6 版。

11 月　7 日，〈論現階段的文藝批評〉發表於《中央日報》2 版。

23 日，開始以筆名「文壽」撰寫雜文專欄，發表〈怪葫蘆〉、〈小說與電影〉、〈論晦澀〉、〈教育制度〉、〈人性與人道〉等近九百篇文章於《中央日報》副刊，至 1981 年 11 月止。

1966 年　4 月　20 日，〈良兵與良民——臺東鹿野鄉訪征屬〉發表於《中央日報》3 版。

5 月　22 日，戲劇〈老夫老妻〉發表於《中央日報》6 版。

6 月　7 日，〈評《嘻里里嘻里》〉（水晶著）發表於《中央日報》6 版。

7 月　22 日，〈漫談《桃花扇》〉發表於《中央日報》6 版。

〈淡煙疏雨孫如陵〉發表於《幼獅文藝》第 151 期。

8 月　與朱橋合著〈海上的號角〉，發表於《幼獅文藝》第 152 期。

9 月　5 日，〈紅小鬼造反真相〉發表於《中央日報》2 版。

11 月　19 日，〈中華文化復興節與中國的文藝復興〉發表於《中央日報》6 版。

12 月　7 日，長篇小說〈海笑〉連載於《中央日報》6、9、10 版，至隔年 9 月 18 日止。

1967 年　2 月　1 日，〈中央日報「大陸版」〉發表於《中央日報》9 版。

12 月　20～21 日，〈評《文學十家傳》〉（梁容若著）連載於《中央日報》9 版。

1968 年　1 月　22 日，舊詩〈壽宋鍔將軍七十〉發表於《中央日報》9 版。

〈文學史家的史識與史法〉發表於《國魂》第 266 期。

2月　〈再評《文學十家傳》——兼答劉中和先生〉（梁容若著）發表於《中華雜誌》第 6 卷第 2 期。

6月　4 日,〈文藝會談〉發表於《徵信新聞報》10 版。

《藝文短笛》由臺北臺灣商務印書館出版。

10月　《文壽雜文選》由臺北清流出版社出版。

12月　〈美學和文學〉發表於《作品》第 1 卷第 3 期。

短篇小說〈理髮記〉發表於《中央月刊》第 1 卷第 2 期。

1969 年　2月　1 日,出席由《幼獅文藝》、《新文藝》、《作品》三家雜誌社於臺北作家咖啡屋燈樓合辦的「青年與文藝」座談會,主持人為蓉子,與會者有余光中、楚戈、辛鬱、于還素、鳳兮、黃光學、南郭、董彭年、程抱南、金開鑫、商禽、吳東權、劉錫銘、張菱舲、康芸薇、陳麗純、梅新、朱青海。

長篇小說《半上流社會》由香港亞洲出版社出版。

4月　9 日,〈新畫風——梁氏昆仲聯合畫展〉發表於《中央日報》11 版。

10 日,〈《談文論藝》序〉發表於《中央日報》11 版。

《談文論藝》、《人間小品》由臺北三民書局出版。

11月　30 日,〈談羅雲家的《遲來的良緣》〉發表於《青年戰士報》7 版。

12月　〈賣國賊燒成灰還是賣國賊〉發表於《國魂》第 289 期。

〈談文藝批評〉發表於《新夏》第 6 期。

〈文學與語言〉發表於《文藝》第 6 期。

〈五面之緣〉發表於《中華雜誌》第 7 卷第 12 期。

短篇小說集《默默遙情》由臺北三民書局出版。

1970 年　1月　〈小說創作的美學基礎〉發表於《文藝》第 7 期。

3月　31 日～4 月 3 日,〈寒山子其人其詩〉連載於《中央日報》10、9 版。

《生命的銳氣》由臺北大西洋圖書公司出版。

4 月　12 日，〈影印《寒山子集》緣起〉發表於《青年戰士報》7 版。

《文壽雜文選》由臺北清流出版社出版。

長篇小說《重生島》由臺北大西洋圖書公司出版。

5 月　《文學與藝術》由臺北三民書局出版。

6 月　〈寒山詩評估〉發表於《文藝》第 12 期。

8 月　《小說論》由臺北這一代出版社出版。

10 月　〈什麼叫做文學〉發表於《文藝》第 16 期。

1971 年　3 月　4〜6 日，短篇小說〈恨海晴天〉連載於《中央日報》10 版。

11 月　12 日，〈談劉麟生編《中國文學八論》〉發表於《臺灣新生報》10 版。

18 日，〈關於《海笑》——驚聲文物供應公司出版〉發表於《中央日報》9 版。

長篇小說《海笑》（三冊）由臺北驚聲文物供應公司出版。

1972 年　9 月　29 日，〈《長話短說集》之外〉發表於《中央日報》9 版。

10 月　《長話短說集》由臺北彩虹出版社出版。

12 月　〈詩與詩論——宋王臺畔〉發表於《幼獅文藝》第 228 期。

本年　長篇小說《半下流社會》由臺北彩虹出版社出版。

1973 年　1 月　6〜7 日，〈評介《孔子學說對世界的影響》第二輯〉（陳立夫編）發表於《中央日報》10、9 版。

1974 年　2 月　28 日〜3 月 1 日，〈英雄的傳統〉連載於《中央日報》12、10 版。

5 月　1 日，〈童心宛在《媽媽鐘》〉（小民著）發表於《中央日報》10 版。

短篇小說〈勒馬洲〉發表於《中央月刊》第 6 卷第 7 期。

8 月　4 日，開始以筆名「文壽」撰寫「知言」專欄，發表〈談文藝教育〉、〈查緝偽藥有感〉、〈氣候的預測〉、〈工業技術學院〉、

　　　　　　〈談情緒〉等約兩百篇千字雜文於《中央日報》10 版，至
　　　　　　1977 年 9 月 10 日止。

10 月　　〈艸的象徵〉發表於《中央月刊》第 6 卷第 12 期。

11 月　　《夏天的書》由臺北華欣文化中心出版。

12 月　　〈歷史的時刻〉發表於《中央月刊》第 7 卷第 2 期。

本年　　長篇小說《子午線上》由高雄田中書店出版。

1975 年　3 月　　〈莊嚴的承諾〉發表於《中央月刊》第 7 卷第 5 期。

5 月　　長篇小說《趙滋蕃自選集》由臺北黎明文化公司出版；。

9 月　　《寒夜遐思》由臺北道聲出版社出版。

10 月　　詩劇《旋風交響曲》由臺北長歌出版社出版。

11 月　　19 日，〈談《永恒的祈禱》〉發表於《中華日報》12 版。
　　　　　　《永恒的祈禱》由臺北大漢出版社出版。

1976 年　2 月　　〈堅強的生命力〉發表於《中央月刊》第 8 卷第 4 期。
　　　　　　長篇小說《子午線上》由臺北長歌出版社出版。

4 月　　7 日，〈笑談豬八戒〉發表於《中央日報》10 版。

5 月　　8～10 日，〈陽剛與陰柔〉連載於《中央日報》10 版。

8 月　　14～16 日，〈平心論印象扎評〉連載於《中央日報》10 版。

12 月　　〈繼往開來的關鍵〉發表於《中央月刊》第 9 卷第 2 期。

1977 年　2 月　　28 日，〈袁德星（楚戈）《中華歷史文物》〉以筆名「文壽」發
　　　　　　表於《中華日報》5 版。

3 月　　20～21 日，〈析〈烏衣巷〉〉連載於《中央日報》10 版。

7 月　　13～18 日，〈談人物刻畫〉連載於《中央日報》10 版。

8 月　　30 日，〈文藝與國家建設〉發表於《中央日報》9 版。
　　　　　　兒童文學《月球上看地球》、《飛碟征空》、《太空歷險記》由高
　　　　　　雄三信出版社出版。

11 月　　3～9 日，報導文學〈橫海樓船〉連載於《中央日報》2 版。

12 月　　7～13 日，報導文學〈油的旅程〉連載於《中央日報》3 版。

《擊劍集》由臺北彩虹出版社出版。

1978 年　2 月　17 日，〈《文學與美學》後記〉發表於《中央日報》10 版。

《文學與美學》由臺北道聲出版社出版。

長篇小說《半下流社會》由高雄三信書局出版。

3 月　7 日，〈談《回憶曲》〉（小民著）發表於《中央日報》10 版。

27 日，〈我對於人生的體驗〉發表於《中華日報》11 版。

4 月　4 日，〈孟浪半生——說說《半下流社會》這本書〉發表於《聯合報》12 版。

長篇小說《半下流社會》由臺北大漢出版社出版。

長篇小說《趙滋蕃自選集》由臺北黎明文化公司出版。

《人間情趣》由臺南新人出版社出版。

5 月　4 日，長篇小說《子午線上》獲中國文藝協會小說獎章。

長篇小說《子午線上》獲中山文化學術基金會第一屆中山文藝獎。

6 月　16 日，〈開天闢地——北迴初旅・穿山跨水・東線拓寬・南迴構想・環島鐵路網〉發表於《暢流》第 57 卷第 9 期。

9 月　長篇小說《半上流社會》由臺北大漢出版社出版。

12 月　10 日，報導文學〈人定勝天〉連載於《中央日報》6 版，至 15 日止。

本年　長篇小說《半上流社會》由高雄三信書局出版。

1979 年　1 月　8 日，〈談：沉鬱的下午〉發表於《中央日報》12 版。

4 月　22～26 日，報導文學〈勇往直前〉連載於《中央日報》3 版。

6 月　21 日，〈談〈十大建設速寫〉〉發表於《中央日報》10 版。

報導文學《十大建設速寫》由臺北中央日報社出版。

以報導文學《十大建設速寫》獲第五屆國家文藝獎新聞文學作品，奠定工程文學的規範。

7 月　7 日，〈這樣的創痛，還要沉默？——為中國的《戰爭與和

平》催生〉發表於《中國時報》12 版。

9 日,〈智慧趣譚〉以筆名「文壽」發表於《中央日報》10 版。

10～11 日,〈抗戰文學作品,民族精神火花——新文藝座談會〉連載於《青年戰士報》11 版。

1980 年　7 月　7 日,〈《海笑》心酸三十年〉發表於《中國時報》8 版。

長篇小說《海笑》由臺北德華出版社出版。

8 月　30 日,〈重讀《旋風交響曲》——第五版代序〉發表於《中央日報》12 版。

長篇小說《半下流社會》、《半上流社會》、《海笑》由臺北喜美出版社出版。

9 月　7～9 日,〈三十年代文藝縱橫談〉連載於《中央日報》12、11 版。

《流浪漢哲學》由臺北水芙蓉出版社出版。

詩集《旋風交響曲》由臺北德華出版社出版。

10 月　4 日,〈鮮綠的回憶——序《永恆的春天》〉(陳佩璇著)發表於《中央日報》12 版。

長篇小說《子午線上》由臺北德華出版社出版。

11 月　10 日,〈重校《子午線上》有感——第五版代序〉發表於《中央日報》11 版。

1981 年　3 月　應聘擔任東海大學中國文學研究所教授,兼中國文學系主任。

5 月　5 日,〈文學教育四大禁忌〉發表於《聯合報》8 版。

《作家談寫作》由臺北大漢出版社出版,後為朝陽科技大學應用外語系採用作參考書籍。

長篇小說《重生島》由臺北德華出版社出版。

6 月　25～27 日,〈評《苦戀》〉(白樺、彭寧著)連載於《中央日報》12 版。

9 月　22 日,〈談談《左海倫文選》〉發表於《中央日報》12 版。

〈民國七十年代的小說〉發表於《文學思潮》第 9 期。

短篇小說集《趙滋蕃短篇小說集》由臺北德華出版社出版。

11 月　〈明日中國小說〉、〈評〈下江陵〉〉（李白著）發表於《東海文藝季刊》第 1 期。

1982 年　1 月　〈報導文學的興起〉發表於《湖南文獻季刊》第 10 卷第 1 期。

〈民族文學論〉、〈文學與美學答客問〉發表於《東海文藝季刊》第 2 期。

3 月　5～7 日，〈論反諷〉連載於《中央日報》12 版。

5 月　主編《神祕金三角風雲——中視「泰北之行」系列報導血淚記實》，由臺北采風出版社出版。

6 月　24 日，〈序《韓濤文選》〉發表於《中央日報》10 版。

11 月　13～14 日，出席行政院文化建設委員會於東海大學文學院主辦之「中華民國 71 年文藝季——中部地區文藝作家座談會」，與會者有童世璋、黃永武、利玉芳、江舉謙、丁貞婉等七十餘位藝文界人士。

1983 年　7 月　26 日，〈火花處處——詹悟短篇集《最大的船》〉發表於《中央日報》12 版。

10 月　23 日，〈重讀《耶穌的腳印》〉（殷穎著）發表於《中央日報》12 版。

11 月　5 日，〈大城小曲之外——序《靈魂不賣》〉（陳佩璇著）發表於《中央日報》12 版。

1985 年　3 月　中篇小說集《烽火一江山》由臺北幼獅文化公司出版。

8 月　2 日，〈美與天真〉發表於《中央日報》12 版。

9 月　15～17 日，〈詢問的沉思〉連載於《中央日報》12、11 版。

1986 年　3 月　14 日，病逝臺北，享壽 62 歲。

19～20 日，〈當代文學的困境〉連載於《聯合報》8 版。

26 日，〈世紀末的迷惘〉刊載於《中央日報》12 版。

　　　　　　5 月　〈談文學理論〉刊載於《聯合文學》第 2 卷第 7 期。

　　　　　　10 月　《生活大師》、《情趣大師》由臺北李白出版社出版。

1987 年　　1 月　《創造大師》、《遊戲大師》由臺北李白出版社出版。

　　　　　　7 月　《靈魂大師》、《風格大師》由臺北李白出版社出版。

　　　　　　10 月　《現代大師》、《自由大師》由臺北李白出版社出版。

1988 年　　3 月　遺作《文學原理》由臺北東大圖書公司出版。後為暨南國際大
　　　　　　　　　學中國語文學系、臺東師範學院語文教學系與兒童文學研究
　　　　　　　　　所、香港浸信會大學中文系採用為教學及參考書籍。

　　　　　　本年　生平作品共 46 部，其中 28 部為美國國會圖書館收藏。

1989 年　　本年　中篇小說集《天官賜福》改拍成電影《三狼奇案》，獲金馬獎
　　　　　　　　　八項提名。

2002 年　　2 月　長篇小說《半下流社會》、《半上流社會》由美國瀛舟出版社出
　　　　　　　　　版。

　　　　　　8 月　長篇小說《重生島》由美國瀛舟出版社出版。

2003 年　　5 月　《文學原理》由臺北東大圖書公司出版。

2004 年　　1 月　長篇小說《子午線上》由美國瀛舟出版社出版。

參考資料：

・〈趙滋蕃傳奇〉，《趙滋蕃短篇小說集》，臺北：德華出版社，1981 年 9 月，頁 1～8。

・〈作者簡介〉、〈大事記〉，《子午線上》，美國：瀛舟出版社，2004 年 1 月，頁 631～
　635。

・國家圖書館——臺灣期刊論文索引系統網站、中國文化研究論文目錄網站。

・網站：數位臺北文學館——趙滋蕃文學年表。最後瀏覽日期：2015 年 6 月 26 日。
　http://134.208.19.80/index.php/2014-01-10-09-36-35/2014-02-18-06-48-
　11.html?view=item&layout=timeline&id=177

輯三◎
研究綜述

龍戰於野
趙滋蕃綜合評論

◎趙衛民

　　傳奇，是生命的奇觀。我們如何創造生命的奇觀？如果不是生命經歷了一些重大事件，在決定性的時刻裡，行動、領悟並且成長，使事件成為生命意義的活泉源。「歷史是需要參與的」，趙滋蕃如是說。面對生命的奇觀，我們需要尊重，因為這裡包含了英雄的果敢行動，和靈魂的喫苦受難。所以本雅明（Walter Benjamin）說：「人類經驗的貧乏，也就是說，是一種新的無教養。」[1]趙滋蕃的生命奇觀，正在於見證了歷史上最為狂野的暴力，最為流動的生命變遷，甚至遭受現實最為痛苦的折磨，所以成為「風暴的靈魂」。「野」，是大地的意義。「龍戰於野，其血玄黃。」趙滋蕃的靈魂是來自荒野的曠野深心。

一、傳奇時期

　　在〈趙滋蕃傳奇〉中，趙滋蕃的父親在柏林聖瑪麗醫院當醫生，母親到美國從事生物學研究。陪伴他成長的是德籍猶太裔老管家和二樓的德國女孩。他是個「德國」小孩，一句中文也不會講。

　　依德國小學的學制，小學四年級時舉行全國性的分科會考，全國父母都緊張關注，這將決定小孩一生的方向。分科會考包含性向測驗、智力測驗和學力測驗等，趙滋蕃分發為數學科，就開始從希臘文的歐幾里德幾何學開始學起。德國政府對小學的語文訓練，是自希臘雅典聘請具有希臘

---

[1]本雅明著；王炳鈞、楊勁譯，《經驗與貧乏》（天津：百花文藝出版社，1999 年），頁 524。

文、拉丁文執照的老師，給他相當於當地教語言的三倍薪水，但說好來教德國的小學生。拉丁語雖是半死去的語言，只有教皇國梵諦岡仍在使用；但具有拉丁語基礎，易通英、法語，德語本與英語相近。小學時他曾獲德語演講比賽冠軍，但因非日耳曼裔，希特勒政府不准頒獎。

他十歲的時候，愛因斯坦（Einstein，1879～1955）在巷口看見這矮矮胖胖黑黑的東方小孩，微笑地招呼他過去，親切地摸了摸頭。他進柏林的理科中學就讀，在 14 歲時，他去聽佛洛伊德（Sigmund Freud，1856～1939）的精神分析講演。這些成長的背景，雖是以數學為基礎，卻投射出醫學、物理學、生物學及語言學的多方向關注。但這期間，老管家因猶太裔被捕，德國女孩也因有猶太血統而告失蹤；納粹集權統治，刨去了他生活的根。

中國人不要在異國的土地上受莫名的壓迫，日本侵華戰爭正爆發，他寧肯回去為自己的土地而奮鬥，這是反納粹。

理科中學畢業以後，到了九月，由法國馬賽港搭郵輪，他父親追隨而至送別，送他 100 本英法文世界小說名著，讓他在船上閱讀。回到香港，惡補了九個月中國話，與另一位高高白白的德籍青年一起束裝北上。途中曾糊裡糊塗地被共產黨部隊抓起來，拷打十多天，脫險後回到湖南益陽老家，續完中學課程。直到 1943 年 9 月分發湖南大學數學系，並從一個老秀才念《唐詩三百首》。11 月，戰火席捲常德，趙滋蕃也響應十萬青年十萬軍的號召而加入軍隊，擔任電臺臺長；1944 年，衡陽慘遭轟炸，到 1945 年長沙大捷，日軍投降為止，身上七個槍疤。這段生活經驗多在趙滋蕃最後一部長篇小說《海笑》（1971 年）中應證及轉化，這是一部烙上親身經歷印記的作品。這是反日，以一個中國人的身分。

在趙滋蕃〈我對於人生的體驗〉一文中，他敘述他在湖南衡山為《尼采典藏》而瘋狂，並耽讀康德及叔本華的哲學著作後，決定返歸人生日用，改讀經濟，想在經濟制度生產方式的變革，找尋人生的理想和感情的基礎。他應是在湖南大學經濟系畢業，後留系任教，授「高級統計學」。其

實可以推測：延續著《海笑》中未完的戀情，趙木鐸與崔逸鳳應該是結婚生子！趙滋蕃在大陸上有家室。國共內戰結束，國民黨潰敗，趙滋蕃仍在淪陷區呆過九個月。當「一切獨立的判斷，都為特務學生的氣焰所銷毀，一切基於研究調查、慎思、明辨的見解，都被冠以反動之名」，這導致了史上最大一波難民潮。趙木鐸與崔逸鳳的戀曲成為天涯的永憶，這是他因《海笑》一書完成後，高血壓引發中風所打斷的最後一部大河之作——《天涯之戀》。這是中國人在中國的土地上受共產黨壓迫，使他妻離子散，故他反共。

　　在瑣尾流離之際，奉前長官衛立煌司令之命攜其女逃亡，以致海隅流浪，淪落香江。1951 年開始，他流浪香港街頭討生活，這些下階層社會的生活體驗，有沒有真實的意義？在現實生活直接遭遇前哨戰，為保存生命而奮鬥。當他在騎樓下的肥皂箱上動手寫文章投稿給《自由人》半週刊，由治黃、建設大西北等工程設計，到哲學、歷史、文學等及人生雜感的文章，引起許多人注意，以為是一組人共用一個筆名。從語言的成長來看，他首先是個德國人，卻得用中文寫作，故不得不是「政治的」表達，像德勒茲評論卡夫卡的「少數語言」現象，他是猶太人，卻只能用德語寫作。[2]

　　作家黃震遐曾寫過《黃人之血》3000 行長詩，時任美援機構亞洲出版社總編輯，循址而來，看一個人在騎樓下的肥皂箱上讀德文著作，非常驚訝，聊了一些後就邀他再到半島酒店見面。在酒店，黃震遐當場付了定金，邀他寫一部震撼人心的長篇小說。熬了 58 個通宵，趙滋蕃催逼出震驚各界的《半下流社會》，稿費優渥，並受邀入亞洲出版社擔任主編。在趙滋蕃最為意氣風發的時期，月薪 960 元港幣，遠超過香港最大報總編輯的月薪 650 元港幣，三家電影公司聘他當技術顧問，各付 400 港幣月薪，新亞書院也聘他當數學講師，他說：「當時（唐）君毅、（牟）宗三碰到德文不清楚時，都向我請教呢！」

---

[2]Gilles Deleuze and Fe'lix Guattari, *Kafka: Toward a Minor Literature*, trans. Dana Polan, (U.S.A: Minnesota Univ., 1986), p.16.

二、小說時期

　　趙滋蕃在香港時期除寫作《半下流社會》、《子午線上》、《重生島》三部長篇小說外，另有《荊棘火》、《蜜月》，甚至《天官賜福》（後改拍電影《三狼奇案》）三部中篇小說，另有 50 萬字已發表在《亞洲畫報》的小說並未出版。也寫了雪峰山抗暴 7200 行詩劇《旋風交響曲》，和科幻小說《飛碟征空》、《太空歷險記》、《月亮上望地球》。我估計 1956 年至 1958、1959 年間，他赴德國取得高斯講座的數學博士學位；另外他也說有位牧師曾贈給他幾噸的哲學、神學、美學、文學的德文書籍，在香港一個地下室中。

　　王德威〈一種逝去的文學？──反共小說新論〉以趙滋蕃的《半下流社會》（1953 年）、潘壘《紅河三部曲》（1952 年；後改名《靜靜的紅河》）及鄧克保（郭衣洞）《異域》（1961 年）並舉，認為三書各以香港、越南、緬北為背景，確能展開不同的地域風貌與政治關懷。陳芳明〈五〇年代的文學局限與突破〉認為：小說中的人物寧可選擇流亡，是當時孤臣孽子的最佳反映。秦慧珠在〈五〇年代之反共小說〉中認為：「這種對自由的嚮往，對中央集權政府的唾棄，正是最深沉的反共寫照。」三文的簡評均視之為反共文學，雖然秦慧珠文是博士論文，趙滋蕃小說是其中一章節，有更詳盡的情節剖析。說這部小說是「反共文學」並沒有錯，當時臺灣 12 位上將中 11 位都曾邀宴。

　　但也可以說是難民文學，在流亡中掙扎圖存，生命座標系在切身經驗中擴大，一種「現在」的迫切性突然在特殊的時空中現身，警示在現在中行動的必要性。活下去是基本的權力，在生命的底層掙扎，激聚著緊張的活力，為保存生命而奮鬥；有生活經驗的實底子作基礎，並伸展向未來的希望之光。在現實中只有像英雄般行動，突破層層封鎖，才能擴大未來的可能性。故而趙滋蕃初投稿時文章的多種向度，使人以為是「一組人共用一個筆名」，現在則一人化成一個集團，也是《半下流社會》中虛構王亮、

司馬明、蔣山青、孫世愷及趙德成於晚飯後討論哲學、政治、經濟等議題，由王亮女友李曼抄寫並具名投稿刊登的情節之所本。生命是行動，問題是：什麼樣的生命是值得活的？

　　《半下流社會》旋即改編成電影。蘇偉貞〈在路上：趙滋蕃《半下流社會》與電影改編的取徑之道〉別有慧心，以詹姆士‧克里佛德（James Clifford）建構移動路徑的觀念，來重讀該書與電影：「小說投射了作者經歷，突出個人，人物跟隨精神領袖在城市／營地移動，開點而面，輻輳延異了難民的據點，空間建構複雜多元；電影則強調調景嶺的精神堡壘象徵，側重集體團結反共意識及地景打造。」此文也兼及趙滋蕃在文學上的香港因緣及因《重生島》被遞解出境事；似欲以《半下流社會》為縮影，綜論趙滋蕃的人生與文學，亦即以「在路上」成為流亡者難以承受之痛與宿命，原鄉永遠難以抵達。趙滋蕃熟讀尼采，「這是我一切的詩情與雄圖，將碎片、謎疑、可怕的偶然，編製而且合而為一。我如何堪忍為人，倘若人不成為詩人，解謎者，和救治偶然者。」[3]當在德國養尊處優的醫生之子，成為假洋鬼子回到中國，參與抗戰並且定居，沒想到置身於更大的風暴，淪落為難民；當生活被搗成碎片，這樣的命運成為謎疑，這無法忍受的可怕的偶然。趙滋蕃在〈我對於人生的體驗〉中第一句話便是：「也許錯誤是最能安慰人的力量。」也來自尼采：「生命是知識的條件，錯誤是生命的條件。」[4]這無可迴避的錯誤，只有由創造者來救贖，那不能摧毀你的，將使你更堅強。只有把風暴和靈魂「合而為一」，才是所謂「風暴的靈魂」。就像趙滋蕃常道及：懷海德（Alfred North Whitehead）的名著《歷程和實在》是歷程就是（as）實在。所以積極一點的說法：在路上就是原鄉。蘇偉貞說的或許就是趙滋蕃那種「不合時宜的沉思」（*Untimely Meditation*，尼采書名），永遠在流亡與對抗中。

　　《半下流社會》暢銷一時，應該打鐵趁熱，推出香港經驗的姊妹作

---

[3]尼采著；范澄譯，《蘇魯支語錄》（臺北：正文社出版公司，1971 年），頁 119。
[4]引自 Sarah Kofman, *Nietzsche and Metaphor*. (Stanford: Stanford Univ., 1993), p. 131.

《半上流社會》（1969 年）。此書卻相隔 16 年在臺灣寫成，主要是這段經
驗是《半下流社會》出版後到他離港（1964 年）為止，寫出這些多少還在
檯面上甚至少許交游的人物，多少不合時宜。彭歌〈頑強的大筆〉頗明個
中三昧：「彼時所謂『第三勢力』，有心在國共兩黨之外為國家民族謀求出
路者固亦有之，但也有些是騎牆觀望，打自己的算盤。」在趙滋蕃的冷靜
觀察下，在《半上流社會》的〈前記〉中：「有兩種人遠離人類社會──萬
人之上的人與萬人之下的人。唯獨我們這批過氣的老爺太太小姐博士們，
心理格外反常。論理，他們是難民，屬萬人之下；可是他們的生活目標，
偏偏指向萬人之上。」這豈非是面對「商女不知亡國恨，隔江猶唱後庭
花」時的心酸與無奈。《半下流社會》與《半上流社會》的關係，正如雨果
的《悲慘世界》與薩克萊的《浮華世界》的關係，足以使前者不朽的，亦
足以使後者不朽。《半上流社會》有點類似香港版的《臺北人》，但在趙滋
蕃的獷野深心中，無非是趙天一的智者之言：「文化沙漠開頭驅逐青年，末
了斷送國運，心靈的寂寞是歷史最沉痛的寂寞。今後必然是以新理想、新
制度和新行動，喚起民眾的時代。」

　　獲中山文藝獎小說獎的《子午線上》也在香港寫成，在篇首〈簡介
《子午線上》〉就說明此書的企圖：「運用強烈而壯偉的『對比設計』於長
篇小說，19 世紀有狄更斯的《雙城記》；在當代，有趙滋蕃先生的《子午
線上》。」而所謂「對比設計」指的是「生與死、愛與恨、美與醜、自由與
組織、光明與黑暗、永恆與短暫、善與惡、是與非，就虎視耽耽、雄踞在
子午線上的兩端。」故事從清末令人驚心動魄的搶婚情節開始，淘金發跡
的金家嫁女未嫁楊家，讓出官的楊家由嫉生恨而搶婚，謀殺金老先生和他
的九個兒子，七個侄兒，120 條壯漢。到金家第三代的獨種兒子金恢先，
「強盜和浪子的血液，在他血管裡奔流」，這正是民國 5 年，金家的人做翻
楊家 22 條人命。直到強盜頭子為救妻小自首而遭槍決，他的兒子卻在新式
教育下成為一代名醫金秋心。金秋心同樣為營救妻女出鐵幕而自己走進鐵
幕。篇首的簡介同樣對此書的藝術處理深致推崇，尤其在時間運用上：「有

順序時間，有回溯時間，有轉換時間，有同步時間，故事快速進行，繁複中見統一的秩序。」甚至「憑意識流作空間換場」。

　　姜保真在〈《子午線上》的基督教精神〉中推崇此書是「氣魄非凡的基督教文學作品。」他特別指出：「3500 字的子宮癌手術情形，令人接受了金秋心的名醫身分……有 4000 字連續篇幅討論耶穌基督的福音。」醫生之子的背景同樣起了作用，在犧牲中使生命賡續，也凝現出愛與拯救的主題。趙滋蕃在流浪天涯的行囊中，永遠不忘攜帶一部《聖經》。在《子午線上》中歐牧師說：「在一切值得驚奇的事象上，在生命之中，在死生之際，凡屬強烈地表現愛心的地方，就有神的存在。」簡言之，神愛世人，愛與神同在。周芬伶在〈愛的神祕劇──聖徒小說的終極探索〉中，就將趙滋蕃的小說歸之於「聖徒小說」。《子午線上》裡金秋心說：「廣是大的一種展開形式，大而化之才叫做廣。廣是含有生命力的。所謂春風廣被，裡面含蘊著無窮的生氣。」這說的是孔老夫子的推己及人、兼善天下，「讓生命活躍在生命之中」，又比說理要親切許多。只有大地精神才能說到廣度的向量。

　　周芬伶〈顫慄之歌──趙滋蕃小說《半下流社會》與《重生島》的流放主題與離散書寫〉以趙滋蕃寫在《重生島》的序言：「真理往往帶有醜陋的面貌……虛假與俗豔共棲。」也把趙滋蕃小說的評論帶到後現代的語境中。她以王亮及他的同伴過著巴黎公社般的生活，是本雅明依馬克思所描寫的；以天臺作為密謀、反抗之處，也具巧思。這可以有對照之處，《半下流社會》既有現實，也有虛構，如何藉著愛與理想突破現實絕滅的困境。此文在《重生島》著力較深，她引傅柯（Michel Foucault，1926～1984）的話來說明：過失犯是全面地被視為危險人物，他們有害於社會，甚至歸咎於他們惡劣的家庭。《重生島》中怪老頭所說：「如今是 20 世紀 60 年代，人們卻對飛彈、火箭戰慄，對軍隊、警察、法庭和移民局戰慄，戰慄的對象越來越廣，戰慄的對象越來越多，戰慄是一種本能：人類的悲劇無窮無盡。」戰慄是面對一個巨大、可怕的力量，隨時可以無理的方式絕滅人的

生命。要抗議香港政府在中國人的土地上將中國人（罪不至死的罪犯或過失犯）遞解出境，送到痲瘋島上等死，只有充滿力量與智慧的怪老頭才能率領大家絕地求生。這是反英，故趙滋蕃並不被反共作家所局限，而他所付出的代價是以「不受歡迎人物」被「頭罩麻袋遞解出境」（鄭樹森語）。這也是戰慄。

《半下流社會》中的王亮是天臺的領袖，「是第一個敢於面對現實，有計畫、有步驟地克服困難的人……他的大公無私，他的敢做敢說認真負責，他的忘我的犧牲精神，在大家心目中確是扎穩了根。」王亮似無具體的身分依傍，像是空降神兵式的理想人物，是趙滋蕃心之所繫，在人物刻畫上心裡的投射意味較重，但趙滋蕃並不低估這部小說，因為他像尼采一樣深信：「血寫下的東西，多少總含精義。」《子午線上》強盜之子、一代名醫金秋心，是殺人與救人對比的結合，在人物刻畫上就有具體可信的身分，在手術上細節的描述，都入木三分。到《重生島》被遞解出境的人犯怪老頭夏大雨，曾在法國軍團中當過兵，為國際警察追緝的要犯，又和香港警務處長為舊識，是智慧與力量的結合。在人物刻畫上就將《子午線上》兩代人強盜頭子金恢先與一代名醫金秋心的對比設計合為一身，這也是我在〈強盜與基督〉一文立論之所本。當豐富的生活經驗胎熟為老練的智慧，趙滋蕃的香港經驗亦使自己的性格九轉丹成。無怪乎在臺灣寫成的《半上流社會》的主人翁老頭趙天一已至「天人合一」的境界，是夫子自道了。風暴的事件要有見證者，目擊道存。

當趙滋蕃因《重生島》於 1964 年被港府遞解出境，實面臨要到痲瘋島的生死之危懼，引發高血壓；這多少還有長期熬夜的影響，半夜一點鐘到五點鐘是他讀書、寫作的時刻。救總安排來臺，由《中央日報》副刊主編孫如陵邀約擔任《中央日報》主筆，並撰寫「文壽專欄」。相對來講，大病初癒，小說創作較少。阮文達〈天賦、憨厚與傲氣〉說趙滋蕃通過外交官特考，應是此後事。

長篇小說部分，《子午線上》已如前述，《海笑》的撰寫，當時除擔任

《中央日報》主筆外，還擔任華岡教授，在文化大學文藝組專任。撰畢後中風病倒。年輕的經驗最難回首，一切恍如隔世，但那記憶又非常清晰，充滿愛、憐、淒、切。年輕時涉世未深，觀照面不廣，往往難以參透力量之間的複雜對應關係。趙滋蕃有負傷的實戰經驗，描寫常德會戰和衡陽會戰的實際戰況，驚心動魄如在目前。故事主人翁趙木鐸與《半上流社會》的趙天一是一致的，「天將以夫子為木鐸」，只不過這次是以圓熟的智慧回首前塵往事，那鮮綠的時辰永在心底悸動。

在左海倫〈風暴的靈魂〉中，她注意到「高潔因車禍而腦震盪，一直昏迷不醒達七個月之久……他的父親高儒以名醫的感光試驗而作了一個推論。這個推論以四支洋蠟燭為精神分析的 Sympton，和『橫鋪子之夜』的生活相對照，發生不可分的關係。」這是佛洛伊德的「原始場景」，趙滋蕃常以醫學或精神分析學的實驗案例作為小說的方案設計，促進衝突、開展情節，短篇小說〈龍城一夜〉也是以精神分析的「原始場景」來治癒一個女郎的精神錯亂。另一段「趙木鐸收到崔逸鳳的絕筆信時，知道逸鳳被漢奸諂媚敵人出賣了。這位經常瞌睡的木頭人物，立刻展開救援行動，完全把數學上的計算法運用上了。」數學的當行本色，也常用作小說的方案設計，《半下流社會》中天臺流浪漢們在颱風來襲，也對破木屋加以補強，由數學講師張弓當總工程師：應使用幾股鉛索？何處應使用單樁？何處應使用排樁？數學與工程同樣也是促進衝突、開展情節的一部分。左海倫認為：「《海笑》的人物描寫方式類似巴斯特納克的《齊伐哥醫生》」，這是因為巴斯特納克原是詩人，擅長快節奏的抒情，所以情節不致沉悶。李應命的〈《戰爭與和平》與《海笑》〉從生活經驗、人物描寫的方式、情節的開展，甚至小說人物許漱玉正在閱讀《戰爭與和平》中「三帝會戰」一節的戰爭場面，推論出《海笑》對《戰爭與和平》起著強烈的共鳴。這種深入的比較分析，誠然是識者之言。趙滋蕃寫過論文〈三個馬車伕的故事〉，以三個馬車伕的對話來比較托爾斯泰和杜斯妥也夫斯基誰比較偉大？結論是托爾斯泰，因為托爾斯泰影響廣泛，較具感染力，在美學理論上，趙滋蕃

也推崇托爾斯泰的《藝術論》，以藝術感染力作為藝術成功的標誌。

三、散文時期

趙滋蕃散文採用尼采的擊劍家文體，一劍直指咽喉要害，劍氣逼人，毫無俗套。以生活經驗做底子，以各種不同的知識領域作為方向；直覺的感受可以產生廣博的通識通觀。沒有豐富的生活經驗和多面向的感受與冷靜的觀察，很難直指問題的核心。直言之，這是格言體。在面對不同而糾葛的力量——關係時，解放了糾結的固化狀態，創造了在思想的實驗中最大的力量與活力狀態，所謂納須彌於芥子，故格言是性格圓熟時的智慧語。趙滋蕃的散文是流浪漢之歌，他沒有固有的領土，故他在一切地方；他指向創造生命的可能性，故他對一切僵化的思想與制度帶來衝擊。「帶有最大量經驗的人，把經驗濃縮到一般的結論，難道他不是最有力量的人？」[5]一種最廣闊的生活經驗，帶來最外部的流動力量，勢必對原有的慣性力量造成騷動、破壞，而這是為了激聚可能的最大力量。

趙滋蕃遇到左海倫，享有智性得以施展的最大愉悅；左海倫本身是機智慧敏而飽學的學者，言談間的機鋒可以看到趙滋蕃快速反應的智慧能量。趙滋蕃的對話如果沒有能量的激盪，他就歸於沉默；有適當能量的激盪，就激發他最大的創造力。他有尼采能量轉換的「公式」，也有數學家簡易直截的歸納能力；左海倫的流動慧點，恰可點擊出他深沉的智慧。對於趙滋蕃的天才現象，左海倫是目擊證人。〈灼灼風骨一宏才——懷念趙滋蕃先生〉中提到：「文壽的記憶像似電腦裡的 Memory Bank。這先天的遺傳基因（Gene）和後天的集中注意力，正是腦功能的使用，發揮極強的一種天才性質。」博聞強記到過目不忘，眼睛和腦的配合到電光般的照相能力；至少博聞強記的能力是與專注時知、情、意的剎那融合能力成正比。左海倫提到 7×7、7×8、7×9 的神祕現象，趙滋蕃希望她統計一下在這三個集合

---

[5]引自 Pierre Klossowski, *Nietzsche and the Vicious Circle*. trans. Oaniel W. Smith, (Chicago: Chicago Univ., 1997), pp. 1-2.

點上「大走」的名人，多得嚇人。趙滋蕃其實說的是「天才」，7×9 包含其前的 62 歲與其後的 64 歲，趙滋蕃也在預示他的死亡，他死於 62 歲。趙滋蕃之於左海倫，多少有點像尼采之於莎樂美，發乎情而「極盡克己復禮」。他 1971 年中風，也是左海倫送醫急救。

　　張瑞芬在〈趙滋蕃的文學創作及其時代意義〉中對趙滋蕃有全面的介紹及評價，指出其晚期小說如《海笑》等重要性不下於早期的《半下流社會》，並綜述其散文的創作成果。她認為：「趙滋蕃散文的意義有二：一是以雜文風格表現社會關懷，二是成為他美學與文學理論的前身。」為何散文能戛戛獨造？趙滋蕃說是：「真摯的感情，強烈的內心要求與真實的生活經驗，共同決定了獨創性之有無。」德勒茲（Gilles Deleuze，1925～1995）曾如此說明（尼采的）格言：「發現革命性力量……格言還有一種強化關係……這種體態狀態……它們應視為將我們卷至更遠的外面動態流動，這確確實實是種強化過程。體驗狀態不是主觀的，至少不能肯定是主觀的。」[6]格言的革命性力量來自與外部的相關性，獨特的生活經驗逃避也破壞了所有既定的符碼與既定的價值觀。〈流浪漢哲學〉一篇是他散文的代表作。張瑞芬尤其對趙滋蕃批評中文系等於國故系的抱殘守闕心態多所致意：「臺灣的中文學界普遍源自清末乾嘉樸學傳統，諸多觀念盤根錯節，未易撼動。然而趙滋蕃其人之正直坦率，卻在這些義正辭嚴的話語中，幾乎躍出紙面。」他只是用愛心說誠實的話，這是反中文系的刻板教育。不過，他（邢光祖也是）真是該在外文系任教的。

　　趙滋蕃在大學也教授散文原理，其中開講報導文學，1979 年受邀採訪十大建設。他說：我去的時候，他們認定我是文學家，派一個副工程師接待我，我直接要借閱工程師手冊。副工程師很納悶，說你懂得日文嗎？工程師手冊都是日文的。我說我不懂日文，但上面的演算符號是全世界通用的。他疑惑地借給我看，我拿回去演算一遍，告訴他某項工程會產生問

---

[6]德勒茲，〈游牧思想〉，汪民安、陳永國編，《尼采的幽靈》（北京：北科文獻，2000 年），頁 163。

題，因為小數點第六位出了錯，應是如此如此。他驚駭莫名，因為該項工
程確是碰到阻礙。第三天，總工程師、副總工程師及所有工程師一齊都到
席開會，向我報告工程進度，其實我的同學現今都是副總工程師以上的職
位。趙滋蕃以《十大建設速寫》（上、下冊）獲第五屆國家文藝獎，他笑笑
地說：「真划不來，得了個糖尿病。」

趙滋蕃計出版十多冊散文。很多學生見識到他剎那專注的能力，請他
寫篇散文，他四、五十分鐘一揮而就，千餘字散文充滿生命的銳氣。

四、文學理論時期

趙滋蕃的文學批評至少是實際批評，應始於香港時代。1964 年他應孫
如陵之邀擔任《中央日報》主筆並撰寫「文壽雜文」專欄，陸續有一些文
藝批評的短論及長篇論文。至於文學理論的大規模寫作，是在 1969 年應邢
光祖之邀擔任中國文化大學文藝組課程的華岡教授開始。未幾亦在東海大
學中文研究所授課與淡江文理學院中文系兼課。

他授課內容事先均已撰成稿，他唸一句學生記一句，課程結束後並未
特別出書。如「散文原理」、「小說原理」、「文學批評」及「美學」等。他
曾講過一個德國老教授的故事，這位老教授年屆 70，以為自己已屆齡退
休，故將自己授課內容印書出版，未料又接聘書，只好在開學時言詞懇
切、坦言以告，未料有位同學暴怒、屬詞以對：說買本專書不過 5 馬克，
修你的課卻花了我 20 馬克，你怎麼可以這樣，弄得老教授淚灑教室。又說
胡塞爾的遺稿由比利時魯汶大學購買，在「胡塞爾研究室」由學生整理，
以一年兩本的速度出版，到底有多少冊，只有天知道。此中深意，不言可
喻。他並說自己是放著《胡塞爾全集》在看的，德佬治學是用笨笨的方
式，不看完全集另加一本批評別冊，就不對該位思想家置一詞。

黃忠慎〈讀《文學與美學》〉一文肯定趙滋蕃「在現代文學批評史上更
是一個佼佼者」。趙滋蕃《文學與美學》於 1978 年出版，是授課講稿以外
的文論結集。黃忠慎舉出趙滋蕃所說：「我們民族中沒有出過亞里士多德，

也就沒有出現過《詩論》性質的作品，因此我們的文評傳統偏向印象批評，究屬順理成章。」並認為趙滋蕃對印象批評的意見：「1.選擇批評對象時，酌量採用托爾斯泰《藝術論》裡的若干樸素論點，作為主導的觀點；2.從印象批評發展的歷史線索著眼，我們可以從鑑賞批評裡，吸取一部分養料。」應該是「不失為一種較為客觀持平的態度」。黃忠慎也特別對趙滋蕃「文藝是國力的表現」的論點深感贊同，尤其是趙滋蕃指出：「在創作實踐中所崇尚的精神，應該是朝氣蓬勃，奮發有為的精神，而不是暮氣沉沉，衰敗呆滯的精神。」黃忠慎也注意到趙滋蕃在〈寒山子其人其詩〉一文中，「用現代精神分析學，透視他的個性、生活態度、生活環境及交游，藉以再生寒山的真面目和真精神，消除美國嬉皮們對寒山的誤解」。

趙滋蕃慧敏地引用康敏思（E. E. Cummings）的文字：「詩人自己在重新發現我們所失去真實時，就會寫出詩來。真實被蒙蔽的原因，照詩人雪萊的說法，是由於蓋上了一層『神祕的面紗』的緣故。詩的本身是重新發現的一部分。詩人在寫詩的時候，才能領悟他重新發現的是什麼。」斷言：「他的輕度迷狂症，在回歸寒巖之後從事詩創作之際，喪失的回憶的世界，逐漸召回；分裂的意識，重趨癒合。」這對寒山子「吟到寒山句便工」的現象的分析，直追德勒茲對普魯斯特小說《追憶逝水年華》的分析。「著名的不自覺的記憶……我們把一種感覺性質把握為符號；我們感覺到一種驅迫我們去尋找意義的急切需要。於是，有時無意識的記憶為直接為符號所引發，並向我們呈現此種意義（貢布雷對於瑪德萊娜糕，威尼斯對於石子路等等，就是這樣）……感覺符號的兩種情況：回憶與發現，『記憶的重現』與『借助於形象所呈現出的真理』。」[7]回憶是重新發現，但是揭開了原本被蒙蔽的真相，只有這種不自覺的記憶才能發現：借助於寒山的形象呈現出真理。〈笑談豬八戒〉也是驚人的精神分析文評。

1978 年夏季，在趙滋蕃老師家隔壁成立週末家教班（不收費），趙老

---

[7]吉爾・德勒茲著；姜宇輝譯，《普魯斯特和符號》（上海：上海譯文，2008 年），頁 54。

師義務為我們惡補型構主義批評、報導文學及電影運鏡手法等。我一直上到秋季入伍。

趙滋蕃的《文學原理》大致循葛瑞伯斯坦（Sheldon Norman Grebstein）所編的《當代文評透視》一書所劃分的範圍：分為歷史批評、型構批評、社會文化批評、心理學批評和神話批評幾個範圍，但後兩者則改為精神分析批評和原型批評。目標則參考韋禮克（Rene Wellek）和華倫（Austin Warren）《文學理論》的章節名，在現象學存在主義的基礎上，重構一套由中國文學分析所構成的、屬於中國人的文學理論，並獨力完成《小說原理》（尚未出版）。如果將課堂筆記完全抄錄，總量約有一百萬字，以《文學原理》目前的厚度應再有一冊。（趙滋蕃死的突然，此書〈後記〉多揣測之詞，鄭樹森先生曾在信中指明錯誤，今可以作廢。）他既已寫完〈緒論〉一章，代表全書完稿，筆記部分保存較完整的是在蔡淑奶、吳健、林美惠之手。

趙滋蕃的《文學原理》出入中西，優游自得，以真正的批評家自居，同代間鮮有能望其項背者。他談文學批評，很少是單一操作，例如論型構批評雖可以言之有據地品評作品的優劣，拓展讀者們原來就有的美感經驗；但往往注重理性分析而忽略主觀的欣賞，不能和人生世態和生活經驗相結合。故而〈析劉禹錫〈烏衣巷〉〉一篇，就結合了歷史批評。除了王導歷事三朝、出將入相，謝安為征討大都督，以八萬晉軍大破百萬雄師於淝水的歷史事蹟外，說劉禹錫醉心民間歌謠，故詩中音樂性濃，恣意列舉，竟使我們如讀畢劉禹錫全部詩作。更說其詩以實存中見空無的空寂感，是存在的感受。〈析李白〈下江陵〉〉認為「兩岸猿聲啼不住」一句在唐影刻本和宋洪邁《唐人萬首絕句》俱為「兩岸猿聲啼不盡」，有竄改痕跡。他引證猿啼在我民族文化裡有悲苦的情緒，故而此詩表現的是驚險的突圍感，出生入死，故「盡」字要比「住」字高明。〈釋柳宗元〈江雪〉〉說此詩出現了四種精神風貌：1.不同流俗；2.獨來獨往的精神；3.為反抗生存環境，而進行堅苦作戰；4.頑強的生命力。又好像是以千古絕唱來應證自己的生

命了。而〈釋張若虛〈春江花月夜〉〉自樂府詩體到齊梁體的半格詩，到認為唐詩根本就有個白話詩運動，看來是歷史批評；可是說〈春〉詩選字綴詞較少矛盾語，因矛盾語是以思想見長，而〈春〉詩不重思想性，又是型構批評。他在詩學上的造詣，有獨特深入的玩味。另外如〈文學與意識〉一文追索古人意在筆先之「意」，詮解為意境（意象或境界），再詮釋為「形象的顯現」，其實都忘了「人類對於生命無限的關注，決定了意識藉以呈現的心理現象。」而把「意」字解為構思，這是柏格森式的結論。

趙滋蕃喜談「小說的結構特徵即其藝術特徵」，「結構大於情節，既包含情節部分，也包含非情節部分」，或「對比設計」、小說中人物的對立聯繫，甚至文學類型論，與結構主義有可以相通的部分。趙滋蕃自稱是生命學派，覺得狄爾泰是 19 世紀被忽略的重要思想家，或說生活經驗也應屬於海德格的「在世存有」（Being-in-the-World），並在〈明日的中國小說〉中說明意識流技巧（其實《海笑》中已有運用）。常談及尼采及沙特，也算是現象學存在主義。他的生命學派至少有五個來源：康德、尼采、柏格森、懷海德、杜威，中間三位（或甚至前四位）都是德勒茲再三致意的。趙衛民〈趙滋蕃的美學思想〉認為趙滋蕃是以尼采美學的生物學基礎，反對康德的形式美學，以尼采酒神的戴奧尼索斯醉狂，架上康德的崇高；這條白康德到尼采崇高線，也吸引了李歐塔、德希達與德勒茲，換言之，多少與後結構主義者合拍。但我曾訝異於他所使用的中國文學分析材料，他說他有幸接運「國寶南遷」，為國寶襯墊的，有許多古籍。

對學術的惶惑終使我走入哲學，在 1984 年初聽研究所英文老師（美國人）說西方現在流行解構主義，距我當時的閱讀距離人遠。1984 年底時，對海德格詮釋尼采四大冊頗覺艱澀，曾送兩冊英譯給趙滋蕃。他曾說：「由數學到物理學，就具有形上學的基礎。」並對我研究某位中國哲學家不以為然，說「像他那樣抄書，老夫不會嗎？」我說：「老師寫嗎！」後來發現他用康德學寫成〈形象與意象〉一篇，注解完整。他對懷海德襲自尼采的韻律概念的討論，相當深入。他在 1985 年〈神祕的生命〉一文中說：「懷

海德從大宇宙著眼，推論出宇宙凡有韻律之處，就有生命。他確認『韻律就是生命』。上帝是有大能大計畫，管理實在界的周期運動，以及半周期運動運動者。而柏格森則確認意識和自覺，就是生命。我們能自覺到大化流行，不是機械式的連續，而是韻律式的反覆，正是神祕的生命的開端。」在他的腦裡有神祕的九宮格，上帝與科學並行不悖，在生命的每個階段形成重點，而歸結到尼采的生命哲學和杜威的「藝術即經驗」中。韻律概念是生命的強度概念，直穿入尼采哲學的核心。他將尼采理解為近於陸象山，可說在生命的創造性中要保住道德。他談生活經驗，也談生命的理想，這像不像是受尼采影響的德勒茲所主張的「超越的經驗主義」（transcendental experiencism）呢？在一個時代有特殊強度的，也將永恆存在。

尼采說：「圍繞著英雄，一切轉為悲劇。」[8]有壓迫的地方就有抵抗，他抵抗一切支配性的權力與暴力，趙滋蕃應作如是觀。只有在東海大學教書的日子，在歲月將盡之時，與學生唱遊，他才像嬰兒般的遊戲。〈哥林多前書〉說：「如今常存的有信、有望、有愛，這三樣，其中最大的是愛。」這是趙滋蕃最終的完成。流浪者之歌是自由之路。

趙滋蕃的病與死都與創作共棲，高血壓——《重生島》，高血壓中風——《海笑》，糖尿病——《十大建設速寫》，腦中風逝世——《文學原理》。

一個作家的成就應綜合評論，德國有一套量表，歌德按他生前完成的成就綜合評估，智商達到 200。趙滋蕃的際遇開千古未曾有之奇，像雅斯培評論尼采：「他在偶然的飛雪中成長」，也像德勒茲所謂的「游牧民」，他的智商該是多少呢？至少我認為：他有得諾貝爾文學獎的資格。

---

[8]Friedrich Nietzsche, *Beyond Good and Evil*, trans. Walter Kaufmann, (New York: Random House, 1989), p. 90.

輯四◎
重要評論文章選刊

我對於人生的體驗

◎趙滋蕃

　　錯誤是至今最能安慰人的力量，這話不假。際茲生命底征途，在 29 個年頭的旅程碑處開始向前蠕動的時候，不免一番回顧，一番顫慄；一番徬徨，一番吶喊！

　　數學曾消磨了我那富有青春活力的少年時代。這是一門冷僻的學問，感謝它為我洞開了悟性之門。因「負數觀念」之導入日常事物的分析，使我模糊地了解到事物的兩面：何者為真實，應該堅持；何者為虛假，應該擯棄。因「複素數觀念」之加入生活的考量中來，使我感到人生是多種多樣的行動的構成體，有人生的理想，也有生活的現實。因「超性數觀念」之屬入人生的想像中，使我悟到人生這方程式，實在太繁複。在生老病死的大自然規律之內，尚無限地存在著「超性數」。——它含蘊於人生這方程式之內，卻不適合於任何人生的方程式！

　　人生這令人迷惘的「馬亞面網」，終不為一個無知的少年所揭開。生活的內容太豐富，而我對生活的體驗太不夠。正如一切論理的原因，不一定符合於事實的原因；一切的符號，也無法楔入生活的實際，而自為體現。很混亂的，我開始認識到知識的基礎，依存於超乎人類理知之上的世界生活。我也粗淺地感到：凡以實在來就理知的思想體系，可能使生活內容發生乾枯可怕的結果。「蔽於天而不知人」，我為這事苦惱！

　　人生的目的，也許是為真理；在繁複的人生現象的核心深處，也許蘊藏著「精神的實在」。為著探索此一疑團，我徘徊於哲學的迷宮之外。

　　記得在南嶽的老龍潭下，我懷抱著「萬古蒼涼之寂寞」，獨對岑寂的

72 峰，靜沉沉地進行著哲學的思辨。似癡似狂，非癡非狂，曾為叔本華的《意志與觀念世界》而感到生之遲暮；為《尼采典藏》而自我瘋狂。一次再一次地，我耽讀康德的《萬有之終結》（*Das Ende aller Dinge*）；也曾在許多哲學著作之外，為一本小書：《玄惑的空想及其補救》（*Uber Schwarmerei und die Mittel dagegen*）而莫名其妙地流淚。事實上，一個少年，要分辨在過去的因襲中的什麼是將來的萌芽，什麼是日漸衰敗的外表的形式與附著物，是不大可能的。因為智力短淺，學養也不及，就注定了此次的努力，將全盤失敗，我只覺得：在哲學的暗室內，我在補捉人生這頭黑貓，而這頭黑貓，確實不在此暗室內。

蛇如不能蛻變，則傷；思想者如禁止其變換思想，則殆。返歸「民生日用」；在生活的實踐中去體認人生。這是我在南嶽山中的決定。當我沿著南嶽廟高大底森森古柏下行時，我強力地抑住悲愴。在生命底波流中，這雖然是一種損失，一種錯誤，但卻給失望的靈魂，以一種慰藉之感。

以後，我研究經濟學，想從人類經濟行為中，探求人類活動之源。想在經濟制度與生產方式的變革中，找尋出人生的理想和感情的基礎。在四年長時期潛心分析之下，對人生模糊的概觀，雖隨著歲月的積累，澄清了一些紛亂；但人生的終極意義，還作為一個問題，懸而未決。當時我認定人生是為真理的；而真理也將恢宏人生。但什麼是真理？放諸四海而皆準，百世以俟聖人而不惑的真理，究竟存在於何處？拋開浮世人生的幻覺，將一切直證心源，終未能求得心之所安。因此，在知識上求人生的真諦，簡直只剩下一個空虛的希望！

與其一知半解，不若不知；與其做一個他人頗為讚賞的智者，不若做自己糊塗絕頂的傻瓜！當大陸將陷入鐵幕的前夕，我的思想，在政治的低氣壓下，變得非常麻木空虛。

共產黨終於來了！大學中瘋狂地在扭秧歌，到處洋溢著精神的苦痛者的歌唱，到處在狂熱地進行馬、恩、列、斯、毛無聊的「經典」的學習。時代在急變中，個人的思想與感情也在激動。在這樣的環境中，一切獨立

的判斷，都為特務學生的氣焰所銷毀，一切基於研究調查、慎思、明辨的見解，都被冠以反動之名，而遭一筆抹殺。你在講堂上所講的，與你在房中所想的，完全是兩回事；而且完全是背反的！譬如說：共產黨的宣傳小冊子上硬說原子彈炸不死一條老山羊或一個老豬婆，你也得「照本宣科」，胡謅一通；他說塗了一層肥皂，或用一張報紙，可以防禦原子彈的輻射，你也得想方設法證明這是對的！明知道共產黨這一套，會引誘青年跳火坑，會訓練青年成為男盜女娼，但你不得不硬著脖子直嚷，這是「前進」！在那裡，美好的就是醜惡的，而醜惡的也就是美好的。真理變成了讕言；而讕言就當作真理。「予欲無言」，而共產黨徒卻威逼你非說不可。你要堅持自由意志與獨立判斷，他們卻以事後的追詢，毫無道理的指斥，挖你思想的根，強迫你進行思想改造。道理僅有一個人講的時候，那也許就該是世界上唯一無二的真理了！我曾為這事而墮淚。

人生究竟是為真理，還是為權力？鐵幕內一年的熬煉，使我不得不對人生的意義，更改其看法。權力既可控制人類的思想與言論，權力既可歪曲事實，也可敗壞真理的堅持，那麼，人生究何有於真理的追求？為自由，為真理，也為了維護自由和真理的權力，我決定將生命作為燔祭，為鮮血淋淋的大黑暗時代而自我犧牲。

海隅流浪，確是人生的另一面的開端。

在這裡，我生活的座標系是放大了，蒼白的人生經驗，也不斷地在磨折中填補進新的血液、新的內容。我覺得：我正隨著大時代的脈搏在躍動；正隨著大時代的呼吸在呼吸。我與苦難的年輕一代在一起，且一同掮起這時代的沉重的十字架而勇往邁進。

我撿過「百鳥歸巢」的菸頭，為一日兩頓發酵的麵包皮，必得在烈日下走上二十多里路，鞠上一千多個超九十度的躬。這是生活的現實，人生本難於正視。在騎樓底下，我以體溫炙熱了冷冰的水門汀，我感到人生原是這樣冰冷！當我轉動發酸發痛的身軀時，多少人生的幻夢都壓縮成了一小撮麵包皮！為「活」而掙扎，暫時擺開「生」的想望。為今天祈求，暫

時放棄明天！這就是生活的現實。先生們：青年是無辜的！青年何負於國家民族，而國家民族確實斷喪了多少青年！而時代的悲劇，也確從此處開始。

　　為拾取剩餘的消費品，我們匆忙地追逐著垃圾堆。為一塊兩塊碎玻璃，我們不惜以鮮血去換取，為一張兩張舊報紙，我們不惜去爭拾；有時在垃圾堆中，翻到一手又稀又臭的糞溺，含住一包辛酸的淚，將大糞抹掉，又繼續為生活掙扎。然而我感到：腐臭的人生的外殼，正緊閉住生命的神奇的芬芳。海上雖已無逐臭之夫，而海隅卻有一大群無辜的青年，吸取人類的餕餘，以為滋養料！先生們：你們忍心苛責他們沒有出息，自甘墮落嗎？風涼話我們絕不能講的。

　　古代有南郭先生的韻事，我卻曾親為今日的南郭！當我雜在出殯的音樂隊中，拿起一支風笛，不知如何吹奏，我心憮然！火刺刺底心頭，渴望著真實的生活，而生活內容竟如此空虛！當我脫下那套白制服，回復到本來面目時，我深深地太息：人生真像一場傀儡戲！先生們：社會是拿什麼來啟導青年的！損不足以益有餘，在人類失望的心靈深處，一定會掀起風暴！

　　作為一個敲石子的散工，我親切地體驗到人生是一樁端莊的事情；生活著，是一件嚴重的現實。一個人只要思想真、行為真，就是傲岸地死去，此心無愧！

　　作為一個扛麵粉的腳夫，揹著兩袋麵粉，顫慄在又輭又窄的挑板上，我感到人生本是危險的征途，危險的掙扎，危險的後顧與前瞻！

　　在石塘咀的天臺上，風雨曾剝蝕我殘餘的活力。我還生存，因為我還有感覺，我感到冷！我還需要活，因為活著是一種權利！「夜闌臥聽風和雨，鐵馬冰河入夢來！」想不到在現實的生活之旁，還橫躺著一個詩的生活！

　　在筲箕灣的樓梯間，我曾凝親著空濛夜色，諦聽遠處的更聲，近了，又遠了！蜷縮在深沉的長夜心上，我對浮世人生，慘然發笑！強者一個人

時最強！我掙扎著要爬起來，但腳氣病使我輭弱乏力。默默地，我回憶著如煙往事，只感到人生如夢復如煙。

保留一線希望，我總得活下去！

一個人，生活在時間之中，但也得超邁於時間之上。一個人，固為萬事萬物所制約，但也得標然高舉於萬事萬物。人生的價值，人性的莊嚴，必得於此中顯現！為學與做人，在困苦顛連之際，竟豁然貫通。道德的自信力，慢慢滋長；透過事物表面的精神的實在，慢慢凝聚成生命的安定力量。在生活的峭壁上，在生與死的邊緣上，我不得不衝開一條血路，自為「心雄」！

愛！本是生命最後的完成，是人生的重心，也是生活的沙漠中的泉源。

我曾經歷過人世間最真摯底愛；我也曾經歷過人世間最痛苦的堅持。到今天，我還是以錯誤來安慰自己。

情太長而愛太短，這幕人生的悲劇，由我自己編，自己導，而且還是自己演！儘管它來如流水，去若清風，但我總難忘這真摯的情意。對人生而言，歡忭的慰藉，與痛苦的堅持，刺激人向真、向善、向美，在人生的天秤上應占同等的比重。這說法也許不近人情，這作法也許傻得可愛。八年了，多少漫漫長夜，我坐待天明！

向生命的曄曄華采中，我曾伸手探取生命的餘溫，當生命的光焰減退時，我也要睡了！願保留得一顆童心，一線無用的希望，與海同枯、與石同爛！

而今常存的有信、有望、有愛，其中最大的還是愛！在衝冠亂髮中，在如棘的短髭上，我將找到我自己。雖然血乳交融的青春色彩已褪，雖然悸動的心情，不再為黃昏的期待而跳躍。

在我頭上者有群星的天宇，在我心中者有道德的律則。生命於我太多恩典，人生於我太多祝福。

當美好的仗，已經打完；當應走的路，已經走盡，我將浩然歸去！

錯誤是至今最能安慰人的力量，這話確實不假！

——寫在《半下流社會》出版之前

——選自《中華日報》，1978 年 3 月 27 日，11 版

頑強的大筆

◎彭歌*

　　我們生活在一個波詭雲譎、變化多端的時代。眼前遭遇的情況，10年、20年之前想像不到。而 10 年、20 年之前發生的種種，似乎都已十分遙遠、陌生，甚至讓人懷疑是否真的曾經有過那樣的事、那樣的人。時代原該是向前進步的，「一代比一代強」，可是人到暮年，「思古之幽情」越來越濃，朋友自然也是老的才好。

　　英國小說家普瑞契特（V. S. Pritchett）有一句話給我留下很深刻的印象，「一個人到了遲暮之年，翻開親友通訊簿，便好像在墓園裡徘徊。」蒼涼沉痛，而又無可如何。

　　老友趙滋蕃先生在臺北逝世，不覺已十有六年，他的愛女慧娟創辦一家瀛舟出版社，以出版文藝作品為主。華人在美國自力創業十分不易，文藝性出版事業更是加倍困難。瀛舟出版社規模不大，但已打好基礎。慧娟大概屬於 e 世代人物，頭腦敏捷，富於經營才能。她的父親是剛毅木訥一型，一分鐘講一個字。慧娟則滔滔不絕，十分健談。在口才與經營事業這兩點上，她可謂青勝於藍。

　　1949 年，大陸局勢驚天動地的變化，香港成為備受苦難的中國人的「希望之窗」。1950 年代之初，上百萬難民湧入號稱「東方之珠」的小島上。其中有離鄉背井的農民、工人，也有許多是唾棄暴政、追求自由的知識分子，趙滋蕃便是一個實例。關於他在香港艱苦奮鬥，一面在工場敲石子、一面讀書寫作的情形，趙衛民在〈強盜與基督〉長文中有很生動的評

*本名姚朋，小說家、散文家。

述。那是到目前評介滋蕃作品最完整的總結。

我與滋蕃相交，約在 1953 年。原在合眾通訊社擔任過採訪工作的張國興先生，得到國外的支持，在香港創辦亞洲出版社和《亞洲畫報》，編務方面的主持人黃震遐先生，以寫軍事評論聞名。亞洲社則以出版文藝作品為主。滋蕃以寫作的關係，應邀擔任主編。亞洲社舉辦第一次亞洲小說獎。聘請文藝界前輩徐訏、李秋生、黃思聘等先生為評審委員，滋蕃是主要的承辦人。彼時臺灣出版業不及香港興旺，大規模公開徵文的活動前所少見，所以臺港兩地愛好寫作的朋友們參賽者甚多，我當時在《臺灣新生報》工作，並受趙君豪先生之囑，主持《自由談》月刊的編務，並以寫小說自遣。亞洲社之會，我以〈黑色的淚〉一文參加，僥倖獲中首選。由於與賽者之中好手甚多，事後不免互相切磋討論，一時頗受注目。

當決選結果已定，尚未公布之前，我接到香港的電報，告訴我當選的消息，發電者署名就是趙滋蕃。為了一篇文章而打電報通知，在當時是很少有的事。我對他的盛情與細心感念無已。彼時我們都不過二十六、七歲，正是豪氣干雲、雄心萬丈的年紀，把文學看得比甚麼都重要。

臺港兩地空中交通不到二個小時，但由於大環境所限，往來並不十分方便。過了好幾年，滋蕃參加香港作家團體，應邀到臺灣訪問，我們才有機會相聚傾談。我曾邀約「春臺小集」的文友，設小宴歡迎。可是那十來位朋友裡，幾乎都和我一樣「唯酒無量」，幸而那天有孟瑤大姐從臺中來，滋蕃建議用大杯，我們都抵擋不住，孟瑤卻不動聲色，頻頻乾杯，數巡之後，滋蕃幾乎當場醉倒。宴後他對我說，「臺灣真不簡單哪！」孟瑤與滋蕃之海量豪興，從此也英名遠播。

1960 年秋間，我到美國讀書，滋蕃自香港到臺灣，在新聞界服務，又過了若干年之後，我們成了《中央日報》的同事。中央副刊由孫如陵（仲父）先生主持，滋蕃的工作以審閱小說稿為主，間亦用「文壽」筆名寫方塊文章，內容以探討文學、美學問題者為多，由於他學殖深厚，下筆矜慎，每能以少許勝多許，言人之所不能言。林語堂先生自海外回臺小駐，

曾仿金聖歎「不亦快哉」的筆意，描敘臺北生活之樂，其中有一條說，「清
晨閱報，讀文壽的方塊，不亦快哉」。其為前輩稱道有如此者。

　　後來他為了專心寫作，在報社辦了退休。其時我已承乏社長職務，數
度挽留。他都不為所動。他還把他的想法向我傾訴，又怕我未能完全理解
他的心意，在窄窄的便條紙上寫了幾行字，大意是：「把心中要講的話，痛
痛快快全講出來。千萬別等到有一天再說，『我還有一句話沒說完呢』。」
後來，俄國小說家索忍尼辛到臺北演講，「告自由中國」，其中也有一段
話，意思大致相同。都是所謂「憂患一代」的感慨。

　　滋蕃生平著述甚豐，長篇小說十餘部，《半下流社會》是他的成名作，
為 1950 年代流亡香港的知識分子們「窮且益堅，不墜自由之志」，作了深
刻的見證。現在，香港已經「回歸」，調景嶺難民中犧牲奮鬥的情景，早已
成為往事，不堪回首；但由於《半下流社會》的存在，那一段莊嚴悲壯的
史蹟才不會留白，成為香港的精神座標。

　　他後來寫的《半上流社會》是另外一種場景，另外一組人物。彼時所
謂「第三勢力」，有心在國共兩黨之外為國家民族謀求出路者固亦有之，但
也有些是騎牆觀望，打自己的算盤。滋蕃深明箇中奧祕，寫起來更是栩栩
如生、淋漓盡致。

　　《半上流社會》有晚清的社會寫實小說的味道，人物大多各有所本。
有的從性格言行上可以推敲，有的從姓名中可以得到索引，當然更多是作
者想像中創造出來的角色，從第 15 章（韓戰爆發以後），看得十分清楚。

　　書中提到的人物，如「許老總」大概是許崇智，「張向公」是號稱「鐵
軍」名將的張發奎。「谷夢如博士」想必是顧孟餘，「童希聖」很像前立法
院院長童冠賢，「伍憲智」與民社黨伍憲子相近，「上官雷丞」與上官雲相
更是有緣，「呂公望」不知是否李璜？「左諸馮」大概是左舜生。

　　另外有些「非正派」的人物，在「12 金釵」之外，如好色又好權的
「陳思敬」，自稱是「李德公在香港的代表」，讀者不難猜出這個啞謎。世
人後來便藉著這一類「一堂聚義，心隔千山」的活動，成為北京的新貴，

後來的結局也很不妙。

有一位八旬老人，倡導積極精神和文化改革，這個人物是作者理想化了的長者；有個「冬瓜身型」的趙天一，擇善固執，不與現實妥協，則是作者自己的身影。

滋蕃對於文學藝術的看法，曾透過那老人起草宣言的場合，吐露心聲。一群熱血沸騰的青年人，結社立會；那老人提示他們努力的方向。他說：

> 歷史證明，任何大變革如果沒有一組全新的制度作為基礎，必然是換湯不換藥，徒勞無功的。而文化運動，是一切新理想和新制度的溫床。中國之命運繫於今後 20 年中國人在文化上的共同努力，新知和舊學並舉，加緊譯介當代各國的新思潮，並且分門別類整理國故，乃當務之急。有生命力的文化，不獨有智，而且有情。文化沙漠開頭驅逐青年，末了斷送國運，心靈的寂寞是歷史上最沉痛的寂寞。今後必然是以新理想、新制度和新行動，喚起民眾的時代。而文學與藝術，乃古今中外一切文化運動的開路先鋒。
>
> 我們這一代人的共同努力，就是要在文化上構成一個強大的磁場。

這些話，其時也正是滋蕃自抒懷抱：他希望作家是文化革新的先鋒，在文學作品中展現磁場的功能。

「中國之命運繫於今後 20 年中國人在文化上的共同努力」這樣的預言尚未實現，20 年、30 年過去了，臺海兩岸之間已經由戈矛對立轉化為有限度的交流。中國之命運的改觀也許還需要更長時間的耕耘。

不過，世界總是要朝向好的、合情合理的、更自由的方向去發展。蘇聯已經解體，東歐已經自由化，趙天一所追求的理想可說是已經逐步實現，可惜趙滋蕃看不到了。

慧娟繼承父志，以寫作出版為職志，將來成就如何，目前先不必多

說，單是這種誠意與熱情，就很令人感佩。她正在籌畫將滋蕃的遺作重加編次，出版全集，可謂善於述志承志的孝女。

滋蕃在一篇短文中曾說：「40 歲是人生的界碑。40 歲以前，創造回憶；40 歲以後，就享受它。而一個寫作的人，一旦進入沒有值得一寫的生活，就應該默爾而息，頑強的生命力，是有精神內容的，值得一寫的莊嚴主題，它實證了自我的存在。謹以此祝福新起的一代。」

新起的一代在人生與寫作的道路上應該怎樣去走，這亦是莊嚴的主題。「主題掛帥」未必寫得出好的作品，但主題過於卑下，甚至於沒有主題，恐怕更不可能寫出偉大的作品來。滋蕃的話，值得三思。

——選自趙滋蕃《重生島》

美國：瀛舟出版社，2002 年 8 月

灼灼風骨一宏才
懷念趙滋蕃先生（節錄）

◎左海倫*

　　當年，文壽在文化學院教授文學。我在淡江學院除了教大一國文外，也開了兩門現代文學理論和文藝習作的選修課。我們見面時卻很少談文學。也許我們對文學的見解大致相同，雖然出身和訓練各異。這是因為初初認識時，他曾參觀過我的書房。他說：「想不到你藏了這麼多解釋文學的書。你這些書，我都作過卡片。」我說我自己有書就懶了。他不說什麼只從架上取了一本 Julius Peterson 英譯的《詩論》，表示有這本書的德文原版，他很喜歡。我說這書經過英語翻譯可能會損落很多。可惜德文我一竅不通，只會讀字母，ㄚ、ㄅㄟ、ㄘㄟ、ㄉㄟ，他聽我發音笑了，笑得像隻火雞的聲音。我莫名其妙不知什麼地方惹他好笑。

　　一天，义壽未約而至，他來還書（《指月錄》）。我倒了杯開水給他，自己喝著茶。無意間我們開始初初認識以來的一次賓主互詰。文壽提到不邏輯的禪宗公案沒有理論依據，令人困迷但也發生興趣。我說禪是不能用智性、概念性和分析性的解釋，因為禪是一個恆常的品格問題而不是理智問題。詩也不邏輯，但我們會覺得它很 Karos。我用了一個古希臘字，文壽竟然糾正了我的發音。有趣的是文壽以為我對禪宗有研究，故意在賣關子。只記得他說過一句很像責備的話：「凡是寬大的靈魂，誰不知需要自謙呢？但是不應該滯留在裡面，這樣就打不開出路的。自傲要看對象，一個沒有說話對象的人，就沒有說話的需要了。你是否無話要說！」我被他一激只

---

*文學評論家、散文家、小說家。曾任教於中國文化學院（今中國文化大學）、淡江文理學院（今淡江大學）、清華大學、美國北卡羅萊納州立大學，發表文章時已退休，現旅居美國。

好說：「恐怕你要多看一遍這部書（《指月錄》），或者去靜慮，用集中的心智透視無限，也許你可以把禪看作澈底的直覺主義。」我們一來一去，全部的談話內容此刻已記不太清楚了。我曾把文學史詩類的作品做了舉例，我說喬哀斯（James Joyce）寫的那本毀譽參半的《優尼西斯》（Ulysses）是意識流結構特徵的小說，就是把生活對立的結合在一起。不像狄更斯《雙城記》中的二元性。禪則可以把光明和黑暗、美與醜、高尚與卑微成為新的感覺方式，也就是減去生活中一切對立合而為一。終極的禪是與自然血脈相通一體而成活潑的新生命。最後我又加上一句「和你睜開一隻眼睛作夢不類同。」他聽了將信將疑，於是我又哇啦哇啦把日本鈴木大拙的釋禪，變換了自己的轉述語，我說：「那情況是一種超然的清醒，是所謂的天人合一的整體經驗。你和自然合一時，整個心智的活動會是一種新格調，新力量。經歷任何事都能滿足、喜悅、平靜。生命的調子變了，春花更美，山溪更清澈。生命的熱情更顯赫。」我自己並沒有明心見性，我驚異於說了一大套自己並不曾體驗過而只是想當然耳的話。這和教中外地理的教師，沒有足踏全球也能授課頭頭是道沒有不同。文壽好像沒有注意我在賣弄別人的東西。他笑笑說：「這像宣讀心物一元的論文。」「對，任何理論要去實驗。禪就是飲水冷暖自知的事。楊振寧、李政道得諾貝爾獎先得感謝替他們做實驗的人，禪是要自己去做實驗的。所以你最好再讀一遍這部書。」文壽又笑了，他說讀一遍已能記住，再讀豈不浪費生命。當時我的反應覺得他太吹噓，我要窘他一下是滿好玩的。隨手我抽出《指月錄》中一冊，翻開一頁，剛巧有首偈句，我唸：

　　　三間茅屋從未住，一道神光萬境閑。

　　　莫把是非來辨我；浮生穿鑿不相關。

文壽拗口鴃舌的湖南鄉音接著背誦：

一池荷葉衣無數，滿地松花食有餘。

剛被世人知住處；又移茅屋入深居。

我一看正是這首偈句的第二段，我楞了，驚佩不值。文壽的記憶像似電腦裡的 Memory Bank。這先天的遺傳基因（GENE）和後天的集中注意力，正是腦功能的使用，發揮極強的一種天才性質。文壽的天才現象正是如此。

　　後來，我發現文壽有個特別的地方，他與你談話時不會理會別人，他要用思想時，全神貫注，如入無人之境。他對事有主見的是非觀，對人有清教徒式的善惡感。又直覺、又理性、又天真、又固執。任何人要做了一件他不以為然的錯事，他會說一輩子看不起這人，包括他失節投共的老丈人衞立煌在內，而且能當面給人難堪。心靈反應的快速，呈極化現象。如果有人說了不正直的話，我們可以馬上看到黝褐色在他的臉上淡化了，代之而起的是一種慘白，一種自信，幾乎是冷酷的表情浮現出來。連他的走動和手姿一刹那都改變了。他在同一時段裡會喜怒併發，尤其談到國事，天下事時，文壽的政治立場、人權思想，比鑽石還堅固。有錢鑽石可以買到，他說他的立場和信念是不賣的。

　　記得文壽批評某些國策不務實，是一群官僚的政治作風在玩弄權術。他情緒過於激昂，倏地站起來，同時握著拳頭上下拍打著空氣「假如人沒有可以信賴的原則，沒有站得穩的立腳點，這個人怎能對國家的需要，趨勢和將來做正確的估計！一批狗娘養的，殺……」我被他的粗話嚇呆了，文壽把「狗」字用很重很重的大聲波發音，其他餘字都成了舌尖齒縫的贅沫。我趕快說：「你的意思是否才智超群的人，就是成功的政治家？」「才智那裡會有施展的機會！達爾文說的對，粗鄙者生存，一批豬。」他的情緒和思想在跳動，他的語言和表情在飛揚。慨嘆中不失豪氣！企望裡飽含同情。但他又多用一種動物形容外行指使內行和好逸惡勞的政客。我說：「你乾脆就把動物園來形容政治圈吧！本來人性裡就有很多野獸蠻性的遺

留。」文壽又說：「千羊之皮不如一狐之腋。」我說：「人人諾諾獨你諤諤，你不成了一隻狐狸了嗎？」文壽聽了我的話咯咯咯的笑了起來，我繼續又說：「你怎麼去殺？難道是你的體積乘揮拳速度的平方，可以產生力量？」我用 $E=mc^2$ 做比喻，他全心的笑了，笑得更為大聲。微胖的身體像涼粉似地顫動著。「如果你能把罵人的話刪掉，就是很好的長官訓辭。」我見他笑得開心，順勢做了正告。他不置可否，態度又顯得平和了。「寫社論寫小品，下指導棋，人老眼花的就是看不懂。」「因此你就在文章外面開罵？」忽然，他福至心靈的說了一句英文：「You have expensive taste, I do not.」文壽的發音有德文的重音，但咬字很清楚。接著又用中文說：「你應該姓鬼，不該姓左，共產黨也不喜歡左派。」文壽把「貴」說成了「鬼」，這是半句恭維半句又不像話了。我和耿直無偽的朋友們熟習後，一向是包容的。因為一個人若把隨風而去的無意義話當真，會使腦細胞負荷太重。

記憶裡，好像是選舉總統的一年，身為平民，似乎都有默契，誰能贏選？不容懷疑也無揣測。國會代表的選票一面倒也不全是巷議之「投桃報李」的選情。事實上反共抗俄的教誨及經驗，也深植民心，其優勢於國力的躍升。我曾笑談，病態的尼采有句常態的話：「貴族政治不僅是血液還要智慧」。綜觀全球，無論真假的貴族，若是限制政治自由那也不是好現象，成長是該有些變動的。但是文壽另有種憂心的說法；他認為造就政治家，不比訓練一個空中特技飛人所花的時間少。更不像今日捧各類明星一夜成名那麼簡單。政經學歷訓練後還要科班出身——從基層小差事勤苦幹起的事。此外文化素養，聰明才智缺一皆敗。政治這玩意兒是關係全民生命的事。破壞遠比使它健全更容易。政治也好像醫術一樣，病症的治療，弄不好時會導致預料不到的其他疾病。文壽這些話聽來是很保守性的。接著文壽又說：「民主政治基本上要從教育和經濟開始，知識水準不夠，真民主將成夢想。『寧可教育一人明智做國家領導，難能教育千百萬人』這是福爾泰的話。你以為如何？」我說：「福爾泰大概怕缺德性的政客誤用知識。古話說：『學足助其奸』就是指這類人，他們有政治慾望而不受理性思考，而受

原始衝動的影響。好像天下是打出來的。所以教育基本要重視先學做人，再學做事。政治領導人的明智，應該像交響樂隊的指揮，樂曲、樂器都得懂，然後指揮各類專才演奏者來表現。」「民主相當於一種奢侈品，尚待努力爭取它的核心。教育投資是不可少的。」文壽的結論到此。我們也不再談下去了。

多年來，我記不清有幾次和文壽交談會晤。在週末晚上，有時文壽像朵浮雲，飄忽不定的來了。他說：「小朋友可以來（意指我的學生）我這個大朋友也可以來。大朋友沒有女主人特定的許可時間，所以揩揩小朋友的油。」可是他來後，覺得小朋友所談的題材微瑣，只是些斷定、假設和指責，認為游談無根，浪費生命。三五分鐘也不願多留，說走就走了。所以當我們會面，雖然交談也會天馬行空，而每次都會有一兩個主要問題交換觀念。

有一次，我提出一個問題。

「文壽，你經常說浪費生命，如何才不至浪費？你所謂生命的意義如何解釋？」他好像若有所思的回述他生命史上濃濃彩繪過一筆的經驗。那是激情如火，生命銳氣的繾懷。他認為現代的年輕人得的多給的少，沒有吃過苦。

文壽年輕時，在抗日戰爭的後期，投筆從戎，捲入熱火衝天的戰爭裡。他說男人參加打仗，固然是為了保全生命，也是一個被侮辱被損害的民族的自尊和責任。他回憶那段日子說：「在一次猛烈死傷慘重的戰役中，戰火沉寂下來了。我躺在戰壕裡專心閱讀唐詩。卻因疲累過度而酣睡。突然一陣密集的排砲發吼的響著，把同排戰友們炸得血肉四分五散，而我自己卻在作夢。」他認為那次生命很微妙的存在，也許正是自己從不浪費這個律動而活力最旺盛的生命使然。只是硝煙和惡腥味使他嗆醒過來。他眼見死屍纍纍，血，爬滿了四處，構成一片驚心零落沮喪的慘景，接著文壽又說：「生命原只是生前死後兩者無限之間的一點微光。光度弱而時間短，如果要超越時空的局限，就要行所當行，死也不足懼。生命不是哲學的推

理，也不僅僅是解剖刀下的基因結構學。它是一種經驗，有價值有意義的經驗。只是飲食男女的經驗，就同行屍走肉無別。」歷史的悲慘令人肅然，我想在現實中輕鬆點，我說：「文壽，你熱愛的生命是指人的生命而言吧！否則一個跳蚤，一隻老鼠和蟑螂，他們的生命意義是什麼呢？」沉靜片刻後，文壽問我是否知道《聖經》裡一個播種的故事？我想了想仍不能理解這個比喻；如果生命像農夫灑的種子，有的在沃土上成長會很順利，有的在荊棘中會很辛苦，有的在石塊上一無生機反應，這又算什麼意義呢？豈不是因環境了嗎？有宿命的傾向時，就無需奮鬥了嗎？就生命而言，看來是解答不了的問題。文壽說：「其實，生命不用解答，只需將行動和價值相協調，夠了。一切生命乃是上升和下降，衰敗與重建，毀滅及復活的融合。」談話的內容又抽象又嚴肅。氣氛像在一團濕而冷的棉絮裡，我轉了話題。

　　我們談到人類的歷史文化時，我曾請文壽用簡捷的舉例來鑑定一個文化的高低。他拿起一根火柴劃燃，舉著等它燒完。「你看到這個青色的磷煙嗎？」我還在等他說下去時，他又劃一根火柴，自顧自的抽他的菸了。這時我嗅到一種「禪」味而不是磷味。我立即回答：「你的觀點著重在物質和科技上，對嗎？雖然科學帶來了實利，但我卻認為文化還是要看一國一家一個人的 Life style，生活的品質。中國的戰亂太多，教化不能連續，時斷時變，根雖深而幹葉的病蟲害難除……」他不等我說完，也要我簡捷的舉例來分辨文化的高下。我就說：「寧靜，禮貌。」「這是態度和行為」。「照你的物質觀來說，那只需統計國民消費的紙張。」文壽像聽而無聞的沉思著，時間像凝固了。忽然他從緊閉的雙唇裡擠出一句像是詰問：「你的意思，文化依靠習慣，而不藉賴力量了嗎？」「我的意思，禮貌的習慣和知識的力量。都是第二天性的培養，才能表現出高文化來。」文壽卻淡淡的說：「文化也是意志的產物。」

　　之後，我又知道文壽兩三歲時，父母仳離，父親忙於醫務事業，把他交給德國褓姆帶大。無知的女傭只會大塊大塊的肉，大把大把的糖，把他

餵成一嘴的壞牙和一身胖肉。他說他的牙一痛就生氣，所有的糖食。一照鏡子就怕看到自己的尊容。這恐怕是自嘲。但我猜想，他的幼年時代是在「無政府狀態」下自然成長，本質有善良的遺傳，所以還不至有無法無天的意志。

那次是一個春日燦然的清晨，和平東路紅磚道上絡繹不絕的人群，正走進靈糧堂去崇拜神。雖然教會就是我家的近鄰，而我從未去聽過福音。第一次讀《聖經》時，把《舊約》當作故事來讀的。希伯來的先知是用意象、隱喻，象徵和神話等等語文形式來敘事，還真能吸引人。我讀《新約》時，是站在歷史觀點，覺得耶穌像個社會改革家，處處和猶太教對立，倒是打破很多僵化的律法。所以那時候我對神的觀念，常常是按照自己的方式詮釋：耶穌像是一個擺渡的筏，即不是神也不是禪，人借用了筏，才能過河是來去自主的。此刻想起但丁寫《神曲》中那個代表理性的 Virgil，不能領人去天堂旅遊。這表示理性只能引導人走上信仰，而真正的信仰要在理智消失後才會誕生的。我想，這可能要靠個別的某種機緣了。但丁在《神曲》的論點，放在一切都講究邏輯知識和數學非凡的趙滋蕃先生身上，顯然又是極端矛盾。我認為文壽有一種直覺知識，屬於心靈的想像。感性而虔誠信仰那位擬人化全能的神。我見過他吃飯前，都低頭唸唸有詞的祈禱。這是一種什麼心理習慣的儀式，我未曾請教過。可是奇怪，這一個禮拜天，他沒有去他的教堂，卻來我家了。

本來宗教信仰和政治立場，討論起來，都會不歡而散的。可是文壽和我比較宗教時，卻帶著哲學的趣味。他從未向我傳過教，我倒有時賣弄自己並未悟道的禪宗和古代思想，說純淨的禪不是佛教，而是類莊子的「逍遙遊」，類老子的「道」和孔子未言明形上的「仁」。沒有一個高高在上之力的約束，純為自由心證，我還揶揄他信仰的救主是個社會主義者。我說：「基督教興起的歷史狀況，主要是在耶路撒冷和亞力山大港，以及雅典和羅馬地方。所有的無產階級，被工商業者剝削和奴役，完全在無助無望的心態下苦苦生存。住在拿撒勒的耶穌，觀察到這種情勢，極聰明智慧的

發展了一種新的道德律，並且創造了神學。把天堂美夢的期待，去補償窮人給予心理安慰，把地獄去裝滿無德性的富人。我也在《新約》裡看到教會共有共享的記載，這不就是說明耶穌的共產思想和倫理學嗎？這和中國先秦時代的墨子，其兼愛作風也很相似呢？只是墨子沒有像保羅這麼有學問的信徒。你看法如何？」

　　我說完很後悔，我會激怒他。因為文壽愛恨分明，把他愛的去比符他恨的。誰知他並沒有生氣，反而平靜的說：「宗教信仰要排除歷史觀。」這時，我不知為何會有挑戰的語氣出來了：「那麼你希伯來的思想超越你希臘的理性了？難道信仰就是神話、神蹟的催眠？」文壽仍然不慌不忙的說：「信是人的本性之一。比如人與人相處，彼此互信是很重要的，無信就不會成朋友了。」「信什麼呢？信朋友的什麼？」「神格！」文壽口氣好大，這大概就是他一向風發傲骨的信念。乍聽起來，他要交有神格的人，才能是他的朋友。記憶中好像他說什麼都會是高高在上的。和他做朋友，沒有學到信仰神，談話時學到要言不繁，和言簡意賅。於是，我們又論及永恆和不朽。

　　文壽認為個體的不朽不是軀殼而是靈魂；不是現實的生命而是未來的生命。能創造未來生命的人，才是不朽。活在當代人的記憶中才是存在。他說死亡不是生命的終站，而是新旅程的起點，像這樣才謂之靈魂不朽，人格不朽。聽起來似陳言，但文壽強調人總要把生命和思想中最理智和最美好的創造才藝和心靈感召，有效地留存於無窮歲月裡，才能突破時間的局限，成為不朽。在這一點上，文壽留下的各種著作，似乎已盡其力做了。

　　記得當時我還提到有一期《時代》（*Time*）雜誌介紹一篇科學物理實驗的報導；原子核裡的一個代電質子，實驗結果，壽命算出來是 50 億個億萬年。我玩笑的說這恐怕真可說活得相當永恆不朽了。這不朽，算是物質還是靈魂！文壽聽了我的話，咯咯咯的笑了起來，笑得渾身在抖盪。我正不知這有什麼好笑時，他說：「不朽，不朽，你有個大大不朽的腦袋。」弄得

我莫名其妙！

當 1960 年代尾期，越戰如火如荼的發展著，我們也討論到自由世界援越救難的種種。也談及戰爭的不同形式和內容。

文壽不滿意美國在越南的作風，認為浪打不勝利的仗。我曾表示美國軍械極強，在越境不善打游擊戰而已。就像他們的農業用機耕機具，到了丘陵區或盆地的梯田，機耕無用武之地。總不能打核子戰吧！但文壽以肯定的語氣說美國是在別人的國土上，實驗他們的國防戰備，看來似以公義之師和綏靖姿態來顯赫其國際聲望，骨子裡是自保自利。（大意如此，詳細的話已想不起來。）我並不傾美，尤其反對戰爭。記得我調侃的說：「雷馬克寫的《西線無戰事》倒可以告訴越人，讓胡志明和阮文紹做次拳擊競技賽，或是來個相撲摔角打架，請美國和蘇聯做裁判員，誰鬥贏了誰得政權，何必摧殘那麼多無政治慾的生命。弄到人性扭曲，全在表演獸性而失去為人的躍進。」文壽並沒有覺得我的引喻好笑，他嚴肅地說：「權力像鴉片，不具深心，碰上了就放不下。尤其知識思想觀念還停在 19 世紀初的心智，這些政權老饕，更加對『鴉片』有癮，老百姓很苦了。」他大概是有所指的，我沒有接腔。文壽又加上一句：「一批佞人有種怪現象，媚上驕下之風，把有執政權的捧驕得像個鬼神，而這個神化裡唯我獨尊的人說起話來就成了真理……」我想結束這使人沉重的一刻。我說：「有力的領導，第一件該做的事是讓天才不受挫折而更加完美。蘇東坡分類的智、勇、力、辯在〈養士論〉所述是不是很好？」文壽沉默著，時間像凍結了。我只好把話題轉到當時島內的經濟和外交上。空氣突然像颳起了疾風，文壽元氣淋漓的有一套非議。論起實質外交，缺乏勇者擔當，遑言辯士，酬庸一批洩氣的人去國外養身體，外文都不通，如何有廣角鏡的卓識去觀測國際形勢。

我很怕這種跌落到漩渦而無力感的四度空間。我無能使氣氛愉快起來，只順勢的問，這一切又將如何？最後的結果會怎樣？文壽肯定的激語和咒罵的背後，充滿著國家的愛，和穎知灼見。他說：「斷交。使館被迫下

旗越來越多。國際間祕密勾結，我們會被孤立。日本霸權將會再起，先經濟，後軍政。暗中鼓動臺獨、萌芽、壯大，成為大和民族的附庸。內奸蠢動，共產黨統戰，急功近利的知識分子變節⋯⋯」他一口氣，喘吁吁道出這可能會是無數的妄為與混亂。聽起來使人毛骨悚然，不寒而慄。

1970 年代裡，果然聯合國接納了統治十億人民的中共政權。緊接著更早時，英、日斷交後的感染，國際間的現實是盲目與深思的融合，美國也不例外。文壽思考縝密，知人見事，推測與評斷都非常精到。他透入事物，能深深的鑽進核心，極中肯要。

有年中秋節，文壽送來一盒月餅。他在家吃完晚飯來的，我就說要請他喝杯飯後酒，算是禮尚往來。他說還要去上班，不能喝酒，喝杯開水坐一坐就走。那知他一坐就坐到快十點了。話題是由賞月開始，我還提到張若虛的〈春江花月夜〉其中有「江畔何人初見月，江月何年初照人？」是辯證的和動態的，有哲理詩的玄遠。文壽也表示詩人把抽象的思維放在具體的景物中，是象徵方式寫詩，理趣大增，百讀不厭。無意中由月亮談到人生，又扯上哲學心理學本我、自我和超我的思辨。

我炫弄，自我就是自由意志的人性，可上可下。超我，大概是釋迦悟道後表現在人生中所謂的佛性，和耶穌背十字架擔當一切罪的神性，以及孔子超凡入聖的不違仁。他們用不同語文表述的那個至良至美的東西，而這「東西」就是了不起的人的一種了不起的內在能力的放射。文壽聽得好像有趣，他要我說下去。有了聽眾，我就津津有味的大發謬論。我說：「自我在靜審下大澈大悟，於生活中展示大悲憫大喜樂，屬詩意的。這是禪宗方式進入超我之境。自由意志全心接受不稽無疑的順服而認罪，謹守誡律，於倫常中展示出耶穌的樣式，屬於敬畏的。這是基督教方式進入超人之路。人生中飲食男女，待人接物都能，接受理性的教化，知仁而能志於學仁，然後一路下來好仁、不違仁，依於仁，直到親仁，得仁安於仁的鍛鍊。必然是從心所欲不逾矩的展示了崇高典雅的君子人格，而超越原來的自己，是屬於千錘百鍊的活動和心態。這是孔學方式進入卓越人格的取

徑。可是人性千態，難免乖蹇晦冥的一面，這三種情形，人很難貫徹始終融入其一，人性實在仍待探索。其實人生的情況，就像去讀書。有人不求甚解，有人得其大要，有人手舞足蹈陶醉，痴想妄做，也有人小心翼翼咬文嚼字，痛苦非凡。我了解的只是一滴水，不能見到海洋。文壽，你以為如何？」我一口氣說到這裡。文壽靜靜地聽，並不評論，只簡捷有力的替人生做了詮定，他說：「人生實在只是在哭與笑的二重奏中流轉。」我馬上說：「那麼人性呢？你看到的只是生命意識，不是生命無極。」我是想討回我多用去的唾液，希望聽聽文壽對人生兩極式的見解。他沉吟片刻，新鮮有力的說：「性格和環境加起來就能有行為活動，這三者混成為人性的表露。人性往往在生命的苦與樂二重奏中翻騰。」我想了想又說：「叔本華認為性格也存在於意志裡。」文壽沉著有力的表示：生存環境也能使人性扭曲。苦難的運命累積的經驗過於疲勞時，會使曠野深心的人，由痛哭到大笑的轉化。也使平庸猥瑣之輩由卑下到貪婪的竊取。文壽的思想多麼清楚又善於表達。我躊躇了。我無法再解釋我的理想主義，那是一種夢中旋律之類的東西。今天回述這段談話，想到苦難的全中國人民，眼前窮與富的人們的確好像都多多少少的扭曲著人性，又哭又笑，貪婪、竊取。恐怕中流砥杜的中產階層，要加倍去做整容工作了。

　　來美後，有一年接到文壽來信，他表示他有「天眼通」，說他平坐窗前，集中思想於一，他能看到太平洋東海岸歷歷如真的景象。他很認真，要我證實所見。我認為這是心理學所謂的幻象 Illusion。但我也不能否定某些神祕學現象的神奇。我沒有給他正面的答覆。

　　人如果只是自然界之一的生物，又何能超自然呢？這些玄奧一直會是令人困思生活雜沓時是無暇究推的。只有讓聖潔的靜默去澈悟這聖潔的玄奧，或說是生命最原始的奧義──所謂道，禪，神。到時候就是真理最後的圓成吧！

　　不久，文壽又有信來，提到有一串數字很神祕，他信上第一句話就寫：

　　我這不算迷信，我們都該注意這串數字，初亮紅燈 7x7（包括 49 及 48 和 50 歲）這是第一大關。7x8（包括 56 和 55、57 歲）這是生命的隱藏危機。7x9（包括 63 歲，62 歲和 64 歲）這是生命的最大風暴。過此則登 70 壽域。

　　如果您那兒有《中國名人大辭典》之類的類書，無事時，請逐一統計一下，您會發現這三個集合點上「大走」的人，多得嚇人。此一種神祕現象正在進行系統分析，假如您有什麼發現，不妨告訴我。匆頌

　　時祺　　　　　　　　　　　　　　　　　　　　　文壽 70 年 5 月 10 日

　　這封直接了當簡短的來箋，僅僅如是。我因沒有閑暇，沒有查書，也沒有回信答覆。以後大家事忙，只於聖誕節日互寄賀卡祝福平安。文壽逝去時是 62 足歲，是他所指出的生命最大風暴的年齡。這是否讖語呢！！

　　文壽給我的最後一封信是從臺中寄來的。這時他已到大度山東海大學專任教席，離開他自港到臺後一直相依為命的中央日報社。他信上說要等我的覆信，然後會談談他近幾年的生活。我覆信寄出後就此杳如黃鶴。好些年來，他一直沒有什麼消息。

　　回憶以往的書信裡，文壽偶也透露過一些生活的無奈和詭譎雜杳的現實。他對報社、國家的忠義，對世局敏銳的透視力，對人類的愛，都有凜烈的心境和孤憤的寂寥。我也寫信勸過他，人已近暮年，不要固執中原心態的憂患思緒了，否則人生裡全是痛苦哀愁。也要帶點現代市場的異質意識。許多滔天巨瀾的國運，也不是你我一二人能力挽的。我們要學學對不同價值觀的超然和尊敬。如果社會情態給過什麼經驗，就該學著去把握幸運輪的軸心，不必站在第一線圓周上滾動了。那種上上下下，已不是花甲暮年人能夠憂憂喜喜的事。我還做過一個比喻：毛公鼎在當代有其實用價值和榮譽性，到現代只是歷史價值和藝術性了。我也建議他出國訪問考察，也許不會走入僵局和一條死路。我不知這些話對文壽起不起作用，他一向有沉著的自信，不見得接受我這個直友的勸告。

　　至終，文壽沒有私人經濟能力出國訪問。公費又輪不上他。雖然阿貓阿狗，阿公阿婆都能出國，遊山玩水出洋相。文壽卻沒有機會出去看看民主自由的政壇及新聞事業的實蹟。更不會回到他的出生地德國，憑弔被納粹殺害的猶太朋友與親戚。

　　我想，文壽前半生的物質困頓，後半生的精神坎坷，根源其父母仳離，缺少早年天倫的呵護，和他個性中濃烈的正義，孤憤求全所引出來悲愴的性情。這是德文中的 Leidenschaft 和英文中的 Compassion。他之飽經憂患枯槁而死，也正因性格上的缺陷，往往疾言和厲色給人不舒適但激語的背後有童真無邪，嚴謹的要求，充滿著敦厚的情感！文壽的宏才應該是多數人尊敬的。造化忌才嗎？還是人與人間的了解不夠呢？何以一個靈才的生活總是苦難的？這是詭譎的平衡嗎？

　　一個具有精神識力，又具有通才知識和思想組織力的人，若生在一個健康的社會和國家是很被重視的。文壽的思想、知識、文筆，不下於美國的 George Will 的思想、知識和文筆，而喬治‧威爾是百萬金元收入的文人，是輿論界的 Syndicate，威爾的智慧可真值錢。當然我們文人並不羨慕，因為國運不同。可是文壽連座國宅都買不起，聽說一直賃屋而居的。

　　總之，當他少壯，為肯定人生價值和生命意義時，曾窮困潦倒在香港的下層社會裡，以苦力維生。同時掄起一支良知無諱之筆以生命之火播種，用血肉之軀耕耘，橫掃魑魅魍魎，都顯示為民族的命運求索規跡。他的良知聲浪一時成為香港的黃鐘大呂，憾醒許許多多睡夢之人。當他壯年思想最燦爛時，他一切意志行為為理想付出，也都是智者的敏覺，學者的真言。但他卻因率直「寡」群，不斷觸及暗礁。他的苦悶與焦慮，似千里馬沒有美好環境任其馳騁，也沒有伯樂式的領導給他機會。他的職務除了在框框之內寫點冠冕話外，似無能吐芳綻豔了。他在生命的後期每與權貴相處不歡，最後只有用其一貫的自持力，覺醒到他的周圍是一群短視的人。這是經過一片火焰的心理劇變，接受激骨冰寒的洗禮。他放下他的努力，他把「世網塵慮」的束縛釋去——他提前退休了。他專心到教會私立

大學去講學了。他獨立在有限與無限中大笑著翱翔，飛行在自由空間了。

尼采說伏爾泰 Voltaire 是笑獅。我們希望趙先生不是苦極而笑。雖然他和那個法國人同樣都寫了幾十本書。而趙滋蕃先生情形卻像基督使徒保羅說的「我們活在這個世界，我們不屬於這個世界」。

對於一代宏才，若不幸被社會貶為平庸之列，最重要的關鍵，可能是這生命本身單純素樸，同時也可看出，這一代社會中情智的磽薄和磽瘠，在百分比裡占了極高的數目。

意識輾轉流洩，時序上翻來覆去，我截取著飄忽的斷雲，記下已屬歷史碎片的輕痕，相信必有來者為其傳和研究之的。

此刻我悵然仰望著窗外，後院裡，秋日的樹林，在將沉的夕暉下，撲眼來的一片赭紅，呈露著驚人的淒美。隱約一個形影，在涼日滾風的樹叢中波動。他是：

一位紳士。矮壯的身材，黝褐的膚色。穿著不入時的西裝。一頭不工整的黑髮。關公刀形的三角濃眉。一雙惺忪的眼睛，凝視著抿緊了堅毅的上下唇。結實而寬的下巴，有不屈的輪廓。鼻子不大，帶著湘人特質的騾子勁。整個人的內在有強壯智力和未泯的童真揉合一起的氣息。外表卻赤裸著原人粗拙的味道；那整體是一種質樸勇猛的精神力量。發自腦葉的記憶功能，又由腦葉提煉帶出生動的創意。他躑躅的步履，在 1986 年 3 月 14 日，走向不可知的一方。

這個人，醜得有個性，美的是愛心。他像一團謎，本性易解，加上謎就大惑不解。

這個人，率真得像幼童無序，有如一條清晰見底的溪流，卻又是幽異深邃得不知其源遠。

在歷史上，我們無法以黑白兩極給他分色，只緣這個又波動又肅穆的靈魂，純白的品質中，也有少許灰色的區域！

——選自《幼獅文藝》第 425～426 期，1989 年 5～6 月

強盜與基督

◎趙衛民*

　　小說家趙滋蕃誕生於德國漢堡，醫生之家。對日抗戰爆發，毅然歸國，在渡過太平洋的輪船上，他閱讀著各種世界小說名著。回到中國後，1943 年青年趙滋蕃攻讀湖南大學數學系。過一年，響應「十萬青年十萬軍」號召，參加青年軍，後擔任政工少校，也參與常德會戰、衡陽會戰。會戰是戰火的烙印，在身上留下了七個槍疤，也讓他兩度進出於生死之間。抗戰勝利後，他返校完成學業。

　　如果不是大陸情勢逆轉，數學或會成為他終生的興趣。但山河變色，他自此流亡至香港。帶著臨行前衛立煌司令託付的女兒，隨著難民潮，寄居在調景嶺（俗名吊頸嶺）。白天，他流浪各地討生活，先是數學教師甄試，筆試滿分，卻因不會廣東話而未獲錄取。蒿目時艱的多變生活，成為他晚上伏在肥皂箱上寫作的養料。肥皂箱上的閱讀，則是德文版的康德《批判》和《尼采全集》等，在他天涯的行囊間，永遠放著《聖經》和尼采的《蘇魯支語錄》。一些人生體驗、美學、思想的小文章慢慢獲得了美援機構亞洲出版社總編輯黃震遐的注意，邀請他寫長篇小說，肥皂箱文學《半下流社會》於焉誕生，這部在苦難中點燃希望的難民小說，一時紅遍香江，後曾由亞洲影業公司改拍電影。

　　遭遇改變人生，使他從數理的符號世界跨越到文學的語言世界。尼采不是說過嗎？「在山谷間，從這一峰到那一峰是最短底路，但你必須有長腿方能跨越。」他自此受邀到亞洲出版社擔任編輯，豐饒的版稅和闊綽的

*淡江大學中國文學系教授。

薪水（美援機構），使他成為 1950 年代最耀眼的小說家，得以持續創作。過兩年，7200 行長篇詩劇《旋風交響曲》紀念湖南雪峰山抗暴的旋風戰役，也在亞洲出版社出版，當時的版稅是 8000 元港幣。此後數年間，撰寫中、短篇小說凡數十萬言，擔任過亞洲出版社總編輯與《亞洲畫報》主編等職，兼任三家電影公司顧問，還在新亞書院擔任數學講師。不過，青年趙滋蕃也有他的流浪漢哲學：滾動的石頭不生苔，流浪的行業不聚財；他的調景嶺難友可以在一家飯館簽他的賬。

是什麼使文學成為可能呢？流徙香江，似若亡國的哀思，感懷遙深，悵觸萬端，文筆似應為民族同胞所遭遇的苦難為見證。他不忍：「江山搖落，瘦骨難撐，一代之去，靜默無聲。」他感到：「靈魂的吃苦受難，使文學成為必要。」（歌德語）用文字紀念那些用鮮血和白骨堆成的歷史，使一代人的鮮血不致白流。這種紀念，並不只是模倣現實，而是以一種回憶夢想的形式，反叛並突破那壓制性的現實，呼喚那潛在的或應該要出現的事物。這種集體性的回憶通過轉換，成為夢想的新星座。

長篇小說《子午線上》厚達九百多頁，自 1962 年起，在《中央日報》副刊連載近一年，後也獲得第一屆中山文藝獎（1978 年）。筆轉龍蛇，歷史縱深 60 年，三代恩怨情仇，父子也從殺人的大盜變成救人的醫生。憑意識流作時空換場，忽古忽今，蠻荒與文明交錯於筆端，臺、港、澳、大陸展開為舞臺，搶花轎的浴血廝殺，英日九龍戰役此起彼落，仁道與霸道同在世間。以共黨的統戰活動為主線，是非、善惡、美醜對比於子午線的兩端。趙滋蕃於書中說道：「歷史的目擊者總是不相信歷史的記載，江山千古屬於流氓。」他從尼采的權力意志上著眼，看出權力的暴力根源，而權力就是要進行壓迫的，「權力的機制」就是要產生鎮壓，「政治權力腰斬了歷史文化的命脈，經濟權力閹割了文明社會理想，而科學技術切斷了人與傳統的臍帶……今後人類奮鬥的總路線，必然是為反抗權力而戰。」反抗權力的陣線是一條仁愛線，大盜為救子而犧牲，就產生了一個救人的醫生；只有犧牲，才能讓生命活躍於生命之中。強烈而具氣魄的對比設計，產生

崇高的修辭。趙滋蕃在這段時間內，曾回德國修畢高斯講座的數學博士學位。

　　1964 年，他從歐陸返港，一探重生島，蛋民們叫它作「痲瘋島」，活人活見證，他開始撰寫長篇小說《重生島》，也成為他高血壓病的誘因。依照港督正式頒布實施「1962 年遞解與拘留緊急條例細則」，一批批不受歡迎的中國人登上重生島，一批批的骷髏留下來。這部小說曾在《聯合報》副刊刊登，主人翁則是各式各樣的罪犯，具有怪異之美。中國人在中國的土地上，因為各式各樣被英國政府判定的「不受歡迎的罪行」，被遞解至這荒島等死，國際紅十字會的人道關懷是：七天的淡水和食物。這群罪犯有 14K 三合會 426 紅棍，因仙人跳判刑；白麵拆家，違反危險藥物條例，被偽鈔犯陷害頂罪，外加政治犯一條；黑市醫生不耐黑道勒索，以非法墮胎罪被解控法庭；別人私藏軍火而連坐；虧空公款，偽造文書罪；口技大王，被硬派是黑社會分子；違反偷盜罪；老千打出五個西風被抓；拉皮條的；造假護照，想到美國的神學生；行搶被捕的漁公；男扮女裝作新娘的花旦。不把人當人，人活得不像人，就是 20 世紀 60 年代的人道、人權。

　　一個怪異的老頭，黑白兩道通吃，被戲稱為身兼黨魁與黨員的「太空黨黨魁」，成為書中的靈魂人物。是強盜的凶眉與基督的善目的古怪的混合。他帶領著這群罪犯走上「重生」之路。在書中的「戰慄萬歲！」是個鮮明的口號，「遠古的祖先們，對著雷、電、森林之火、地震、猛獸戰慄……人們對文明的曙光戰慄，他們害怕刀劍、權力、盜匪、瘟疫、法律和上帝……1960 年代，人們卻對飛彈、火箭戰慄，對核子陰影戰慄，對軍隊、警察、法律和移民局戰慄。」這樣的戰慄，或許是意識到自己力量的薄弱，無法對抗自然的威力，暴力與死亡的威脅，超自然的威靈，科技的毀滅性，但對權力和法律的戰慄，逐漸轉成軍隊、警察、法律和移民局等「權力機制」，正如法哲傅柯所說，但顯然趙滋蕃還有更積極的含義：人們在不斷地戰慄中超越了黑暗時代。如何超越，小說中的福音所揭示的，或許可藉德哲阿多諾的說明：「自我意識到自己的局限……在其直接性中，戰

慄感受到了潛能的存在，潛能偽裝是真實的，自我則被一種非隱喻的，並且是摧毀著幻象的意識抓住，這意識告訴自我，它不是絕對，而是一幻象。」無怪乎老頭為救人犧牲而死的時候，彷彿聽到天使的混聲大合唱：在一切的權力之上，還有人道；在一切的法律之中，還有人心。這部小說的美屬於怪誕美。

中年趙滋蕃也成為香港政府的「不受歡迎人物」，一時風聲鶴唳，接受救總的安排來臺定居。在《中央日報》擔任主筆，以文壽為筆名撰寫專欄。1969 年的《半上流社會》在《徵信新聞報》（前《中國時報》）連載，同時應邢光祖教授之邀，擔任華岡教授，在文化大學中文系文藝組教授小說原理、美學等課程。他的學識與創作，是大系統的掃描。

《半上流社會》是寫大陸淪陷後，在香港的失意政客與軍閥們的活動，與《半下流社會》剛成明顯的對比。如果後者寫的是社會底層向上提升的力量，醜中之美；前者寫的就是「高層」向下沉淪的力量。他們過豪奢的生活，幹無恥的勾當，趙滋蕃在這裡正是揭開文明的虛偽，無情地撕去「上流人物」的假面具。怪老頭趙天一有點像德國精神分析家容格「智慧老人」的原型，與《重生島》的怪老頭正相呼應。或許他們的智慧正是以大傲骨來直面一切的虛假。

《海笑》厚達千頁，在《中央日報》長篇連載九個多月。這是本半帶自傳性質的小說，但卻以抗戰後期兩場馳名中外的大會戰——常德會戰與衡陽會戰為事件的旋轉軸，以抒情詩的快速節奏，替代了小說的緩慢節奏，濃縮了「一寸山河一寸血」的心酸記憶。民族的聖戰也旋轉起同胞愛、同學愛、戰士愛的無窮的愛核，民族的記憶原是以鮮血和白骨堆起心靈的約櫃。在這部民族史詩中，既有愛的神聖，也有莊嚴的責任與承諾。故事從一群高中生開始，其中一個假洋鬼子還帶著風雪柏林的記憶，奧國的小鬍子伍長在 20 萬納粹青年的瘋狂火炬下，成為德國總理，大舉排猶，巴黎陷落，集中營。這在砲火中成長的一代，等考完大學、辦好註冊手續，不久後就收到軍校入伍通知。這群風暴的靈魂，首先就投入 1943 年

11 月的常德會戰。

　　日本軍的膏藥機，大量施放毒氣，大砲、催淚彈、迫擊砲在常德激烈巷戰中發揮巨大的威力。女詩人潘茜心中尉以手榴彈與日本鬼子兵同歸於盡一幕，最給這部小說增添詭祕的氣氛。一大綹頭髮和血連肉被炸到牆上，等到同學們找到她時，其中一個男同學忽被附身，發出潘茜心生前的聲調。小說家趙滋蕃跳進故事中說道：這是個最真實的故事，當時在場的五個人，沒有一個解釋得清楚！在衡陽會戰中，也同樣記錄了火線的部署情形和兵力的移動狀況。使這兩個會戰活靈活現的，是戰場上的活經驗，是趙滋蕃用七個槍疤換來的。《海笑》這部戰爭史詩，顯然是趙滋蕃的深心大願，為保存民族的鮮血記憶，為創造民族的新價值。足以使雷馬克的《西線無戰事》不朽的，也足以使《海笑》不朽！直到蔣主席於 1944 年10 月，在重慶號召十萬青年十萬軍，如春雷破蟄，高中以上學生相率投筆從戎，1945 年 8 月抗戰結束，趙滋蕃記下：「使 1100 萬平方公里的破碎國土上，奔騰著大海一般的笑！公理戰勝強權。」《海笑》出版前，1971 年曾經重寫，期間高血壓發病，幸賴左海倫教授送醫急救。病癒後因部分記憶力未能恢復，仍以本來面目呈現。

　　另一方面，他多年來的閱讀均養成摘記的習慣，備妥了上萬張的卡片，專注地投注教學，並撰寫了數十萬字的論文，當政府著手十大建設如火如荼之際，又應邀採訪報導十大建設，他彷彿又回到了數學本行，鑽進了符號世界，一去便要借工程師手冊，依著全世界共通的數學符號，自己重新推算，並實地勘測，彷彿回到了少年時的夢。到報導文學《十大建設速寫》出書後，獲國家文藝獎，但這卻是糖尿病換來的。1981 年，應東海大學校長梅可望博士邀請，擔任東海大學中國文學系系主任，旋又擔任所長。在曠野深心中，寒意蝟集，後數年高血壓病變，眼中只能見黃、綠二色。他笑著對學生講，這世界突然只剩下黃、綠兩色，是不是很奇妙呢？他自知已過不了這一關，一再提醒學生，數學家對數字的巧合非常敏感，並要學生去查一查：多少天才過不了與九相乘的歲數，他已在預示他的死

亡。1986 年病逝，享年 62 歲。至於是不是天才，這染上太多的傳奇色彩。左海倫教授力證：趙滋蕃有照相般的記憶力，有剎那間集中專注的能力。但趙滋蕃自豪的，是從符號世界跨越到語文世界的能力；他的天才也與高血壓、糖尿病共棲。

德哲康德曾說：「我是規則動詞中的規則動詞。」趙滋蕃則自嘲：「我是不規則動詞中的不規則動詞。」一個在德國長大的少年，在中日抗戰、共產黨竊據大陸的砲火中瑣尾流離，度過他的青年到中年，在偶然性的飛雪中成長（雅斯培描述尼采之語），無怪乎具有流浪漢氣質。不過他從數學家出身的康德，到詩人氣息濃厚的尼采，倒找到了一條通路，那就是康德的崇高美與尼采的酒神式激情的相對應關係。對康德而言，崇高美是一種強烈的情感，基於意志力，表現道德方面的情緒，但強烈的情感源自於形象中間的不規則特性。趙滋蕃從英國美學家愛德蒙‧柏克找到了一種心理學和生理學的說法：即崇高的事物會激動神經，但他綜合補充道：具崇高之美的事物與作品，首先總給人以短暫的驚奇，當緊張的神經鬆弛下來之後，才會出現泰然的喜悅。什麼是驚奇呢？趙滋蕃說：「戰慄萬歲！」面對著一切價值可能淪落成虛無的恐怖瘋狂的時代，人必須設法去「超越」。這也就是法哲李歐塔引述柏克的話解釋說：「靈魂在苦痛中受到震撼。」在震撼中，某種力量通過，引起自我的忘卻、摧毀，然後某種力量在空無的心中生長，生長出變化和超越的力量。在美學家郎齋洛斯關於崇高的「簡潔表達方式」和尼采的格言體中，趙滋蕃也找到對應關係，他的語言具有簡潔有力的美感，不，應該是崇高感。

要表達崇高的理念，他的長篇小說中常有一靈魂人物，從《海笑》的高潔和趙木鐸，《半下流社會》的王亮，《半上流社會》的趙天一，《子午線上》的金秋心醫生，乃至《重生島》半為強盜、半為基督的老頭，多少也是趙滋蕃半為自傳、半為理想投射的化身，也幾乎是他成長的歷程。直到這老頭，成熟的智慧，戳穿一切虛偽的假面，終而領導一群罪犯，抗拒一切不合人道的權力機制，這才是趙滋蕃的大蔑視與大遺忘。也只有強盜與

基督的混合，這種怪誕美正屬於社會底層的力量，他才能戳穿文明的虛偽與偽善。趙滋蕃是學院與軍人的混合體，有時更寧肯在下流社會中尋找誠懇樸拙，但向上生長的力量。在他小說中的許多栩栩鮮活的人物，彷彿是眾聲喧嘩，是社會底層的語言。但他在這裡學習到野生的經驗與智慧，體驗到生活的真實，看到無情的壓迫，也看到人間的哀憐淒切。他的筆，在民間尋找活力。在渺小卑微的人物中，他見證真情與虛偽，他看出人類真正的力量，他的筆為一切被壓迫者伸冤。

此外，四部中篇小說，五十餘萬字的短篇小說，近十冊散文，一部四百多頁的《文學原理》，尚待整理的《小說原理》，有多部小說改編成電影，他的文學成就，還待積極重估。他已逝世 16 週年，但往日向他問學時，他緩慢樸實的風貌，一言一語，已成永憶。在那流動的天空中，有許多偉大的哲學家、小說家出沒，時而有天火般的雷聲，穿盪過黑夜，而他用雷音為我說法，顯得如此單純、寧靜、而偉大。創造性的電光，因天神之投骰而戰慄。

大盜巴拉巴殺過人而被釋放，耶穌基督卻被釘上了十字架，如果強盜與基督合體，就成為一個強力的基督，超越凡俗善與惡的榜樣，更能挑戰「強權」與「法律」。如果大盜放下屠刀，一念迴善；如果基督橫眉豎目，有著強盜的力，那將是怎樣的氣象？當世界傴伏在惡的腳下，這是小說家趙滋蕃所設想的超越善與惡，精神最終的變化！

——選自趙滋蕃《半下流社會》

美國：瀛月出版社，2002 年 2 月

愛的神祕劇
聖徒小說的終極探索（節錄）

◎周芬伶[*]

一、流浪漢哲學與理想國

　　趙滋蕃小說擅長描寫集團與集團之間的戰鬥，如《半下流社會》為調景嶺難民組織與資本主義社會的角力；《半上流社會》則為富貴集團與一群歡場女人之間的拔河賽；《重生島》為被流放的罪民與港府法律的奮戰；《海笑》為一群愛國學生與敵軍之抗戰；《子午線上》為民主自由派與中共的拉鋸戰。主要人物皆是智、仁、勇兼具的英雄人物，當然也包含聖徒，如《半下流社會》中的王亮，《重生島》中的老頭，《子午線上》中的醫生金秋心，《海笑》中的高潔與趙木鐸。因為他們都是集團中的領導人物，他必須帶領他們的子民走出埃及，找尋迦南地。故他較接近「魔法師」的形象，在心靈上是統合者，也是完形者，他們的成員則為「流浪者」、「殉道者」與「鬥士」。其中最突出的往往不是「魔法師」，而是「流浪漢」與「鬥士」，作者創造出為數甚多的流浪漢，他可說是近代小說流浪漢的代言人。這些流浪漢各個層級皆有，流浪文人王亮、張弓、酸秀才、李曼、金秋心；流浪罪犯老頭、秦德公、花旦；流浪華僑高潔與趙木鐸；流浪妓女潘令嫻；流浪權貴，這為數甚多的流浪漢，說明了本世紀華人的大離散與大流放。作者也形成了他的流浪漢哲學，所謂「滾石不生苔」，流浪者必須具備大蔑視、大遺忘、大傲骨，此即頑強的生命力的顯現，如此方能與現

[*]發表文章時為東海大學中國文學系副教授，現為東海大學中國文學系教授。

實對抗，這些流浪漢同時具備「鬥士」與「殉道者」特質，他們的努力皆有神聖的目的，即行天上的義，建造在地上的天國，如王亮領導的難民集團，必須是無私與團結的，一旦有了私心，即為潰散之端，如王亮救潘令嫻是出於無私實對抗的「理想國」，李曼妒忌潘令嫻是自私的，她的私心導引叛離與墮落，流浪漢的組織看來凶悍，其體質卻相當脆弱，只要一場天災或人禍，皆足以使它消亡。

　　小說中的流浪漢固然涵括三教九流，但為首者大多具有幾個特色：1.具備高度專業的知識分子，如王亮與罪犯老頭、醫學博士金秋心；2.具有大公無私的犧牲精神、及跨階級的平等心，他們不一定是教徒，但擁有宗教情懷，類似聖徒與神父般的人物；3.國族大愛先於個人小愛，他們情是濃烈且癡情的，但在一個不人道的時代，愛情終將夭死；4.他們欲建立一與現實對抗的「理想國」，最後成為悲劇英雄。如王亮成立寫作公司，成功捧紅文壇新星李曼，也拯救被逼為娼的潘令嫻；《重生島》的老頭，曾是博士，他是罪犯們的良心與靈魂人物，也是半個聖徒；作者賦予這些聖徒流浪漢的外在，事實上一個個充滿聖靈，帶領他們成為富於信望愛的組織；《子午線上》常與金秋心對話的歐牧師，他的出現常帶出許多宗教的語言：

> 「我深切地感到：宗教是人類心靈的一種反應。——一種浸潤著神聖性感覺的反應。一種對影響命運諸勢力的挑戰之反應。」
>
> ——頁 411

> 「你今晚碰到的，就是最真實最好的見證。神在這見證裡頭，安排了祂的救恩，彰顯了祂的大能。」
>
> ——頁 412

> 「神為愛祂的人所預備的，是眼睛未曾看見，耳朵未曾聽見，人心未曾想到的。」
>
> ——頁 413

「……信仰是我們基督徒的起點。必先有信仰，然後才會產生理性，產
生理解，我們是從信仰中求理解，不是從理解中求信仰。要理解信仰，
首先必須承認信仰。信仰是重要的，理性只居於輔助的地位。理性其所
以是需要的，那是因為它可以幫助我們理解信仰——理解神的真道，而
神是一切真理的泉源。祂是全能的、永在的、最高的真理。」

——頁 457

雖然作者的宗教意識非常鮮明，他將「迷狂」改寫為「瘋狂」，將「神祕」
提升至「神聖」，然宗教只是他作品的一部分，作為深具小說美學意識的作
家，他追求的與其說是神的國度，不如說是靈的國度，在這點上他與雨果
聲氣相通，主張藝術應該有思想、有目的、有用處：「藝術的主要目的，是
為了人類的未來。而每個世紀都有它的使命。這世紀完成的是公民工作，
下一個世紀完成的是人道工作。」[1]雨果弘揚自由、平等、博愛的精神，趙
滋蕃則提倡「頑強的生命力」，並自稱「文學的生命學派」，生命有內外，
在內為心靈，在外為行動力，他理想的小說人物是富於靈性／神性，且具
備頑強的戰鬥力／生命力。雨果的小說人物具備堅強的意志，但並不強調
戰鬥力，這跟趙滋蕃曾是軍人有密切的關係，他並非行伍出身，卻為響應
「十萬青年十萬軍」參加抗戰，成為蔣經國領導的青年軍，並高張理想與
愛國的旗幟。

二、殷憂啟聖——「廣」與「愛」

趙滋蕃一生以「青年軍」的身分為榮，並寫成百萬戰爭小說《海笑》，
這本自傳性色彩濃厚的小說，讓我們知道作者傳奇的身世「父親為德國華
裔醫牛，為參加抗戰，跳上一艘往中國的郵輪，在船上讀了 100 本小說，
在祖國讀大學，親歷常德會戰與長沙會戰」，到香港後因寫小說成名，擔任

---

[1]趙滋蕃，〈小說要不要思想傾向〉，《文學原理》（臺北：東大圖書公司，1988 年），頁 237。

「亞洲出版社」主編，此後的工作不脫離創作、教學的文人生活，短暫的軍旅生活及調景嶺難民生活，使他充滿憂患意識，更具備頑強的鬥志。在文學上他更強調文學的社會功能與戰鬥文藝，這在兩岸敵對緊張的時期，或有不得不然的時代因素，現在看起來，虛擬的成分多一點，他所擬定的文藝登陸作戰計畫，目的是將能表現國力的作品，攻上對岸，時值 1970 年代，大陸正處於文革時期，連個人小我的命運都難逃劫難，遑論臺灣，然他的文學理念受宗教信仰影響頗深，強調文藝的社會功能，他認為「精神的主題，是一切文藝表現的永恆主題」、「靈魂的吃苦受難，使文藝成為必要」，並進一步把「文學是社會的表現」改為「文藝是國力的表現」，而文藝的最終目的是止於愛人如己，以兄弟般的友愛團結人類為一體。因此他的作品描寫靈魂受難的一代，經過救贖，而歸於大愛。

　　趙滋蕃代表的是宗教文學的另一典型，是具戰鬥力的行動家，他以行動代替口號，從海外回國參加戰爭，而蒙受國難家難，流亡的生活更使他頑強，並視同難為兄弟，將所得皆與難友同享，在擔任《中央日報》主筆時，更開放他的家為私人學堂，義務講學，他主張一個進步的國家有三扇門是永遠開放的，醫師、老師、牧師，他當老師亦如心靈醫師與牧師，這樣的大公無私，如無宗教信仰作為後盾如何能夠？他的思想可以「廣」與「愛」貫穿之，在《子午線上》金秋心與歐牧師談到「忠恕之道」與「廣」，金秋心說：

> 「中國文字中有一個字，最足以代表中國文化的精神，可惜西方的漢學家們，看不到這個字的妙處。」
>
> 歐牧師的臉上，飛動著興奮的神采。「那到底是個什麼字？」
>
> 「廣字。」他說。「中國人平常愛說：所見不廣，不說所見不大；喜歡說示人以不廣，不說示人以不大。喜歡說廣土廣民。不喜說大土眾。懂得廣與大的分別的人，已經懂得了中國文化的精髓。」
>
> 歐牧師用筷子蘸茶，在桌面上書寫著。「廣和大，不是同義字嗎？」他問。

「這種地方，沒有恰當的對等的字，可供翻譯。在中國文字中，廣和大是不同的。廣是大的一種展開形式。大而化之才叫作廣。廣是含有生命力的。所謂春風廣被，裡面含蘊著無窮的生氣。大不過界定了空間的位置，原始的動力已經不存在了。所以孔夫子把忠恕對舉，而解釋的時候，只把消極的一方說出來；積極的一方面，要你自己去推廣。讓中國人有自由和選擇的機會。」

——頁454～455

「廣」是「大」的開展型態，且富含生命力。他一方面以「廣」取代「大」，認定神祕不一定是神聖，神聖有善有惡，故他也不追求神聖，只肯定愛的價值，因為「恩慈成聖，恩愛成癡」，愛最美的型態是存在兩個相愛的人之間，就算是鐵幕或死亡都不能銷毀它的價值：

愛，是一種偉大東西的殘餘，一種正在逐漸退化的本能。這，好像是，又好像不是，他繼續想，同時聽到心臟擂鼓的聲音。或者愛仍然是一切健旺生命的驅力，一切偉大東西的因子，它將架構起紫色的未來世界。……整個時代正在瓦解中，像春天的冰，融了，化了，一切付諸流水；可是在最冷漠的荒野上，春天的腳步畢竟近了。有一份柔和的愛，偷偷潛進了人們的心。舊的破碎了，新的出現，人們帶著憂鬱的微笑，親切地看到整個世界，在愛心裡合而為一。

——頁454～455

在一個混亂病態的時代，殷憂能啟聖，而神聖不完全值得追求，作者開出的藥方是「廣」與「愛」，這兩個方子既是中國的也是西方的，因他所歌頌的愛除去海內兄弟之愛，更多的是男女之間的癡愛，因為「愛心是道德律則的母體。超乎眾人之上，貫乎眾人之中，也住在眾人之內」、「一切是被愛組合起來的。一切有，一切存在，一切依依不捨之情，都只是你依然在

愛著。……愛心不死,生命永存」,作者這樣放大愛情的價值,應是以愛敵恨,以美逐醜,屬於趙滋蕃的愛的神祕劇,是「恩慈成聖,恩愛成癡」,只有癡絕美絕才能將生命力發揮得淋漓盡致。

──選自周芬伶《聖與魔──臺灣戰後小說的心靈圖象(1945~2006)》
臺北:印刻出版公司,2007 年 3 月

一種逝去的文學？

反共小說新論（節錄）

◎王德威[*]

　　根據保守的估計，1950 年代臺灣小說創作的字數總量，約有 7000 萬字，執筆為文的作者，也有 1500 人至 2000 人之譜。反共小說是當時的主要文類之一，也得到最大的回響。這些小說的結論——控訴「匪」禍，宣揚反攻——並無二致，但作家如何運用不同人物素材來彰顯這一結論，永遠值得注意。融合五四以來的感時憂國精神，以及抗戰期間「為戰爭而文藝」的宗旨，反共小說所顯露的激憤沉鬱特色，可謂其來有自。在情節情境的安排上，我們可見以家族盛衰喻國運消長者，如陳紀瀅的《赤地》（1954 年）與姜貴的《旋風》（1957 年）；以農村鄉土的蛻變寫民生的疾苦者，如陳紀瀅的《荻村傳》（1951 年）、張愛玲的《秧歌》（1954 年）、司馬中原的《荒原》（1961 年）；以匪窟紀實寫政治詭譎者，如尼洛的《近鄉情怯》（1958 年）、張愛玲的《赤地之戀》（1954 年）；以男女愛情的顛仆烘托亂世悲歡者，如王藍的《藍與黑》（1958 年）、彭歌的《落月》（1955 年）；以天真青年的遭遇探索意識形態的罪與罰者，如姜貴的《重陽》（1961 年）、潘人木的《蓮漪表妹》（1952 年）、《馬蘭的故事》（1955 年）；以軍旅生涯申明反共事業，未有已時者，如朱西甯的《大火炬的愛》（1954 年）、端木方的《疤勳章》（1951 年）等。

　　尤其值得注意的有趙滋蕃的《半下流社會》（1953 年）、潘壘的《紅河三部曲》（1952 年，後改名為《靜靜的紅河》），及鄧克保（郭衣洞）的

[*]發表文章時為美國哥倫比亞大學丁龍漢學講座教授，現為美國哈佛大學東亞語言及文明系暨比較文學系 Edward C. Henderson 講座教授、中央研究院院士。

《異域》（1961 年）。三書各以香港、越南、緬北為背景，確能展現不同的
地域風貌及政治關懷。《半下流社會》寫大陸淪陷後，一群避居香港調景嶺
的難民，如何掙扎求存的故事。這些人來自不同背景，卻為時局生計所
迫，形生一「半下流」社會。全書不乏八股說教的篇章，但趙寫其中人物
的種種遭遇，從鋌而走險到自甘墮落、從含冤自戕到苟且偷生，確鋪陳一
怵目驚心的劫後浮世繪，煽情而不濫情，自有一自然主義特色。《紅河三部
曲》則以越南為背景，娓娓敘述一華僑子弟輾轉愛情與政治間的冒險。架
構綿長、辭切情深。作為一史詩式小說家，潘壘顯然力有未逮，但他能塑
造一個有詩人氣質的主角，貫串全局，並點染異國情調，仍可記一功。

　　鄧克保的《異域》敘述大陸淪陷後，自黔滇撤退至緬北的一批孤軍，
如何在窮山惡水的異域裡，繼續抗爭求存的經過。退此一步，即無死所，
此書所展現的孤絕情境，扣人心弦；而部分角色知其不可為而為之的悲劇
意識，此起彼落一片鼓吹反攻必勝的作品，誠屬異數。

　　　　——選自余光中等編《中華現代文學大系（貳）——臺灣 1989～2003・評論卷（二）》

　　　　臺北：九歌出版社，2003 年 10 月

臺灣新文學史
五○年代的文學局限與突破（節錄）

◎陳芳明[*]

　　從另一個角度來看，反共文學誠然揭露了共產制度下人性扭曲與剝削掠奪的畸形現象。對於中共體制的批判，中國的作家必須要等到 1980 年代才有「傷痕文學」的出現。齊邦媛在《千年之淚》（臺北：爾雅出版社，1990 年）極其精闢地指出，中國傷痕文學反映出來的迫害事件，「已相當有效地讓臺灣讀者看到『解放』後中國大陸的實況。」她更進一步強調：「它們所顯露的時代傷痕和 40 年前反共懷鄉者割捨之痛有極多相似之處。」「這強烈的似曾相識的感覺，使我們必須回頭去肯定當年懷鄉文學的預言性。」就文學史的觀點而言，反共文學並不全然淪為政治的工具。反共文學在臺灣縱然沒落了，但是，它們所揭發共黨統治下的悲慘世界，在往後 40 年未嘗一日停止發展過。就這點而言，反共文學暴露的真相，尚不及 1980 年代傷痕文學所描摹的事實之萬一。反共文學可能是虛構的，但竟然成為傷痕小說的「真實」。不過，反共文學在臺灣之受到非議，並不在於它揭露共黨真相，而在於它對臺灣日後的左翼思潮造成了高度的壓制，從而合理化國民黨在當年的白色恐怖政策，並且也合理化許多作家對臺灣現實社會的漠視與淡化。

　　真正使人懷念的反共文學，大多是沒有獲得官方獎勵的作品。當時流傳最廣反共小說之一，是趙滋蕃所寫的《半下流社會》。趙滋蕃（1924～1986），湖南人，筆名文壽，擔任過香港亞洲出版社總編輯，後在臺灣各私

* 發表文章時為政治大學中國文學系教授，現為政治大學講座教授。

立大學任教。《半下流社會》出版於 1953 年，是 1950 年代少有的暢銷書。
這部小說以 1949 至 1950 年之間的香港社會為背景，許多逃亡的大陸知識
分子與學者在這英國殖民地追求自由的故事。小說以男主角王亮為中心，
在兩位女性李曼與潘令嫻之間的愛情故事。李曼不斷往上爬，為金錢利
誘，而遺忘了半下流社會；而妓女出身的潘令嫻卻受王亮的協助，轉而從
良，兩人終於結婚。潘令嫻在火災中救人而身亡，就在同一天，李曼則因
被商人誘騙而仰藥自殺。在雙重打擊之下，王亮決定繼續堅強活下去，繼
續追求自由與真理，繼續為光復祖國而努力戰鬥。《半下流社會》仍然是以
上升與沉淪作為故事的框架，不過，小說中的人物寧可選擇流亡，拒絕返
回共黨統治的故鄉，頗能顯現 1950 年代知識分子的心情，是當時孤臣孽子
的最佳反映。趙滋蕃的文筆，是反共作家中的佼佼者，既有心理描寫，也
有造型刻畫，均屬上乘。

在路上：趙滋蕃《半下流社會》與電影改編的取徑之道

◎蘇偉貞[*]

> 無根而生活，那是需要點兒勇氣。流浪漢正是如此。當一個人能直覺到地球端在你腳下是圓的，而且每一平方寸的土地都是動的，那麼，你已經置身於流浪漢的行列了。
>
> ——趙滋蕃，〈流浪漢哲學〉[1]

> 在這裡（香港），我生活的座標系是放大了，蒼白的人生經驗，也不斷的在磨折中填補進新的血液，新的內容。……失望的心靈處，一定會掀起風暴。
>
> ——趙滋蕃，〈我對於人生的體驗〉[2]

一、前言 人生／小說／電影：既依存又互斥

趙滋蕃（1924～1986）1950 年由大陸流亡到香港，之後便流徙寄身於調景嶺、石塘咀、西灣河等難民營。國共政權易手被迫海隅放逐，趙滋蕃自是有話要說，加以南向香港前，曾輾轉歷經「鐵幕內一年的熬煉」[3]，於是「苦熬 58 個通晚」[4]，逼出《半下流社會》（1953 年）。小說以濃墨雙鈎手法刻畫知識分子野放港九調景嶺營、偏街陋巷難民生涯，譜寫「在路上」

---

[*]成功大學中國文學系教授。

[1]趙滋蕃，〈流浪漢哲學〉，《流浪漢哲學》（臺北：水芙蓉出版社，1980 年），頁 2。

[2]趙滋蕃，〈我對於人生的體驗〉，《半下流社會》（臺北：大漢出版社，1978 年），頁 314～315。

[3]同前註，頁 314。

[4]趙滋蕃，〈我為甚麼寫《半下流社會》？〉，《半下流社會》，頁 319。

（en route）進退失據之困境，充滿自傳色彩。以文學存身，趙滋蕃拚搏
「生命作為燔祭」[5]，小說反共成色不言自明。《半下流社會》雖「成於瑣
尾流離」[6]之途，且為其處女作，然出手不凡，出版後風行一時，一般咸
認，反共與流亡主題，亦為歷來探研趙滋蕃小說最常被關注的面向。

　　但如前述，小說主訴的流亡、流徙、寄身、放逐、流離等詞語亦成為
一種隱喻，與游移、遷徙、流動、游牧、驛旅、漂泊……皆為同義詞，也
是移動本質的總合。地理位置的多重移動，拓展深化了《半下流社會》的
文學性，移動中如何取徑，涉及了空間、文化的（不）認同，提醒了我
們，面對一個（不）認同重新協商和集體經驗重塑的時代，或者「路徑」
（routes）是重讀趙滋蕃與《半下流社會》很好的切入角度。源於此一角
度，未見論述，兼思《半下流社會》曾搬上影幕，可與小說原文本兩相參
看，仔細梳理後亦發現與趙滋蕃人生之道多所對映：小說投射了作者經
歷，突出個人精神領袖魅力，人物跟隨精神領袖在城市／營地移動，由點
而面，輻輳延異了難民的據點，空間建構複雜多元；電影則強調調景嶺營
的精神堡壘象徵，側重集體團結反共意識及地景打造。作者性、小說文
本、改編電影三者互文，彰顯其人其作其時代與政治影響下取徑產生的差
異與縫隙，實可補既有研究之不足。

　　詹姆士・克里佛德（James Clifford）《路徑：二十世紀末的旅行與移
動》（*Routes: Travel and Translation in the Late Twentieth Century*）[7]書中論證
行旅移動路徑新義，從早期宗教因素的朝聖、傳教旅程、二戰期間猶太人
的被迫流徙、政治難民到經濟層面的移民打工、人類學的田野調查、留
學，延伸至後現代的虛擬旅遊，皆可視為廣義的「旅行」，演變至今，凡此
大小規模實體、虛擬的移動，產生的文化交流、衝突、滲透與改變，都能
納入「離散」（diasporas）的全球語境下重新審視。而在晚近的行旅文化實

---

[5]趙滋蕃，〈我對於人生的體驗〉，《半下流社會》，頁 314。
[6]趙滋蕃，〈第二十四版序言〉，《半下流社會》，頁 1。
[7]James Clifford, *Routes: Travel and Translation in the Late Twentieth Century*, (Cambridge: Harvard UP, 1997).

踐中，流動概念漸由消極負面的發生轉向積極的文化現象，克里佛德便認
為移動經驗激發穿透國族主義、族裔認同的地域觀功能。[8]反思《半下流社
會》角色由中國出走香港成為特殊的移民，為尋找容身之處不斷在路上也
不斷闢徑，所組成「半下流社會」流浪集團的取徑牽涉對香港／政治理念
／文化／價值觀的認同與抗爭情節之鋪陳，更是小說的內核。本文因此援
引路徑概念作為論證趙滋蕃流亡文學與文學的流亡之書寫／生命互文現
象，進一步勾連小說原文本與改編電影表現手法的差異及取徑之不同。

二、風暴的靈魂：生命／文學的流亡

　　平心而論，《半下流社會》不像出自 29 歲才往創作「旅程碑處開始向
前蠕動」之新手[9]，小說老辣脫俗，無視現實，流徙路途仍以捍衛民主自由
精神打造理想空間，自畫像般交織流亡者進退維谷的困境，成為香港南來
知識分子歷盡滄桑的心靈註腳。咸認為 1950 年代「難民文學」、「反共文
學」、「流亡文學」的扛鼎之作。[10]也為趙滋蕃贏得「風暴的靈魂」之稱譽。
[11]

---

[8]James Clifford, "Diasporas," from "Further Inflections: Toward Ethnographics of the Future," in *Cultural Anthropology*, Vol. 9, No. 3 (Aug. 1994), pp. 302-338.

[9]趙滋蕃，〈我對於人生的體驗〉，《半下流社會》，頁 311。

[10]歷來談 1950 年代南來文人在港創作，多半奠基在政治形勢、個人理念、作品主題等成分的「難民文學」、「反共文學」、「綠背文學」、「移民文學」概念形式上言說。如劉以鬯，〈香港短篇小說選（50 年代）‧序〉，劉以鬯編，《香港短篇小說選（50 年代）》（香港：天地圖書出版公司，2002 年），頁 1～7。林適存（南郭），〈香港的難民文學〉，《文訊》第 20 期（1985 年 10 月），頁 32～37。南郭的《紅朝魔影》便自我歸類為難民文學，然難民文學主寫南來生活遷變，筆端帶有鮮明的反共意識，不脫「反共」本質。如朱西甯，〈論反共文學〉，《中華文化復興月刊》第 10 卷第 9 期（1977 年 9 月），頁 2～3。楊孟軒，〈調景嶺：香港「小臺灣」的起源與變遷，1950～1970 年代〉，《臺灣史研究》第 18 卷第 1 期（2011 年 3 月），頁 133～183。趙稀方，〈五十年代的美元文化與香港小說〉，《二十一世紀》第 98 期（2006 年 12 月），頁 87～96。容世誠，〈圍堵頡頏；整合連橫──亞洲出版社／亞洲影業公司初探〉，收入黃愛玲、李培德編，《冷戰與香港電影》（香港：香港電影資料館，2009 年），頁 125～141。黃仲鳴，〈琴臺客聚：「難民文學」的扛鼎之作〉則提及不止南來文人，香港本土作家侶倫《窮巷》也寫移民文學，不同的是《窮巷》主角的出路是返回大陸，黃仲鳴認為歷程悲苦性不及《半下流社會》。見黃仲鳴，〈琴臺客聚：「難民文學」的扛鼎之作〉，截取自 http://paper.wenweipo.com/2010/05/22/OT1005220009.htm。

[11]最早提到「風暴的靈魂」一詞是左海倫，此亦成為評價趙滋蕃和時代互動一個鮮明的注記。相關論述有左海倫，〈風暴的靈魂──評介《海笑》〉，《中央日報》「中央副刊」，1972 年 3 月 20～21 日，9 版。鄭傑光，〈為風暴見證的靈魂──趙滋蕃（文壽）與其作品〉，《中華文藝》第 47 期

　　《半下流社會》為「亞洲出版社」出版。「亞洲出版社」係由美國務院資助馬來西亞華僑張國興於 1952 年創辦，進而在 1953 年推出旗艦刊物《亞洲畫報》並創立「亞洲影業公司」，出版社──雜誌──影業公司，一條龍反共文化戰線於焉建立。《亞洲畫報》第 54 期刊登〈五年來之亞洲出版社〉一文，載明該社 1952 至 1957 年的主要工作成果：出版二百五十種叢書，吸納了二百六十多位作家，完成了四項目標。目標重點之一為「堅定香港流亡知識分子之政治信心」，[12] 說明出版社肩負反共任務之事實。其實港英政府當時對在港的美援文化活動一般不干預也不贊助。[13] 但張國興反共可謂明火執杖，有言在先美方「不得干涉他內部運作」，強勢主導亞洲出版社的自主權。[14] 趙滋蕃先前由曾任《武漢日報》主筆周漢勳轉介港報章雜誌撰稿謀生[15]，《半下流社會》打響名號後，趙滋蕃蓄積創造力，決心「來部大的」[16]。適逢 1962 年 7 月 27 日港督正式宣布實施「遞解與拘留緊急條例施行細則」，並設置「遞解事宜及拘禁諮詢法庭」，將罪犯流放到重生島（亦稱落氣島、痲瘋島）[17]，趙滋蕃抓緊題材，著墨人權與自由，很快交出重量級作品《重生島》。從政治前提思考，張詠梅認為冷戰時期港府的文藝政策基本採取「無民主、有自由」的統治方式，等於讓出「相對

（1980 年 12 月），頁 132～145。趙衛民，〈風暴的靈魂──悼趙滋蕃老師〉，《文訊》第 23 期（1986 年 4 月），頁 238～244。

[12] 另三項目標分別為：創立中共脫黨人員挺身報導之英勇榜樣；豐富自由創作之範圍內容；促進港臺間及海外間之文化交流。〈五年來之亞洲出版社〉（作者不詳），《亞洲畫報》第 54 期（1957 年 10 月），頁 28～31。轉引自容世誠，〈圍堵頡頏；整合連橫──亞洲出版社／亞洲影業公司初探〉，收入黃愛玲、李培德編，《冷戰與香港電影》，頁 128。

[13] 容世誠，〈圍堵頡頏；整合連橫──亞洲出版社／亞洲影業公司初探〉，收入黃愛玲、李培德編，《冷戰與香港電影》，頁 125～141。另參考張詠梅，〈文字與影像的對照──趙滋蕃《半下流社會》的小說與電影〉，收入王宏志、梁元生、羅炳編，《中國文化的傳承與開拓：香港中文大學四十週年校慶國際研討會論文集》（香港：香港中文大學出版社，2009 年），頁 353～375。

[14] 根據張國興好友賀寶善回憶錄。賀寶善，〈張國興與羅宏孝〉，《思齊閣揆憶舊》（北京：三聯書店，2005 年），頁 152。轉引自容世誠，〈圍堵頡頏；整合連橫──亞洲出版社／亞洲影業公司初探〉，收入黃愛玲、李培德編，《冷戰與香港電影》，頁 127。

[15] 陳緩民，〈文壇反共的老兵〉，《中央日報》「中央副刊」，1985 年 4 月 6 日，12 版。

[16] 趙滋蕃，〈我為甚麼寫《半下流社會》？〉，《半下流社會》，頁 325。

[17] 趙滋蕃，〈寫在《重生島》之前〉，《聯合報》「聯合副刊」，1964 年 3 月 24 日，7 版。

自由的文化空間」[18]，鄭樹森、戴天亦指出《半下流社會》以反共為前沿，是反映了當時的香港社會現實。[19]綜觀三人言論，不難理解《半下流社會》小說大致在反共範疇運作，然而《重生島》涉入港督治權「家務事」，加以小說 1964 年 3 月 26 日在《聯合報》副刊開始連載前，先刊登魏子雲〈瞭望《重生島》〉，為作者「以悲天憫人的胸懷，來描寫那些被放逐該島犯人的生之掙扎」心念背書[20]，趙滋蕃接續發表的〈寫在《重生島》之前〉用詞強烈，等於挑戰港府枉顧人權的不文明形象，打造重生島異質空間，並且將批判戰場延伸到臺灣：

> 重生島成為各式各樣「不受歡迎的人物」的最後聖地。百年光陰，彈指而逝。但千百成群的骷髏，卻給人類的文明遺留下永遠抹不掉的汙點。[21]

於是小說還在連載期間[22]，趙滋蕃自己就成了「不受歡迎人物」，被港英政府以對待罪犯的方式，頭罩麻袋遞解出境（鄭樹森語），在 1964 年 9 月 25 日搭四川輪船抵臺。[23]距離 1950 年抵港，趙滋蕃居住了 15 年（1950～1964 年），時間不謂不長，但他的香港認同始終是反共先行。香港的確成就了趙滋蕃的寫作事功，但不爭的是，《半下流社會》的創作動能，繫於國共易手他在紅色政權下所受「一年的熬煉」[24]，因此，其寫作姿態，必不離戰鬥執念。[25]香港毗連大陸，政治地位左右對壘首當其衝，不意其力持「用生命的銳氣寫作」[26]姿態，卻戳斷了他在香港寫作的那口氣。換言

---

[18]張詠梅，〈文字與影像的對照——趙滋蕃《半下流社會》的小說與電影〉，王宏志、梁元生、羅炳編，《中國文化的傳承與開拓：香港中文大學四十週年校慶國際研討會論文集》，頁 355。

[19]戴天，〈說說趙滋蕃〉，《信報》，1986 年 3 月 30 日，第 7 版。鄭樹森，〈一九九七前香港在海峽兩岸間的文化中介〉，《從諾貝爾到張愛玲》（臺北：印刻出版公司，2007 年），頁 182。

[20]魏子雲，〈瞭望《重生島》〉，《聯合報》「聯合副刊」，1964 年 3 月 23 日，7 版。

[21]趙滋蕃，〈寫在重生島之前〉，《聯合報》「聯合副刊」，1964 年 3 月 24 日，7 版。

[22]1964 年 3 月 26 日～1964 年 12 月 8 日，《重生島》在《聯合報》副刊連載了 255 天。

[23]本報訊，〈趙滋蕃返國〉，《聯合報》，1964 年 9 月 25 日，2 版。

[24]趙滋蕃，〈我對於人生的體驗〉，《半下流社會》，頁 314。

[25]趙滋蕃，〈港九文藝戰鬥十五年〉，《文學理論》（臺北：東大圖書公司，1988 年），頁 603～604。

[26]趙滋蕃，〈論俗濫〉，《流浪漢哲學》，頁 11～12。

之，他的作家身分，成於流亡世途繫於異質聲音，需要的是抗爭現場和鄰近抗爭對象，《半下流社會》和《重生島》才因緣際會成為他的頂峰創作，比較尷尬的是家國認同，事實上對在港的右派難民而言，1949 年後就並時存在了兩個「家鄉」，一是大陸原鄉，一是心靈家鄉臺灣。而趙滋蕃出生在德國，1939 年他隻身回歸祖國——中國，且熱血投身對日抗戰；此番他遭遣返，卻是遞解到無地理血緣的臺灣，愈發凸顯他的家國信仰奠基在追求自由之上且高於個人存在，此信仰，也就注定了他走向反共單行道的命運。

這樣的極右偏執，亦注入其文學創作。趙滋蕃自稱「文學的生命學派」[27]，文學即生命即傳達信仰的載體，其獨創的「流浪漢哲學」不少成分來自流亡期間的真實體驗，以身試道，文學對他不僅是生命追求也是小說實踐，回溯《半下流社會》、《重生島》裡「流浪漢」們直往向前以信仰是尚，呼之欲出的原型人物正是他，一體呈現文學對趙滋蕃不僅是文字言語，更是一以貫之的懷抱與胸襟，而流亡的每一舉步「一生中只出現一次」[28]，難怪「每一萬字拚掉一磅血肉」。[29]《半下流社會》字裡行間的「勿為死者流淚，請為生者悲哀」、「願從宇宙摘去太陽，假若人生沒有自由」[30]……至性至情文句，型塑趙氏難以逼視的流浪漢傲骨風格。

然而時移景遷，曾幾何時，反共、難民、流亡等冷戰慣用的修辭瞬息掉漆，反共退位，接踵沓至的是曾使他文名顯赫的反共主題沒入時間非僅他一人，而是整個時代，譬如與《半下流社會》並肩打造調景嶺地景招牌的張一帆《春到調景嶺》（1954 年）亦乏人聞問。隨著趙滋蕃 1986 年過世，隔年兩岸開放探親文化交流，真的可以「回故鄉」了[31]，絡繹於途的

---

[27]周芬伶，〈顫慄之歌——趙滋蕃先生小說《半下流社會》與《重生島》的流放主題與離散思想〉，《東海中文學報》第 18 期（2006 年 7 月），頁 198。
[28]趙滋蕃，〈流浪漢哲學〉，《流浪漢哲學》，頁 2。
[29]趙滋蕃，〈我為甚麼寫《半下流社會》？〉，《半下流社會》，頁 319。
[30]兩段文字分別見趙滋蕃，《半下流社會》，扉頁、頁 25。
[31]「回故鄉」為《半下流社會》電影插曲的主述，如「秋風緊，秋夜深，何日回故鄉」、「回故鄉，流浪在他方，寂寞又淒涼」等歌詞。許健吾作詞。

返鄉腳程，還反什麼共？讀者、文壇淡忘他的速度可用急轉直下形容，他的門生周芬伶便感喟道：「幾乎快被文學研究者遺忘。」[32]這樣的結果，對熟悉趙滋蕃作品與風格者的確很難接受。所幸趙滋蕃返臺後，先後於淡江大學、政工幹部學校（今國防大學政治作戰學校）、文化大學、東海大學任教，講壇傳道加上文學觀深植與人格修為影響逐漸開枝散葉，程門立雪不再是課本語言，而是彰顯「我的老師趙滋蕃」那樣的行動，於是直接間接以趙滋蕃為研究、追憶的文章，形成小規模的「旋風交響曲」。此外，對於反共、難民書寫，近年已有不少學者提出重讀呼籲，像是將反共文學看做另一種「傷痕文學」，為反共除魅，此論點有齊邦媛〈千年之淚——反共懷鄉文學是傷痕文學的序曲〉[33]，另如王德威〈一種逝去的文學——反共小說新論〉，界定反共文學為「非常時期寫非常作品」、「傷痕文學的第一波」之說，[34]是重量級的論述，為重讀趙滋蕃鋪路。此外楊照〈文學的神話・神話的文學——論五○、六○年代的臺灣文學〉以文學史觀照，消解反共文學「在文學史上是以概念的形式存在，而非確切的流派」說，提出「不能否定反共文學存在過的事實」，愷切反思反共文學現下處境「概念在、歷史陳述在」，但「作品卻消失不見了」現象，[35]此「在」與「不見」觀點，提供了正視趙滋蕃其人其作曾存在的文學事實。還有陳智德〈逝去的異議者文學〉援用「異議者」觀點，建構《半下流社會》以社群理念實踐代替空洞無根的反攻復國寄望，為「異議者趙滋蕃」的前行身影照相，[36]可惜此文未深入討論，幸其〈一九五○年代香港小說的遺民空間：趙滋蕃《半下流社會》、張一帆《春到調景嶺》與阮朗《某公館散記》、曹聚仁《酒

---

[32]周芬伶，〈顫慄之歌——趙滋蕃先生小說《半下流社會》與《重生島》的流放主題與離散思想〉，《東海中文學報》第 18 期，頁 198。
[33]齊邦媛，〈千年之淚——反共懷鄉文學是傷痕文學的序曲〉，《千年之淚》（臺北：爾雅出版社，1990 年），頁 29～48。
[34]王德威，〈一種逝去的文學——反共小說新論〉，《如何現代？怎樣文學——十九、二十世紀小說新論》（臺北：麥田出版社，1998 年），頁 154。
[35]楊照，〈文學的神話・神話的文學——論五○、六○年代的臺灣文學〉，《文學、社會與歷史想像——戰後文學史散論》（臺北：聯合文學出版社，1995 年），頁 113、114。
[36]陳智德，〈逝去的異議者文學〉，《明報》「文學週日版」，2008 年 10 月 5 日。

店》〉[37]，再從遺民空間探討政治意識形態鬥爭，可視為《半下流社會》社群空間探討的補遺；而陳建忠〈流亡者的歷史見證與自我救贖：由「歷史文學」與「流亡文學」的角度重讀臺灣反共小說〉、〈1950 年代臺港南來作家的流亡書寫：以柏楊與趙滋蕃為中心〉將趙滋蕃納入晚近頗受關注的南來文人及流亡作家議題與脈絡中，論述擴大「流亡文學」（Exile Literature）為「普遍（離散）與特殊（國難出逃）的情境」視野，是將作家的時代處境，放在更寬容的位置上檢視，[38]與楊照文學史脈絡「概念在、歷史陳述在，作品卻消失不見了」論點相互呼應。綜括上述論點若說是趙滋蕃「為人性而寫，為犧牲而寫」[39]、「一時代有一時代的精神氣候。……一階段有一階段的歷史任務。……一作品有一作品的精神基調」[40]詞語的最佳註腳，實不為過。但論及消解趙滋蕃反共成色、回歸文學與美學探究，多半出自趙氏門生故舊之手，如周芬伶梳理趙滋蕃出身、人格信念，重申其在臺灣文學建構過程被邊緣化的主因：

> 在臺灣文學找尋主體與認同的過程中，趙滋蕃甚少書寫臺灣本土經驗，
> 以及他反共立場過於鮮明有關。……[41]

周芬伶另闢新境，舉《半下流社會》、《重生島》為例，以作家同業身分為老師創作請命，細證歸納趙滋蕃筆下「或者不是根植於臺灣本土的流放小說」，然對臺灣移民社會與後殖民文學「雖不能同聲相應，卻可同氣相

---

[37]陳智德，〈一九五〇年代香港小說的遺民空間：趙滋蕃《半下流社會》、張一帆《春到調景嶺》與阮朗《某公館散記》、曹聚仁《酒店》〉，《中國現代文學》第 19 期（2011 年 6 月），頁 5～24。

[38]陳建忠，〈流亡者的歷史見證與自我救贖：由「歷史文學」與「流亡文學」的角度重讀臺灣反共小說〉，《文史臺灣學報》第 2 期（2010 年 12 月），頁 8～44。陳建忠，〈1950 年代臺港南來作家的流亡書寫：以柏楊與趙滋蕃為中心〉，陳建忠主編，《跨國的殖民記憶與冷戰經驗：臺灣文學的比較文學研究》（新竹：清華大學臺灣文學研究所，2011 年），頁 455～483。

[39]趙滋蕃，〈我為甚麼寫《半下流社會》？〉，《半下流社會》，頁 321。

[40]趙滋蕃，〈論文風〉，《藝文短笛》（臺北：臺灣商務印書館，1968 年），頁 25。

[41]周芬伶，〈顫慄之歌──趙滋蕃先生小說《半下流社會》與《重生島》的流放主題與離散思想〉，《東海中文學報》第 18 期，頁 198。

求。」進而強調「在後殖民與流放的觀點下，他的小說自有新的意義。」[42]師生之情溢於言表，對趙氏弟子而言，趙滋蕃其人其作，不是老生常談被犧牲世代的紙上故事，而是真實的人生寫照。

此外學者老友左海倫以「灼灼風骨一奇才」注記趙滋蕃，層層剖析其真知灼見與著作相生相成，如何突破時間局限，起了「活在當代人的記憶中才是存在」的作用。用趙滋蕃的話為其一生召魂，是很深刻難得的文章。[43]

趙滋蕃文化大學時期的學生趙衛民則在他去世後（1986 年 3 月 14 日）成立李白出版社，積極整理編選其文學理論及散文，1986 年 10 月首先推出趙滋蕃散文集《生活大師》，不僅於此，日後發表〈趙滋蕃的美學思想〉，是少數從哲學角度論述趙滋蕃小說之文，論文歸結趙滋蕃小說美學「尼采醉狂美學，架上了康德的崇高」，引申趙滋蕃半生顛沛，「所有小說都在面對這杌隉不安的、混亂無序的時代」[44]，寫出不凡作品。門生故舊作為，再再說明趙滋蕃人格魅力與文學信仰的感召合一，趙氏弟子自更親近領受，趙滋蕃「文必己出，不依門傍戶」[45]的拓達心境，回過頭來注解了他的為人為文。可嘆的是，之於家人其生前卻「沒有許多交集」，所幸這樣的精神遺產最後仍回向給了至親。2002 年，趙滋蕃的女兒趙慧娟「慢慢了解父親原來是怎麼樣一個了不起的人」，創辦瀛舟出版社，重推父親經典。「新書」發表會上，趙慧娟追述《半下流社會》如何在肥皂箱上一字一字刻寫，以父之名勾描流亡時代作家克服絕境畫面，希望「讓更多人知道過去的兩岸三地的歷史面貌，展現他卓然不群的文學風格。」[46]面對這場文學盛事，學者林秀玲肯定趙滋蕃小說重印，可為當年「國共意識形態對

---

[42]同前註。

[43]左海倫，〈灼灼風骨　奇才──憶趙滋蕃先生〉，《聯合報》「聯合副刊」，1989 年 3 月 12 日，27 版。

[44]趙衛民，〈趙滋蕃的美學思想〉，《海峽兩岸現當代文學論集》（臺北：學生書局，2004 年），頁 13、31。

[45]趙滋蕃，〈談文必己出〉，《流浪漢哲學》，頁 17。

[46]王蘭芬，〈趙滋蕃之女代父重出經典集〉，《民生報》「文化新聞」，2002 年 3 月 2 日，A13 版。

立的世代作註」，對趙滋蕃的文學性卻語多保留，主要因為「那個世代的政
治、社會、小說、美學觀都過去了」，她認為《半下流社會》足以留名文學
史，但也直言「趙滋蕃之書的歷史意義似大於作品本身的意義」。[47]以上種
種皆見證了趙滋蕃著作離散聚合的文學流亡與定位歷程。

　　反諷的是，趙滋蕃文學成於《半下流社會》，在港府列為「不受歡迎人
物」遞解出境後，意味了香港市場的失去，然在應該受歡迎的臺灣，他最
負盛名的《半下流社會》竟也落到多個版本的下場。[48]當年出版環境與時
代政治氛圍聲息相扣，趙滋蕃何嘗不懂，以他的《子午線上》為例，小說
寫腫瘤專家金秋心被中共力勸「回大陸」為高層治病不從，於是計捉金秋
心妻女當人質，金卻以己身交換妻女回大陸，小說意在言外，寄寓子午線
幽明兩隔深意，題旨亦符合一貫的反共理念，但小說在 1962 至 1963 年於
「中央副刊」連載，1964 年大業書店出版，這本書在 1966 年獲中山文藝
創作獎，無論小說的形式、內容、思想性，趙滋蕃皆坦然給予「有分量」
的評價，但雷大雨小，並未引起太多共鳴，他不改流浪漢無所失去的脾
性，反言：「對於《子午線上》被冷藏多年，我了無遺憾。因為我知道，真
正要求藝術的時代並沒有來。」[49]這些有著流亡主題的小說，與趙滋蕃人
生互為牽引，確如陳建忠所言是像自畫像一般反映了作家自身流亡的命
運。[50]

　　趙滋蕃 15 歲自德國返中國，是從西方到東方，之後再南下香港，終定
居臺灣，長期不斷的移動，正是「在路上」（en route）最貼切的代言人。
可以如是觀，沒有人強押他投身抗日戰火，也沒有人逼他反共，他的回

---

[47]林秀玲，〈半上流與半下流之間〉，《聯合報》「聯合副刊」，2002 年 3 月 24 日，23 版。
[48]《半下流社會》版本有：香港：亞洲出版社，1953 年、1955 年、1965 年；臺北：亞洲出版社，
　　1969 年；臺北：黎明文化出版社，1975 年；臺北：大漢出版社，1978 年、1979 年、1980 年；臺
　　北：喜美出版社，1980 年；美國加州：瀛舟出版社，2002 年。
[49]趙滋蕃，〈談《子午線上》〉，《藝文短笛》，頁 177。多年來《子午線上》經歷數次重出的命運，版
　　本有：高雄：大業書店，1964 年；高雄：田中書店，1974 年；臺北：長歌出版社，1976 年；臺
　　北：德華出版社，1980 年；美國加州：瀛舟出版社，2004 年。
[50]陳建忠，〈1950 年代臺港南來作家的流亡書寫：以柏楊與趙滋蕃為中心〉，陳建忠主編，《跨國的
　　殖民記憶與冷戰經驗：臺灣文學的比較文學研究》，頁 460。

鄉、反共發為移動皆出於自願如同使命踐履。而撲向動盪時代，闖徑，是必備的一技。在路上的經驗多了，他的切身感觸是，流浪不是旅行，「旅行家有目的地、有旅遊指南、有地圖、有研究項目」，趙滋蕃所感，符合了克里佛德早期旅行是消極移動之說，趙滋蕃重置移動意義於文學，他認為天涯浪蕩可以是形而上的昇華，「是把每一項陌生的遭遇，化為人生的一道亮光。」[51]那道亮光，成為《半下流社會》人物路上取徑最可依仗的火把與明燈。

三、江湖不負初來人：小說與電影的互文與頡頏

　　趙滋蕃總以「江湖不負初來人」一詞反寫流浪的失意無著，「懂得欣賞寂寞，珍惜天真」更是他經常掛在嘴邊的話。從境外到境內，居港期間，他幾乎年年返臺演講、參與文學活動、友聚，他的文章經常在臺灣刊登出版，肯定能取得入臺定居證，但他拚到港府遞解出境才走人。到了臺灣，他被黨報《中央日報》延攬，同時奔走各校啟蒙授課，直到 1980 年代初，血壓高到 280 才辭卸報社主筆，隻身南下臺中專任東海大學中文系主任，不幸腦中風逝在任內。移動、遷移、流浪……宛如一生未完成儀式的基本焦聚，最後，他用所寫的流亡文學，把自己送上了「文學的流亡」一途。見證流亡者行旅，唯有在不斷回返的路徑上尋找歸宿。趙滋蕃稱得起是位闖徑者，這種特質，也反應於他建構小說人物及事件，《半下流社會》裡的主角王亮，總是被追隨，王亮也寫小說《黎明的期待》，小說另一角色麥浪對《黎明的期待》的評價：「論境界、論想像，都高於解釋的文學。」分明趙滋蕃語境。[52]而王亮在小說中幾乎腳不沾塵，不斷大聲疾呼追求自由，堅持教育理想[53]，基本上亦是趙滋蕃的寫照；可以這麼說，「半下流社會」的核心成員王亮、哲學本科麥浪、數學本科張弓、會計師柳森、軍人老鐵、

---

[51]趙滋蕃，〈流浪漢哲學〉，《流浪漢哲學》，頁 2。
[52]趙滋蕃，《半下流社會》，頁 280～281。
[53]王亮提到其教育理想：「在一般方面說，是文化，在特殊方面說，是文學，……通過教育，培養一種富有信心的時代精神。」見趙滋蕃，《半下流社會》，頁 223。

演員姚明軒……甚至文采耀眼的女主人公李曼，我以為都是趙滋蕃的分身。[54]

相對小說，電影《半下流社會》趙滋蕃的成分較少。主要他曾言小說和電影「是兩種不同的藝術，最好不要改編」，認為改編是對文學作品的「糟蹋」[55]，只於電影香港上映當天，寫了〈關於《半下流社會》〉示意，自我評價《半下流社會》不是成熟的作品，主要「因真實於生活，而犧牲了藝術的剪裁」，但不諱言，小說有著寫作之初「原始的感情，以及對高傲生活理想的強烈的渴望。」[56]不爭的是，小說《半下流社會》受重視，搬上影幕，由同樣南來流亡的易文編劇，屠光啟導演，王天林副導演，李厚襄音樂作曲，許健吾作詞，皆一時之選。

頗堪玩味的是，《半下流社會》電影從 1955 年 1 月 11 日開鏡，3 月中殺青。影片在東南亞地區先後上映（表一），臺北最早，同年 9 月上映，香港則最晚，直到 1957 年 3 月才推出。

表一：《半下流社會》電影上映一覽

放映地區	上映時間
臺灣	1955 年 9 月 19 日首映
新加坡	1955 年 11 月 30 日（新聞見報日）
泰國	1956 年 1 月
香港	1957 年 3 月 8～13 日

要知道，小說與電影皆由與美國亞洲基金會關係密切的「亞洲出版社」、「亞洲影業公司」出版、拍攝。亞洲基金會在冷戰年代透過文化活動，經

---

[54] 《半下流社會》初版扉頁推薦文中，《人生旬刊》有類似的評語，「作者就是故事中的人物」。趙滋蕃，《半下流社會》，頁 2。

[55] 林小戀，〈春風·綠樹·語意長──趙滋蕃（文壽）訪問記〉，趙滋蕃《流浪漢哲學》，頁 212。

[56] 趙滋蕃，〈關於《半下流社會》〉，《星島晚報》，1957 年 3 月 8 日，6 版。

濟資助各地流亡知識分子，1950 年代韓戰爆發，香港更成為東西文化左右
陣營的兵家必爭之地，亞洲出版社及其相連的通訊社、影業形成的集團，
目的是「與共黨在海外之文化勢力相頡頏」。[57]但因媒介不同，且受制香港
政府的電影審查條例[58]，羅卡認為，因此電影表達的頡頏意義、反共聲
音，顯然來得低調和自我約束。[59]加上臺灣補助與支援拍攝片頭反共地標
調景嶺的俯瞰鏡頭[60]，未可知，電影因此避開露骨的政治表白，於是推遲
了上映時間？較之小說，影片在空間策略上，明顯消解了調景嶺營的反共
陣營色彩及難民串聯擴大影響的情節，片頭豪華的俯瞰鏡頭之後，便回復
舞臺劇單一封閉空間演繹手法，空間小了，相對減少了角色的配置調度，
換言之，空間決定了人物的多寡與移動。空間意義的模糊，導致了人生／
小說／電影不同訴求面。

　　總之，電影於 1955 年臺北首映後評價兩極，比較重要的影評有艾文
〈影譚《半下流社會》〉，肯定易文的劇本「是聰明的，他能夠抓住情節的
要點，去蕪存菁地處理了不少精采的素材，」但也指出結局「不夠蘊藉，
顯不出力量」，對片中插曲〈望故鄉〉予以肯定。[61]較特別的是丁文治〈我
看《半下流社會》〉，編按強調《半下流社會》是「香港自由影壇罕見的寫
實作品」，以愛深責嚴直接和「亞洲當局及影壇」對話：

---

[57]香港《亞洲畫報》第 30 期（1955 年 10 月），頁 14。轉引自容世誠，〈圍堵頡頏；整合連橫——
　亞洲出版社／亞洲影業公司初探〉，收入黃愛玲、李培德編，《冷戰與香港電影》，頁 127。
[58]1953 年港府成立電檢小組，「電影檢查規例」，電影公司必須避免露骨地觸及政治形勢製片，宣
　稱：「關於政治問題，則端賴審查員之判斷，該片之准予放映，是否引發騷動或不愉快之事
　件。」見余慕雲，《香港電影史話（卷四）》（香港：次文化堂出版社，2000 年），頁 147。
[59]羅卡，〈傳統陰影下的左右分家：對「永華」、「亞洲」的一些觀察及其他〉，收入李焯桃編，《第
　十四屆香港國際電影節特刊：香港電影中的中國脈絡》（香港：市政局出版，1990 年），頁 14。
[60]據《聯合報》報導，《半下流社會》於 1955 年 9 月 19 日在臺北首映。報導指該片因在拍攝時，
　得民航公司協助，拍攝全港俯瞰鏡頭，亞洲影業特定（1955 年）9 月 10 日在中國之友社放映一
　場招待此間民航公司員工觀賞。見〈藝文圈內國片外匯已有補救辦法〉，《聯合報》「藝文天地」，
　1955 年 9 月 9 日，6 版。另關於影片補助部分，1956 年報載，教育部電影事業業輔導委員會核定海
　外國產國語影片申請獎助，亞洲公司就有《楊娥》、《傳統》、《滿庭芳》、《半下流社會》、《金縷
　衣》五部。見〈海外國產國語片 75 部獲獎助〉，《聯合報》，1956 年 7 月 28 日，3 版。
[61]艾文，〈影譚《半下流社會》〉，《聯合報》「藝文天地」，1955 年 9 月 22 日，6 版。

> 亞洲公司這部《半下流社會》，在取材上確是年來香港自由影壇罕見的寫
> 實作品，因此我們基於愛之深而責之嚴的態度，願以較高的尺度來衡量
> 這部作品的成就，作為提供亞洲當局及影壇的參考。
>
> ——編者[62]

評論開宗明義指責《半下流社會》最大的失敗在於：「把原著中一群爭取自由
艱苦奮鬥的流浪漢，描寫成一夥滑稽可笑的江湖人物。」進而嚴詞抨擊：「明
明是一部反共鬥爭有血有肉的文藝作品，但是在電影上所表現出來的，只是
一個極普通的愛情故事而已。」之後話鋒一轉評價導演手法、布景與演技：

> 整個鏡頭大都集中那個代表「半下流社會」的兩間破茅屋內，對於整個
> 綜錯複雜的調景嶺難民營，絲毫不加介紹，整個調景嶺，除了王亮所領
> 導的這個「半下流社會」外，導演就「旁若無人」。

就因影片標榜寫實，布景道具便不講究、偷懶，導致「觀眾看電影如看舞
臺劇」[63]，切中電影與舞臺劇的空間掌握關鍵，是十分專業精闢的見解。
要知道，電影是空間藝術，和舞臺劇不同的是，電影透過空間的推移發展
情節，營造戲劇時間的具體印象。意外的是，日前重看《半下流社會》，竟
發現片頭取鏡現代，拍攝手法與敘事居然遙遙呼應 22 年後盧卡斯（George
Walton Lucas Jr.）科幻史詩巨片《星際大戰》（*Star Wars Episode 4: A New
Hope Fan Edit*, 1977）經典片頭。雖說《半下流社會》俯瞰畫面的視覺效
果，是拜臺灣政府調度民航機支援所賜，仍讓人十足驚豔。

　　《半下流社會》的片頭，先是以旁白透過飛機、火車、輪船……交通
工具來自四面八方逃向香港人潮的畫面，具體交待了小說角色逃亡背景及

---

[62]丁文治，〈我看《半下流社會》〉，《聯合報》「藝文天地」，1955 年 9 月 24 日，6 版。
[63]以上引文皆出自丁文治，〈我看《半下流社會》〉，《聯合報》「藝文天地」，1955 年 9 月 24 日，6
版。

路線。接著上工作人員演員表，疊映俯瞰的搖鏡搭配梯形漸隱字幕（圖一），動感視覺營造出大時代史詩般的氣勢，用以揭開序幕。《星際大戰》則以黑底藍字簡單敘事「A long time ago in a galaxy far, far away……」（在很久以前，在一個很遙遠、遙遠的星系……）（圖二）烘托宇宙穹蒼星際浩瀚無窮盡之感及時態。對照《星際大戰》片頭梯形漸隱字幕技術（圖三），《半下流社會》技術明顯不成熟，但在沒有 After Effect 電腦程式、Premier 剪輯軟體等後期製作的年代，《半下流社會》的嘗試已足以突出片廠制的同代影片，觀眾對影片的表現，當然格外期待，而《半下流社會》卻是虎頭蛇尾。

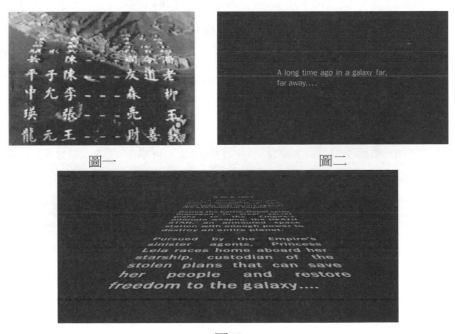

圖一　　　　　　　　　　　　　　　圖二

圖三

同樣將重點放在「年來香港國產片僅有的寫實作品」層面的，還有〈藝文圈內《半下流社會》的缺點〉，勾描還原當時臺灣電影不反映現實的

政治狀況，評者從劇本、導演手法、技術、演員逐一提出批評，具專業火力，主訴劇本沒有告訴等待在調景嶺的人希望是什麼，提出影片結局之大火過後「生硬地按上一條光明的尾巴」以為佐證，與流亡特定族群展開對話，特具針對性：

> 等待在「調景嶺」的人，他們到底希望些什麼？劇本只告訴我們說是：「等待」。而經驗啟示我們的是：「眼前的痛苦不算痛苦，眼前沒有希望地活著才算痛苦！」[64]

香港的影評多以短文呈現，右派一致讚揚「有血有淚」[65]，左派批評則奇特的集中在「路徑」的探討，強烈標示出「這裡」（香港）和「那裡」（大陸）的戰鬥位置。如「影片說他們為了反抗極權和追求自由才投奔到香港，這種顛倒是非的說法，顯然含有政治目的。」[66]另外，左派觀點的葉綠〈半下流社會〉評論則與臺灣〈藝文圈內《半下流社會》的缺點〉不約而同強調「空等」，「沒有明確指出片中的『難民』所應走的光明大道」，大聲疾呼難民回國才是應走的道路：「明明有路，有幸福的路，有康莊大道，影片的製作者卻偏不讓他們走，而要他們空等。」[67]只不過，這裡的國，是大陸；相對臺灣〈藝文圈內《半下流社會》的缺點〉影評所指的希望之地，是臺灣。形成一部影片各自表述的趨勢，明顯走政治立場意識形態之爭，而非藝術成就之辯。至於其他地區的上映資料及影評仍待有心人士進一步收集。值得注意的是，近年伴隨香港 1950、1960 年代文學議題熱，探討《半下流社會》電影的重要論文逐漸浮現，如前指出張詠梅〈文字與影

---

[64]（未署名），〈藝文圈內《半下流社會》的缺點〉，《聯合報》「藝文天地」，1955 年 9 月 29 日，6 版。

[65]老白，〈一部製作嚴謹的影片《半下流社會》〉，《香港時報》，1957 年 3 月 6 日，6 版。聶心，〈看《半下流社會》〉，《星島日報》，1957 年 3 月 11 日，7 版。

[66]康辛，〈《半下流社會》〉，《大公報》，1957 年 3 月 11 日。

[67]葉綠，〈《半下流社會》〉，《新晚報》，1957 年 3 月 12 日。

像的對照——趙滋蕃《半下流社會》的小說與電影〉著重文字與影像的互
文性。另外梁秉鈞〈電影空間的政治——兩齣五〇年代香港電影中的理想
空間〉，深入析論電影空間手法，[68]觀點創新，尤對本文具啟發性。至於容
世誠〈圍堵頡頏；整合連橫——亞洲出版社／亞洲影業公司初探〉對《半
下流社會》運用文字／影像／音樂建構二元對立冷戰思唯與文化生產之視
角，十足精到，令人耳目一新。[69]上述論述了趙滋蕃《半下流社會》小說
／改編電影外緣影響，接著分析小說／電影文本內緣與文字與影像的取徑
對照。

四、在路上：游離卻也頻頻回顧

> 爰鳩工於三區半山之陽，建自由紀念塔一座，其用意非徒巍魏乎以觀
> 瞻，蓋欲闢邪說，揚正義，使今之人，睹斯塔而油然起愛國之心；後之
> 人，睹斯塔而知光復神州，乃今人之偉業，且證明吾人今日之奮鬥，是
> 為全人類爭自由，普天下爭真理，真理為何？曰：天下之大道是也。天
> 下之大道不滅，則斯塔也，將永昭乎自由之神。
>
> **——戴學文題，香港調景嶺「自由紀念塔」碑文，1955 年[70]**

　　1997 年香港回歸前夕，有小臺灣之稱的調景嶺已夷為平地改建大樓，
港英政府趕在回歸前將建在調景嶺營三區東邊的反共紀念塔列冊保留，見
證調景嶺地景遺跡。距離 1949 年左右抗衡，半個世紀過去，香港終回歸中
國，說明了歷史的反覆。[71]自 1949 年以來，型塑調景嶺反共地景樣貌成為

---

[68]梁秉鈞，〈電影空間的政治——兩齣五〇年代香港電影中的理想空間〉，收入梁秉鈞、黃淑嫻、沈
海燕、鄭政恆編，《香港文學與電影》（香港：香港公開大學出版社、香港大學出版社，2012
年），頁 45～57。
[69]容世誠，〈圍堵頡頏；整合連橫——亞洲出版社／亞洲影業公司初探〉，收入黃愛玲、李培德編，
《冷戰與香港電影》，頁 125～141。
[70]自由紀念塔由臺灣中國大陸災胞救濟總會出資建造，1957 年一二三自由日舉行揭幕式。
[71]〈褪色的青天白日香港想留住調景嶺上的「自由紀念塔」可能列為古蹟保存〉，《聯合報》，1997
年 2 月 1 日，39 版。

一種集體儀式，政治學、社會學、文學……因勢誘導，將調景嶺拱上了反
共共主神主牌位置。反共的志業何其正義神聖，誠如紀念塔「睹斯塔而知
光復神州，乃今人之偉業」銘文。而文學作為方法，以調景嶺為主題朝向
一個文學生產寫去的，早期有趙滋蕃《半下流社會》、張一帆《春到調景
嶺》等，晚近有鍾玲玲、林蔭等[72]，《半下流社會》無疑為其中最知名。事
實上小說原文本，並不集中表現調景嶺，且對調景嶺營多有批判，小說藉
被嶺上惡勢力逼迫投海亡命的鄭風遺言指控調景嶺小圈圈「專制奴役」殺
人，是「大鐵幕中有小鐵幕；小鐵幕中又有更小鐵幕；它們重重疊疊地蒙
蔽著我們那不信任的良心。」[73]整體而言，小說主要難民場域有二，一是
固定的調景嶺，一是與調景嶺分道揚鑣具理想性常在移動的「半下流社
會」群體。小說規畫 29 節，主要環繞難民兩大陣營：調景嶺營和「半下流
社會」人事；日後二大陣營又兵分三路，一是留在「半下流社會」，一是固
守調景嶺營，及離開兩大陣營而自謀出路的難民。

最大陣營調景嶺營設「營自治辦公室」，行伍軍人聯誼會、同鄉會、公
務人員聯誼會。青年軍聯誼會、教會團體各擁山頭。小說人物黃玲、秦
村、小丫頭鄧湘琳、鄭風、張輝遠曾是嶺上成員，後來出走。另一主流
「半下流社會」以知識分子為主幹，成員組文章公司開創財源，寫作生產
占團體總收入一半，各人分工進行，王亮、李曼為寫作要角，青年農民趙
德成撿回廢報紙、書、破刊物成為生產工廠的原料素材，刺激靈感，以此
寫出的作品苦中作樂稱為「甕菜文章」[74]。至於第三路難民是畸零者，像
有毒癮的老道友及兒子傻小子、不學無術的胡百熙和逆來順受的潘令嫻，
他們之前依附「半下流社會」圈，精神尚不致散去。

真實地理的調景嶺營位在東九龍，小說將之抽離成為象徵封閉空間靜

---

[72]晚近憶寫調景嶺篇章，較為人知的為鍾玲玲，〈調景嶺〉，收入張文達主編，《香港名家小品精選》
（香港：新亞洲出版社，1991 年）。鍾玲玲，《玫瑰念珠》（香港：三人出版社，1997 年）。林
蔭，《日落調景嶺》（香港：天地圖書公司，2007 年）。
[73]趙滋蕃，《半下流社會》，頁 55。
[74]趙滋蕃，《半下流社會》，頁 64

止路徑，小說第 4、5、6、16 節主要描寫調景嶺營場景的空間遭遇戰；「半下流社會」以香港本島西隅石塘咀——西灣河為輻輳空間，流動性強。除了第 19 節的聯昌碼頭為赴臺灣出發港口。第 21、22、27 節李曼、錢善財大嶼山梅窩豪宅，及 25 節半下流社會與李曼相遇的淺水灣沙灘，其他皆屬於「半下流社會」族群移動路徑。層出不窮的事故，迫使以王亮為首的半下流成員總在找路。

　　小說開章，流浪集團面臨暫時棲身的天臺被拆，王亮與港府陳情交涉帶回了「霸王屋是拆定了」[75]的壞消息，搭建出難民必須再度游移的命運：

> ……在四月一日以前，我們必須完成拆遷的手續；否則，到了四月一日，他們就要派人來強迫拆遷。……我們不跪拜任何東西，我們為理想、為真理、為自由，我們退讓。為的是我們必須更難苦地戰鬥下去！[76]……群眾嘩啦嘩啦吼了起來，……我們退讓，退讓到什麼地方？我們已經從中國退讓到了外國！[77]

當不得不遷移不得不另覓歇息處，哲學家酸秀才卻將之視為流浪社群一個轉機，鼓吹「互相幫助互相敬愛」，訴說上流社會自私冰冷，下流社會則喪失理想，定調半下流社會價值，「遠離上流社會，而又與下流社會這麼接近，乃是一個半下流社會！」[78]酸秀才可以說是「半下流社會」的命名者，王亮則是勾勒「半下流社會」藍圖者：「為真理、為自由，我們退讓。為的是我們必須更難苦地戰鬥下去！」[79]小說儘管對於何去何從，語焉不詳，卻成功的運用這種不知何去何從的惶惑，順勢導引「半下流社會」的

---

[75]趙滋蕃，《半下流社會》，頁 18。
[76]趙滋蕃，《半下流社會》，頁 23。
[77]同前註。
[78]趙滋蕃，《半下流社會》，頁 20～21。
[79]趙滋蕃，《半下流社會》，頁 23。

移動宗旨與精神,是「面向光明,不要向黑暗墮落」。[80]「半下流社會」於
焉成立。此一新詞在充滿不確定性和流動性的處境裡,擠壓出創造幻想的
「異質空間」。不爭的是現實逼人,多數人恐懼「眼前展開著一條沒有盡頭
的路,展開著一片沒有邊際的焦渴的生活……」[81],世路艱辛跌宕,數學
家張弓對移動身分與路徑卻下了浪漫的註腳:「這個時代的精神始終是游離
的,像一切事物都逸出了他們的軌道,成為不規則的慧星,自我發光,也
自我隕滅。」[82]

　　王亮亦二度呼應酸秀才之言,要難民選擇移動路徑:

> 今天,我們得逼視事實;……今晚臨到了我們選擇的最後關頭,或者在
> 失敗中求奮鬥,或者在頹廢中求毀滅,兩者必居其一。[83]

由以上發聲不難看出這批身分殊異的各路人馬在異鄉成為被切斷臍帶的流
動、游移、無法歸返的難民,無法見容宿主無法逃脫漂泊,於是,游離也
頻頻回顧。此處透過對集體或個人存在形式的認同操演,突出承載此變動
面貌的要角,在這裡,王亮挺身而出擘畫路線,成為眾人的精神領袖。趙
滋蕃開篇便經營眾人焦慮談論、等待如「等待果陀」的氣氛,塑造王亮形
象,以他為中軸自轉也公轉的路徑,往復、錯身、調轉,從而有了聚合離
散。

　　誠如梁秉鈞所言,《半下流社會》與 1950 年代的作品主題,多「擁護
一種集體的價值觀」,[84]傳達群策群力才是正道,個人是不足為憑的,棄集
體而去者,也就偏離了正道,老道友吸毒墜樓而亡、胡百熙成為富女的跟

---

[80]趙滋蕃,《半下流社會》,頁 28。
[81]趙滋蕃,《半下流社會》,頁 21。
[82]趙滋蕃,《半下流社會》,頁 21~22。
[83]趙滋蕃,《半下流社會》,頁 24~25。
[84]梁秉鈞,〈電影空間的政治──兩齣五〇年代香港電影中的理想空間〉,收入梁秉鈞、黃淑嫻、沈
　海燕、鄭政恆編,《香港文學與電影》,頁 56。

班、潘令嫻和傻小子流落街頭，都沒有好下場。幸而潘令嫻和傻小子巧遇「半下流社會」成員獲援，才得以重返「專為傷心的人兒設立」[85]的集體，進一步印證「在群體的生命中，將重新發現她自己」[86]的鐵律，潘令嫻最後和被李曼背棄的王亮結婚，徹底轉成大家庭「房裡的人」。[87]李曼則逆向從集體投向金鋪老闆錢善財的懷抱，酒後失貞而懷孕，後悔不迭曾想重頭，但尋思「回到半下流社會去！重釘上貧窮與不幸的十字架」[88]便又卻步，落到被錢善財拋棄自殺身亡結局。

趙滋蕃寫小兒女情愛，幾段內心獨白，夾議夾敘生硬如街頭劇臺詞，瞻前顧後囉嗦曖昧，尤其反應在第 9、10 節，這兩節描述潘令嫻流離不堪歷程，胡百熙逼良為娼，曾遭洋水兵集體強暴，胡百熙惡極將她賣給老鴇子遠走澳門如情節劇，脫離了反共語境，趙滋蕃文句顯得失去依傍，似意在烘托物質追求與精神志業的強烈對比，但聲嘶力竭不斷辯證，反而顯得語焉不詳進退失據。小說通篇對資本主義社會充滿嘲諷仇視，再三強調反共大業的精神面，追求金錢物質，無異褻瀆墮落，充滿對資本主義的賤斥。電影則以影像頻頻打造「半下流社會」生產工廠的精神抖擻，流亡群居者彼此取暖，帶有社會主義樸素色彩的公社經營模式，對比城市資本主義功利紙醉金迷，此二分法，小說和電影可說同聲相應，一時之間「半下流社會」似乎比社會主義更社會主義，「反共」成為說教，缺乏感悟，羅卡便精闢的指出：

> 《半》片對集體、團結意識的強調，對香港資本主義生活方式的抗拒，
> 乍看之下與「左傾」影片並無二致。所謂「反共」，只在言辭語教之中透

---

[85] 趙滋蕃，《半下流社會》，頁 127。
[86] 趙滋蕃，《半下流社會》，頁 128。
[87] 《半下流社會》裡小丫頭鄧湘琳形容潘令嫻回來是：「新娘子是房裡的人，不要老站在房外。」見趙滋蕃，《半下流社會》，頁 249。
[88] 趙滋蕃，《半下流社會》，頁 229。

露，我們看不到有任何宣揚個性價值或民主、自由觀念的地方。[89]

如此中間性取消的二元演繹，建立了簡單的「共產＝專政」、「民主＝自由」圖示。以胡百熙和潘令嫻為例，胡百熙對潘令嫻奴役專政，如極權，而想方設法帶領她逃離黑暗的，正是反共精神領袖王亮，他的義舉機智有著現代民主色彩。事實上這條營救路線，原是「半下流社會」一行人要去喚醒墮落的李曼未果，無意岔進「夜香港在黑暗中蠢蠢蠕動」[90]的告士打道，這才撞上被鴇母押到街頭拉客的潘令嫻，王亮隨機應變假扮嫖客與潘偕行「穿過洛克道，折向士剝域道，再轉彎抹角地拐進茂羅街」[91]，終抵潘接客的房間，望見牆上掛著潘在集體時期「石塘咀天臺慣穿的那件起小紅花點的絨旗袍」[92]，營造當下與過往的視覺效果與意涵，簡潔地繪製出一張潘令嫻之於集體、專政之於民主的時間與空間圖示，組構了李曼和潘令嫻不同的移動路線和命運。潘令嫻明顯游離仍頻頻回顧過往，李曼則否，更難能的是，潘令嫻經此屈辱並未倒下，反而善良求活，放在反共語境中，趙滋蕃無疑表面寫迫害，實寫人對生命的窮究與韌性。

另外黃玲、秦村、鄧湘琳一支離開「半下流社會」隨鄉長鄭村、張輝遠返調景嶺舊營，不久鄭村、張輝遠卻被嶺上惡勢力鬥死，這兩人的死，讀來怵目驚心。「半下流社會」與調景嶺營同樣集體，同樣反共，顯然二者差別正在理想性、精神層面的有無。但趙滋蕃也許怕傷了反共堡壘形象，並未多寫，歷經曲折，復安排黃玲、秦村、鄧湘琳再循路重回「半下流社會」，足證移動路徑布滿陰影，如張輝遠遺言所說，稍一不慎便走成一條「幽明永隔的歧路」，但張輝遠也不忘鼓勵在路上者，指出重建信仰之必

---

[89] 羅卡，〈傳統陰影下的左右分家：對「永華」、「亞洲」的一些觀察及其他〉，收入李焯桃編，《第十四屆香港國際電影節特刊：香港電影中的中國脈絡》，頁 14。
[90] 趙滋蕃，《半下流社會》，頁 88。
[91] 趙滋蕃，《半下流社會》，頁 94。
[92] 趙滋蕃，《半下流社會》，頁 95。

要，「應走的路，並沒有走盡。」[93]信仰即反共志業的一切，苦口婆心，頻頻回顧。

五、小結　個性決定風格：文字與影像的取徑對照

《半下流社會》小說原文本與電影改編移動取徑的不同，我以為可以通過三個部分觀察。一是小說原本的反共敘事由兒女情愛取代；二是追求自由奮鬥往前的視野，被消極的北望故鄉之情消解了；三是人物與場景的刪減，影響了移動路徑。

首先，反共敘事由兒女情愛取代部分，相較小說，電影編劇易文將王亮及「半下流社會」搬到調景嶺，敘事重心也從反共集體奮鬥爭自由，重組為個人愛情、小圈圈互動故事。我已在他篇探討易文電影的論文裡提到易文性格的一貫文人個性、兒女情長，這種氣質也往往投射在他的電影裡。[94]從小說到電影，小說中的流離，電影以片頭以畫面旁白開始便做出注解，也成為整部電影最反共的措辭。因為年代久遠，影片保存不易，拷貝影像聲軌皆不良，本文特意保留逐字稿，少數字句無法確定，原則上盡量做到不失真：

> 成千成萬中國大陸上的人，為了反抗極權為了追求自由顛沛流亡投奔到這裡來，其中大多數是有學問有修養的知識分子流汗流淚艱苦掙扎在這兒找各種工作維持生活，這是年輕有為的大學生因為找不到工作，只能參加到婚喪工商喜慶的音樂隊伍裡當起喇叭手；戰火軍人，在砲火中出生入死的英雄，為了生活不能到街邊上來撿香菸頭，獲取零星，過去做過大買賣的商人，現在在各種店裡收購書報畫刊，這些勤儉安分守己的公務員教員小學生，就靠酒家帶回來的冷飯殘羹維持著一日的三餐，

---

[93]趙滋蕃，《半下流社會》，頁55。
[94]蘇偉貞，〈夜總會裡的感官人生：香港南來文人易文電影探討〉，《成大中文學報》第 30 期（2010年10月），頁177。

他們在民間打石場做散工。這就是他們的精神堡壘調景嶺，他們在熱情溫情愛情和同情之中，形成了一個半下流社會。

小說引文般的旁白，拉開了 1949 年旅程序幕，追求自由搭建出「那裡」與「這裡」的反共路徑。但這段引文只是表象，鏡頭敘事一轉，一開始就是黃玲調侃李曼癡等王亮的畫面，更借胡百熙／潘令嫻的不平等地位，安排王亮英雄救美的機會，埋下日後李曼誤會離開引信。片中，先是胡百熙要打潘令嫻的手，被適時出現的王亮騰空攔下，為王亮和潘令嫻的情感做了鋪述。隨即胡百熙強拉令嫻離開，王亮賣血躺在床上休息，聽聞胡百熙要走，很反常的急起身追出去，勸留不成，目睹他們離去，一連幾個中景帶遠景接近景臉部特寫的鏡頭，強調了他的心境。尤其王亮返身回木屋，一個正反畫面，背景襯托綽號 12 點差 5 分的柳森迷惘神色，充滿對照。及至日後，潘令嫻被賣到街頭，正好王亮撞見，留下救人，一夜未歸的王亮讓李曼誤解了，王亮解釋潘令嫻處境，電影裡李曼酸溜溜的表情不是文字修辭而是具象演出：「昨天她遇上了你這個好客人，不是很好嗎？」「我們應該想辦法救她才對。」「你昨天晚上不是救了一整夜了嗎？」「你聽我說。」「你已經做了，何必再說呢？我到昨晚為止，我發現你是這種人！我對你這人格上的汙點，永遠不會原諒的！」李曼怒不可遏調頭而去。這樣的小情小愛竟成電影主線，格局小，角色亦無亂世兒女的豁達胸襟，情節、人物都缺乏深度。這樣的手法，確如梁秉鈞的分析，導向了通俗劇（melodrama）正邪對立、善惡分明、誇張煽情、強烈的道德感……營造二元對立效果的手法。[95]難怪招來「只是一個極普通的愛情故事」的惡評。[96]

其次，追求自由視野被北望故鄉之情消解方面，小說文本除了借由人物遭遇搭建移動路徑，主要用一首大合唱串連貫穿整個流亡橋段。小說開

---

[95] 梁秉鈞，〈電影空間的政治──兩齣五〇年代香港電影中的理想空間〉，收入梁秉鈞、黃淑嫻、沈海燕、鄭政恆編，《香港文學與電影》，頁 49。
[96] 丁文治，〈我看《半下流社會》〉，《聯合報》「藝文天地」，1955 年 9 月 24 日，6 版。

始當眾人苦候王亮消息，李曼應大家要求以歌解懷，作者運用歌詞帶出眾人心聲，整首歌反覆吟唱的主旋律是：「在青春底綠岸上／綻遍血紅底花／祖國山川眼底／無依無食無家／願從宇宙摘去太陽／假若自由不放光華」[97]，尤其「願從宇宙摘去太陽／假若自由不放光華」小說中無所不在。譬如「半下流社會」文章公司成立，各人展開分工，「奔赴生活底戰場」之際，便揚唱這首歌[98]；及至歷經等待，秦村等人終獲赴臺證，送行的「半下流社會」成員更以歌送行[99]；最後，潘令嫻、李曼雙雙死亡，送葬的行列走在暮靄原野，王亮不忘引領大家唱這首歌。[100]

　　小說以歌言志流亡異鄉傳達積極追求自由的心聲，影片裡則置換為中秋北望家國之歌，消極示意回家的渴望：

念故鄉，念故鄉，遍地是災荒，吃不飽，穿不暖，百姓苦難當

望故鄉，望故鄉，到處有豺狼。秋風緊，秋夜深，何日回故鄉

回故鄉，回故鄉，一齊回故鄉，把豺狼一掃光，重整破田莊

故鄉，故鄉，回故鄉，流浪在他方，寂寞又淒涼[101]

　　第二，關於人物與場景的刪減影響移動路徑部分。小說空間多元人物複雜，電影集中建構調景嶺場景，人物做了很大的刪減，從而將角色傳承功能做了調整。如上述，傳播代表了開枝散葉，從「路徑」的意義看，我以為最重要的事件是代表根莖意涵的泥土，小說中的泥土，最初裝在信封套裡，刨自流亡少女鄧湘琳的父親被共產黨人押解執行死刑的現場，鄧母託鄉人秦村帶出交給湘琳，秦村臨去臺灣，又託王亮交付鄧湘琳：「不要忘

---

[97] 趙滋蕃，《半下流社會》，頁 14～16。
[98] 趙滋蕃，《半下流社會》，頁 75、76。
[99] 趙滋蕃，《半下流社會》，頁 216。
[100] 趙滋蕃，《半下流社會》，頁 309～310。
[101] 歌詞見蔡漢生、潘柳黛編，《半下流社會》（香港：大華書店，1957 年），無頁數標示。這首歌旋律取自捷克音樂家德伏扎克（Antonín Dvořák）「第九號交響曲」，《新世界》（"Symphony No.9", *From The New World*）。電影音樂作曲李厚襄，作詞許健吾。

記殺她爸爸的血海深仇！」[102]誰殺了她父親，不言而喻，這是第一把泥土，一個離散的象徵。第二把裝進信封套的泥土，是李曼、潘令嫻墳塚上的泥土：「這是第二次了，破碎了的祖國，殺父的血海深仇，溫馨的友誼……」[103]有人死亡的地方真的就成為故鄉了嗎？我以為泥土象徵轉換了前述趙滋蕃「天涯浪蕩的唯一意義，是把每一項陌生的遭遇，化為人生的一道亮光」[104]信念，面對毀滅無可逃於天地蒼茫絕望之感，或是《半下流社會》的結局寫照，但趙滋蕃處理流浪漢性格不容許他們停滯感傷，因此最後仍安排他們回到一個末路的開端，泥土正是一種提醒與希望：「半下流社會中的流浪漢們，慢慢離開了這荒漠的原野，但猛烈戰鬥的序幕，卻在緩緩拉開……」[105]

電影則將泥土在地性轉為知識傳承，片中酸秀才過世，麥浪向「半下流社會」報喪，導演以中鏡頭帶進成員，營造團結的感覺，事實上，《半下流社會》影片大量運用中鏡頭 PAN 搖鏡或定格紀錄片的手法，呈現全知觀點，新潮現代感俯瞰開放畫面僅僅曇花一現，很快轉進片廠制簡陋木屋窄巷搭景，因無景深，人在景框中移動顯得侷促窒礙，使得這場很重要介紹調景嶺地理環境的戲，卻讓眾人候立平面村門口等施飯表現，以至四處遊走收集書報販售的姚明軒回來，打眾人身後經過，必須貼著眾人走，彷彿背後有一道隱藏的布景，類似這樣的畫面比比皆是，全片多是如此密集調景嶺營定點拍攝手法，少了移動路徑，也就失去了流亡感。

再回到泥土敘事。麥浪垂頭喪氣進屋，先是背著大家，突然轉身，口袋裡取出一個布包，打開了往桌上倒沙土：「我老師死的時候，他留下了一件寶貴的東西給大家。」

軍人出身的老鐵問：「這把泥土能做什麼？」

麥浪：「不要小看這把泥土，這是我們家鄉的土，……他要我們不要忘

[102] 趙滋蕃，《半下流社會》，頁216。
[103] 趙滋蕃，《半下流社會》，頁216。
[104] 趙滋蕃，〈流浪漢哲學〉，《流浪漢哲學》，頁2。
[105] 趙滋蕃，《半下流社會》，頁310。

了泥土，在流亡的生活中，不斷的奮鬥，等待著回去的一天。」

電影最後，泥土再度出現，一場大火燒了調景嶺木屋，潘令嫻為救傻小子受了傷，這時離開「半下流社會」的李曼也趕回來，甦醒的潘令嫻與李曼簡潔對話：「你回來啦！」「我回來了。」

影片沒讓李曼、潘令嫻死亡，經營了一個大團圓結局，畢竟影片為大眾文化，反共是革命事業，豈能讓李曼這個半下流社會「最鮮明的旗幟」[106]死掉。

這時潘令嫻完成了她的過渡角色，從貼身衣服裡拿出酸秀才留下的袋子：「這是故鄉的泥土。還是由你保管吧！」李曼睹物思過，不禁痛哭。潘令嫻：「你別難過了，這把火，把我們燒得更堅強更團結。」

眾人望著被燒毀的調景嶺，這時一個眾人的剪影，望向未知的遠方，黑暗轉為白日，曙光冉冉由地平線升起。亦有把陌生的遭遇，「化為人生的一道亮光」之意。

綜而言之，小說中流浪漢勇於遺忘，離散路途，死亡的腳步永遠不停。唯小說與電影同時都有教育傳承的成分，應是呼應當時臺灣政府的香港文教政策。[107]小說藉由鄧湘琳成為收集路徑記憶的傳承者意象，經由生死，寓意這孩子一夕間長大，在這條線分手，死者留下，活著的人在路上，繼續移動。至於電影，則以等待寄望來日。

趙滋蕃或者不擅寫情，但他的流浪漢性格，使得他的移動路線，粗獷天真不畏前方，驅策著眾人朝向社會認同行去而有了散播意味。克里佛德認為（文化）認同是流動的，像植物授粉以傳播方式進行，因不斷的繁衍，使得回到根源已不可能。[108]或者趙滋蕃的流浪漢哲學注定了他筆下人

---

[106] 趙滋蕃，《半下流社會》，頁 83。

[107] 1950 年至 1960 年代文教事業成為救總在香港的主要業務，不僅在調景嶺廣設中小學，同時也經援高等學府，如珠海書院、新亞書院、德明書院、華僑書院等，更積極開闢港澳到臺灣升大學深造的路徑。參見楊孟軒，〈調景嶺：香港「小臺灣」的起源與變遷，1950～1970 年代〉，《臺灣史研究》第 18 卷第 1 期（2011 年 3 月），頁 173。

[108] James Clifford, *The Predicament of Culture: Twentieth Century Ethnography, Literature, and Art*. (Cambridge, Massachusetts: Harvard UP, 1988), p. 15.

物的流亡宿命，所以角色總是糾結、踟躕、彳亍，無法回到「原鄉」起
點。對照左右派皆對《半下流社會》電影指責不給出一條應走的路的評
論，說明當流亡者移動軌跡走成單行道，便無退路，這才難以給予出路一
個具體的答案，揭示了「在路上」正是流亡者難以承受之痛與宿命。這點
小說和電影的結尾看似不同，但往裡深究文字及影像，其實精神內核是一
致的，無論是小說中的暮靄從四野合攏來，或者影像的黑暗轉為白日，但
「原鄉」永遠可望不可及，日以繼夜，無法抵達。

　　趙滋蕃自云：「作家的個性，決定其作品的風格」[109]，首要強調「有個
性」。重讀趙滋蕃作品，感知作家一直在路上的姿態，而人物頻頻移動取徑
亦成為小說與電影令人印象深刻的畫面。誠然個性決定風格。

——選自《成大中文學報》第 45 期，2014 年 6 月

---

[109] 趙滋蕃，〈作品的風格〉，《流浪漢哲學》，頁 9。

五〇年代之反共小說
主要反共小說作家及作品（節錄）

趙滋蕃——作品：《半下流社會》（長篇）、《蜜月》（中篇）

　　趙滋蕃，男，筆名文壽，湖南省益陽縣人，西元 1924 年 1 月 13 日生，1986 年 3 月 14 日辭世，享壽 62 歲。國立湖南大學法學院經濟系畢業，曾任香港《中國之聲》週刊社、《人生》月刊編輯，香港亞洲出版社總編輯兼《亞洲畫報》主編，《中央日報》主筆，政工幹校、淡江文理學院教授、東海大學中文系主任、東海大學中文研究所、中國文化學院教授。

　　趙滋蕃撰述範圍相當廣，涵蓋哲學、美學、文學理論、散文、報導文學及小說。其小說以《半下流社會》創作最早，並拍成電影且甚獲好評，從此奠定其在文壇中的地位，且曾獲中國文藝協會小說獎章、中山文藝獎、國家文藝獎等獎項。

　　趙滋蕃的父親為中國同濟學校醫學院畢業，後來赴德國行醫，並在柏林大學進修、任教，因此他的童年全在異國度過。15 歲自德國返國後，進入湖南大學數學系，但由於抗戰的關係，他加入了遠征軍而中斷了學業；抗戰勝利後，他重返湖南大學就讀，卻進入法學院念經濟系，畢業後留系任教，授「高級統計學」。

　　1949 年大陸淪陷後，他先在共區生活了八個月，才逃到香港。由於語言不通，他找不到工作，生活沒有了著落，做遍了流亡人士所做的苦工，

---

*發表文章時為中國文化大學中國文學系博士、立法委員，現為臺北市議員、中國文化大學中國文學系文藝創作組兼任助理教授。

餐風露宿，備嘗艱辛。在香港滯留時期，他寫作一些哲學、經濟、工程、科學方面的論文，逐漸嶄露頭角，後來受到朋友的鼓勵，開始從事小說創作。

　　他首先推出的即是長篇小說《半下流社會》，由自身的體驗開始出發，寫 1949 至 1950 年間，香港的百萬難民種種生活面向，這些流亡人士雖然顛沛流離，卻不斷奮發向上，他以一枝生動深刻的筆，記錄了大時代中的一段時空，為歷史做了最真實動人的見證。

　　《半下流社會》文長約十五萬字，是趙滋蕃的處女作，於 1953 年 7 月由香港亞洲出版社出版，這是他一生作品當中，最為膾炙人口的一部，趙滋蕃在〈孟浪半生──說說《半下流社會》〉這篇文章中提到：

> 孟浪了大半輩子，不親細務，對於自己的事尤其如此。若問《半下流社會》到底發行過多少版？連我自己也搞不清楚，不過，總共收到 24 筆版稅，倒是真的。[1]

　　〈孟〉文寫於 1978 年，據該書出版已 25 年，25 年中領到 24 筆版稅，足證其歷久不衰，長期受到讀者喜愛。趙滋蕃在〈孟〉文中還自我剖析，《半下流社會》這部藝術性和思想性都非圓成之作，能夠歷經四分之一世紀而不被時代淘汰，大概有兩點理由，其一是，《半下流社會》具有堅實充盈的生活做底子，是有原創性的，不必借別人的光來照亮自己，而是靠自己的生命來實證自己的存在，因此讀來比較真摯而獨特。其次是，這是用生命換來的，用血寫下來的東西，這些率直的語言裡，不帶任何玄學意味。他並且感嘆：「當我重校這部《半下流社會》時，我的感受比什麼都真切，這堆文字裡面，原存在過一個活蹦活跳的生命啊！」[2]

　　的確，《半下流社會》是一部寫實作品，它描寫大陸淪陷後，許多痛恨

---

[1] 趙滋蕃，〈孟浪半生──說說《半下流社會》〉，《聯合報》，1978 年 4 月 4 日，12 版。
[2] 同前註。

共產黨的知識分子逃到香港，彼此相依相扶持、不向命運低頭的故事。這個《半下流社會》中，包括耶納大學的數學系講師張弓、哲學系助教麥浪、純樸的青年農民趙德成、做過政府專員的孫世愷、曾在上海紅極一時的百貨公司大老闆蔣山青、胡百熙與妻子潘令嫻、喜愛文學寫作的王亮與女友李曼……等，他們在天臺上搭起簡陋的棚子，過著餐風露宿的生活，他們自稱是「半下流社會」，因為他們既沒有上流社會的自私、冰冷，也沒有下流社會的喪失理想，他們希望能將分散的力量集合起來，為這個革命的準備時代盡一分心力。

　　後來香港政府認為天臺上的棚子有礙觀瞻，下令強制拆除，這群人只好另覓去處。之後，以王亮為首，他集合孫世愷、蔣山青、趙德成等人，到成安村的木屋區搭建了幾間木屋，眾人各司其職互相扶持，如王亮投稿文學作品到刊物上賺取稿費，蔣山青在街邊賣雜貨，孫世愷與趙德成負責打理二餐，李曼與其他的女孩們則做手工、繡花，大家齊心維持這個大家庭的生活。他們會在一天的晚飯後一齊討論對政治、戲劇、經濟、文學、哲學等的見解，李曼將大家討論的結果，謄寫妥當，以自己的名字代替眾人在刊物上發表，稿酬則充作這個大家庭的收入之一。不久，香港文化界為「李曼」這個神祕與多樣化的面貌轟動起來，因為她發表的文章不僅見解精闢，而且數量及種類均極豐富，某文學出版社還聘請她擔任編輯的職位，為了工作方便，李曼搬出木屋區。

　　李曼受到上流社會的歡迎後，漸漸忘卻「半下流社會」的奮鬥精神，她與王亮之間的愛情也因李曼染上上流社會的氣息後，而出現鴻溝。某天，王亮在拜訪李曼未果後，巧遇被胡百熙賣做妓女的潘令嫻，王亮十分同情潘令嫻的處境，決定助她脫離火坑，於是央求李曼協助，贖出潘令嫻，並替她在塑膠工廠找到一份工作。潘令嫻感激王亮的好意，漸漸將心繫在王亮的身上。李曼的名聲與美貌吸引了許多名流的追求，其中開金鋪的錢老闆對她尤其殷勤，李曼沉溺於物質的享受，未對錢老闆別有企圖的示好具有戒心。某天她與錢老闆聚餐，不意酒醉，當她醒來後，發現自己

與錢老闆赤條條的躺在床上，她心知自己的清白已經毀在此人手上，雖然極為傷心，但是她又拋不下名利，只好決定與錢老闆結婚。

王亮收到李曼的結婚請柬後，十分傷心，半下流社會的人不忍見他憔悴的模樣，復見潘令嫻對王亮的款款深情，便勸他倆結婚，重新開始新的生活，王亮與潘令嫻同意這個建議，於是趕在李曼結婚前舉行婚禮。李曼聽說王亮即將與潘令嫻結婚的消息後，明白自己與王亮的感情已經成為過去，於是大方地為他們採購結婚的用品，誠心祝福他們。王亮結婚後數月，潘令嫻發現自己懷有身孕，王亮為半下流社會即將加入的新一代高興不已。

就在半下流社會步入穩定的階段時，王亮他們所住的木屋區發生大火，眾人倉皇逃出後，潘令嫻發現半下流社會的一分子──小傻子仍身陷火場，於是冒險衝進去救他，結果因火勢過大，潘令嫻身受重傷，她被送到醫院不久就死了，王亮傷痛欲絕。潘令嫻本來擁有一個美好的人生，但是共產黨破壞她的一切，在她的人生掀起波濤巨浪，並製造了無盡的苦難，死對潘令嫻來說，可以說是得到一個解脫。

就在潘令嫻死的那一天，李曼也仰藥自殺。自從李曼決定與錢老闆結婚後不久，她就發現錢老闆是個用情不專的人，之後錢老闆因為炒金失敗，拋下她一個人離開香港。李曼回首過往，覺得自己不僅失去心愛的王亮，且生活中盡是上流社會的虛假，她對未來失去了希望，決定以自殺作為人生的結局。

王亮雖然同時遭到失去了潘令嫻與李曼的打擊，但是並未因此而一蹶不振，反而更加激起他的鬥志，他決心要以「半下流社會」的精神去教導下一代，為自由真理戰鬥，希望有朝一日能光復染滿鮮血的祖國山川。

趙滋蕃在〈我為甚麼寫《半下流社會》？〉一文中提到他的創作動機與過程：

> 苦熬 58 個通晚，《半下流社會》終於一口氣逼成了。……一斤底稿，付

出 17 磅體重，差不多每一萬字，要拚掉一磅血肉。這就是《半下流社會》的創作過程。支持我這樣不吭一聲大氣，瘋狂地寫下去的，是傻勁，也是良心的責任感；是對人類和自由生活的高傲的信念，也是那揀菸屁股、睡天臺的貧窮與不幸底流浪集團。「寫吧！你這懦夫！你這偷日子的小賊！」髣髴有千萬張受難的嘴，用沒有舌頭的舌頭，用沒有聲音的聲音，向我催逼，向我責難。……我擔心後世人類，要罵我們這一代是沒有出息的懦夫，是天生的奴種。我們不能夠讓希望在自己的瞳孔裡毀滅。因此，我堅決地寫《半下流社會》。[3]

《半下流社會》是通過這個時代來刻畫一群人，也是通過一群人來刻畫這個時代。在故事的布局方面，作者採取的是多線進行的格局，一面寫王亮等人艱苦奮鬥，一面寫李曼的向下沉淪，一面寫調景嶺木屋區人民與生活搏鬥的艱苦，一面寫市區人們醉生夢死的罪惡行徑，一面寫墮落的一群，一面寫向上的一群，內容複雜，場面眾多，但作者卻組織得有條不紊。

在人物塑造方面，故事中人雖不能謂為均屬於典型性者，卻個個皆有其生命，作者對人物的塑造，不僅把握到這群人的外貌，更刻畫到了他們的內心。而在氣氛的渲染、情緒的傳達，以及文字的運用上，作者都有極好的表現，增加了此書的情感厚度與內容深度。

若以題材而言，《半下流社會》並不是一部正面反共的小說，它寫的是大陸淪陷後 1950 年代初期，香港九龍地區義不帝秦的百萬難胞大逃亡潮的生活，他們流落異鄉，浮沉於茫茫人海，過著三餐不繼、居無定所的生活，但他們寧可卑微的熬著，也要留在「自由地區」而不肯留在淪陷後的大陸，這種對自由的嚮往，對中共集權政府的唾棄，正是最深沉的反共寫照。「勿為死者流淚，請為生者悲哀」，書中劉子通教授的遺言，道盡了

[3]見《半下流社會》（臺北：大漢出版社，1979 年 4 月）附錄，原文文末中註明「趙滋蕃於香港人生雜誌社，民國 42 年 7 月 1 日」。

《半下流社會》的精神，也說出了離亂大時代中小人物的辛酸。

《半下流社會》問世後，趙滋蕃立即文名大噪，為香港亞洲出版社聘為編輯，生活有了著落，小說也引起文藝界熱烈討論，香港亞洲電影公司還將此書拍攝成電影。《半下流社會》不僅是一部出色的反共小說，更是一本超越政治意識形態，激發人心向上、向善的勵志小說，而這也正是它幾十年來廣受歡迎的另一種因素。

繼《半下流社會》之後，趙滋蕃又在 1956 年 5 月出版了約十萬字的長篇小說《蜜月》[4]，《蜜月》的名字聽起來宛如浪漫小說，其實卻是一部描寫一群看形勢靠攏的「政治垃圾」醜態的小說。該書在扉頁上如此介紹這本書：

> 本書係以香港做背景，對於那群靦顏無恥的政治垃圾，有著刻毒無情的暴露。故事集中在一個自稱「燈塔」的人物身上發展，而那些倀鬼蛆蠅，變環繞著牠飛舞奔攢，以構成政治上的蜜月，後因大局突變，好夢不長，這群人終於全趨幻滅。

該書內容如下：中共統一戰線部海外聯絡處專員費民宜與隨員戈揚兩人剛從上海來到香港青山道，一位皮條客慫惥兩人上窯子窩玩女人，費民宜與鴇母討價還價後，戈揚選了一位瘦長女子共度春宵，費民宜則同時叫了三個姑娘來個「狗貓同灶」翻雲覆雨一番。

九龍塘的私人俱樂部裡召開座談會，黃瓜小姐充當女招待員忙裡忙外接待嘉賓。費民宜受邀成為當晚的主角，為充豪華場面，於是找了戈揚充當司機。座談會召集人中，禿頂大鼻子吳博士、凸肚皮布販子鄒猶子、田字獨眼八字眉李墨傑、總司令劉主席與朱晦氣教授對於受邀的主角費民宜層級認知不同，朱晦氣教授認為派來的主角可能是聯絡人層次，不足以指

---

[4] 趙滋蕃，《蜜月》（臺北：中國文學出版社，1956 年 5 月）。

導、主導會議，憤而與黃牛堂退席抗議。費民宜於座談會中提出大方針，其中包括「三項原則」及「進行步驟」。進行步驟就是先聚集有分量的人事名單，其次籌備「通電起義」，最後才是送各位參與者回祖國光榮地替人民服務。

費民宜於第三天中午驅車前往平山口華人新村的「愉園」與仁丹鬍子韓老將軍晤面，費民宜並攜帶劉主席信函，希望借重韓老將軍在軍中位高權重的資歷，號召群眾往無產階級革命靠攏，但韓夫人以韓老將軍年齡太大，不能再替人民服務為由婉拒。由於天色已晚，韓將軍、夫人索性留下費民宜過夜，並且安排第二天介紹「五虎將」與他會面。

費民宜隱瞞其統一戰線部海外聯絡處專員的身分，偽裝成從事南北進出口買賣經商的傑出青年人，與飛虎將羅軍長、白虎將毛軍長、急先鋒猛虎將章軍長、爛戰專家龍虎將龐軍長見面。四位軍長於言談間對於費經理所推銷的「和平民主」方向的言論頗不以為然，雙方言語鬧僵，你來我返的彼此相譏，互不相讓。韓老將軍見狀以吃飯時間已到忙著打圓場，請客人入座。宴席間，四位軍長理念一致，非灌醉費經理不可，費經理被灌得頭昏眼發意識不清，但他卻借酒裝瘋，要求四位軍長登記為「和平民主」事業冊上的人物。「五虎將」最後一位虎賁將于軍長趕到，發現費經理根本不是從事進出口貿易買賣的，而是位賭棍，于軍長曾被騙掉十萬美金。于軍長一氣之下打得費經理滿屋子跑，最後費經理顧不得屋外風雨交加，頂著大風雨向平山口逃跑。

朱晦氣教授在風雨中與費民宜相遇，費民宜欺騙朱教授改名為朱德賢，偽稱彼此同鄉，想拉近兩人距離。朱晦氣教授邀請朱德賢到張博仁住所與黃牛堂共進晚餐。費民宜鼓起三寸不爛之舌，希望能勸朱晦氣、張博仁、黃牛堂加入無產階級革命的行列，共同打江山；但費民宜一張嘴難敵三張嘴辯論不過，並遭灌酒，最後吐得昏睡過去。隔天，費民宜趁朱晦氣教授三人還在睡覺，急急忙忙奪門逃跑。

費民宜於逃亡途中遇見何許人，費民宜又化名為「何六必」自稱為兩

湖人，趁機想拉攏雙方關係。何許人 1949 年大陸淪陷從大陸逃亡到香港，以開雜貨店維生，對於八路所徵收的各種稅捐頗為痛惡，但卻對於大陸所生產的鴉片煙頗有好感。何許人趁費民宜人生地不熟，體力不濟又想抽鴉片提神時，勒索費民宜，又等他住進旅館休息時，趁機溜走。

費民宜經過在平山口及洪水橋等地吃敗戰後，加上惦記著人民革命事業，他最後終究病倒了。鄒猶子邀請費民宜前往淺水灣別墅養病，並且派貼身護士吳慧敏全心全力照料，鄒猶子為了討好他，忍痛把自己的四姨太吳慧敏送給了他。

費民宜趁著劉主席 60 大壽以祝壽為名義，邀請了吳博士、李墨傑、鄒猶子等幹部於九龍堂俱樂部召開「起義通電」會議，費民宜炒熱現場氣氛，當無產階級光榮革命正要如火如荼展開之際，朱晦氣帶著張博仁、黃牛堂鬧場，加上隨後趕來的「五虎將」阻擾，議場秩序被鬧得天翻地覆；隨即韓戰爆發，北韓進攻南韓，本來會議中簽名加入中共的人全都要求退出。由於時不於費民宜，最後他淪為拉皮條的皮條客，落得下場悲慘。

鄭傑光在〈為風暴見證的靈魂——趙滋蕃（文壽）與其作品〉一文中認為《蜜月》是一本類似道德劇的作品。

> 何以說，《蜜月》是一本類似道德劇的作品呢？吾人從人物姓名上可以求得答案：費民宜是個典型的匪幹，見人說人話，見鬼說鬼話，故遇上朱「晦氣」教授便改名朱「德賢」，其實這是趙滋蕃諷刺的設計；他一點都稱不上道德，更遑論聖賢？他玩「貓狗同灶」的妓女，打「高射炮」——吸毒，假借名義，貪汙腐化，酒色財氣都全了，是以他遇到「何許人」時又成了「何必六」，一個喜歡賭的牌寶場中的好漢，在牌九中，必贏不輸的牌；其他的人物也都依照其姓名字面之意義而適時出現，並產生某一特定的作用。[5]

[5]鄭傑光，〈為風暴見證的靈魂——趙滋蕃（文壽）與其作品〉，《中華文藝》第 8 卷第 5 期（1975 年 1 月），頁 141。

　　然而正因作者過於賣弄人名字義中的象徵性，反而使得《蜜月》中小說的價值感減低，鄭傑光即如此評論：

> 然而，遺憾的也就因這明顯的說明而減低了本書的藝術性；作者急於表白自己的身分與立場，他是一個自由人，中華民國國民，中華民族一分子，這都是正確的，可是，他所欲宣達的題旨卻因而削弱，他所企圖造成的批判亦隨之減低影響，這是值得討論的。[6]

　　趙滋蕃是個具有強烈使命感、歷史感的作家，他自覺有向民族、世界人類留下歷史證言的責任，因此他在 1950 年代寫下記載大時代苦難中小人物的掙扎，也寫下中共統戰共幹的醜陋。如果不是大陸淪陷，趙滋蕃不會逃到香港，如果不是逃到香港，他即不會以寫作維生，歷史的捉弄反倒使他成為小說家，這或許是歷史的另一種功能吧！

——選自秦慧珠〈臺灣反共小說研究（1949 年至 1989 年）〉
中國文化大學中國文學研究所博士論文，2000 年 4 月

---

[6]同前註，頁 141。

顫慄之歌

趙滋蕃小說《半下流社會》與《重生島》的流放主題與離散書寫

◎周芬伶

一、前言

　　趙滋蕃在臺灣文學史的地位相當微妙，他常被歸類為反共作家，書寫的大多數是大時代的民族大敘述，他的小說曾經造成盜版猖獗，流行廣大，他在「中央副刊」以「文壽」為筆名的方塊文章也盛行一時，然而他死後不到二十年，幾乎快被文學研究者遺忘。原因可能是在臺灣文學找尋主體與認同的過程中，趙滋蕃甚少書寫臺灣本土經驗，以及他反共立場過於鮮明有關，然在後殖民與流放的觀點下，他的小說自有新的意義，尤其是《半下流社會》與《重生島》描寫的是被流放在社會邊緣的底層人們，他們的掙扎，他們的吶喊，以及針對現代文明的控訴，令我們想到傅柯在《瘋狂與文明》中被禁制的瘋人船與精神病院[1]；20 世紀已悄然結束，回顧上個世紀兩次世界大戰，造成有史以來最大量的移民與難民潮，他們成為游離的游標與飄散的點，甚至一個一個踏著前人的血跡倒下，他們凸顯現代文明的暴虐、極權的恐怖，然在大凶險中開出的奇花異卉最為美麗，也最為脆弱，那是血池中開出的虛無之花，但是作家不執著於瞬間的美麗，反而嘶喊著生命的極醜，他認為「真理往往帶有醜陋的面貌，因此謊言愈發顯得美麗，在我，我享受純樸粗野的醜陋，鄙棄華而不實的美麗——虛

---

[1] 米歇爾・傅柯著；孫淑強、金筑雲譯，《瘋狂與文明——理性時代的精神病史》（臺北：淑馨出版社，1994 年），第一章，頁 1～50。

假永遠與俗豔共棲」[2]，他的絕醜美學與現代美學相應，他描寫的心靈瘋狂，歷史斷裂，頗符合後現代的情境，這兩本異質小說，或者不是根植於臺灣本土的「流放小說」，對於臺灣這移民社會與後殖民文學雖不能同聲相應，卻可同氣相求。聖維克多・雨果認為流放的人會是更完整的人，「纖弱的靈魂只將他的愛固著在世界的某一定點上；強人則將他的愛擴充到所有的地方」[3]，像趙滋蕃這樣頑強的靈魂，將整個世界視為異域，他的愛是強人之愛，它勢必要擴充到世界所有地方。

　　他最常掛在嘴上的是「流浪漢哲學」，所謂滾石不生苔，他自比自己的一生是「不規則動詞中的不規則動詞」，一個流浪漢是要具備大遺忘、大蔑視、大傲骨精神的，他雕塑他的生命藝術，也雕塑他的小說藝術。

　　他稱自己是「文學的生命學派」，作為門生，我也只能講述他的生命哲學與小說美學，而不打算講述他的一生行狀，對於他，作品即生命的呈現，講述作品即是最好的生命說明。

　　趙滋蕃生於德國，抗戰時期回到中國，攻讀湖南大學經濟系兼數學系，後加入青年軍，歷經幾大戰役，輾轉流離至香港，在困頓中寫成《半下流社會》，一舉成名，從西方到東方，從上流社會到下流社會，他自己的流浪漢氣質加上理想熱焰，使他的蒼鷹之眼獨入幽深，書寫上世紀中葉在社會底層流動的一群，這一群人通常龐大且有組織，有自己的信念也有自己的規章，最後他們功敗垂成，然理想的火花將不斷延燒。成名之後，他更將他的關懷投向罪犯流放之地「重生島」，描寫在死中求生的一群罪民，過著慘無人道的生活，這本書得罪香港政府，作者因此被遞解出境，他的勇於對抗強權，使他的流放永無止境，之後他到臺灣，在創作上詩、散文、小說、報導文學、文學評論五路並進，並把現代文學課程帶進中文系，他最後的願望是寫成中國人自己的文學理論，30 萬字鉅著未完成而倒下，他一生奮戰不懈，最後死在寫作檯上，可謂文學鬥士，他的文學成就

[2]趙滋蕃，〈寫在重生島之前〉，《重生島》（臺北：德華出版社，1981 年），頁 4。
[3]薩伊德著；蔡源林譯，《文化與帝國主義》（臺北：立緒文化公司，2002 年），頁 615。

尚待討論，本文僅就具有流亡與離散意義的兩本小說開其研究端緒。

二、哲人王國──集體性的反叛英雄

　　上個世紀兩次世界大戰創造出有史以來最大量的流民與移民潮，造成階級大移動，上流變下流，下流變上流，中產階級不上不下，處境最為尷尬。

　　趙滋蕃所標舉的「半下流社會」，「半」有「非」與「反」的意涵，它介於上流與下流之間，也不是追求安定中產階級，它似乎較接近下流社會卻非下流社會，而是標榜流浪氣質的反下流社會；同理，半上流社會亦非真正的上流社會，在行動與價值上與上流恰是相反兩極。作者所玩的文字遊戲無非想打破階級分明而不平等的資本主義社會。他所攻擊的對象是集體，因之他所描寫的英雄也是集體英雄，在《半下流社會》中浮沉的分子賢愚智不肖皆有之，但他們懂得以團體的智慧對抗殘酷的現實。他們組成的寫作公司，出產大量文學作品，把李曼捧成文壇的新星，這裡面是不容許個人私心的，它必須存在寬容的智慧，誠如書中的張弓所說：

> 半下流社會是窒息的黎明前的陣黑，半下流社會是和諧的社會的試驗室……，這個時代的精神始終是游離的，好像一切事物都逸出了他們的軌道，成為不規則的慧星，自我發光，也自我隕滅。這樣的一個時代，與其說是革命爆裂的時代，還不如把它看成革命準備的時代，來得妥當貼切。而半下流社會將不同的理想綜合在一起，將分散的力量集中起來，將生命的創造活力蓄積。[4]

半下流社會沒有上流社會的自私，冰冷，也沒有下流社會喪失理想，它遠離上流社會，較靠近下流社會，故稱之為半下流。這個社會雖為勞苦大眾

---

[4] 趙滋蕃，《半下流社會》（美國：瀛舟出版社，2002 年），頁 45。

組成,他們是社會中的邊緣人,領導人物卻是知識分子,如王亮、張弓、麥浪、酸秀才、李曼等人,他們因逃難而集中於調景嶺,他們卻將之視為諾亞方舟,群策群力,以營造成迦南地,他們過著如集體公社般的生活,有福同享,有難同當,這種充滿理想性的生活,有其超脫性,卻是相當脆弱。首先成名後的李曼,因愛情的眼睛容不下一粒沙子,叛離半下流社會,走入上流社會過著靡爛的生活,一場風雨毀去無數生靈,最後一場大火燒光了他們的理想國。然而他們的信心不死,正如王亮在結尾所說:「一代人倒下,另一代人跟上來,我們的希望還在前面,為愛,我應當活在生與死之間。活下去,以堅強的毅力,支持起我們的社會,活下去,以更猛烈的工作,來消蝕我的生命,來填補她的悲哀。」

這個理想國與其說是愛情的王國,不如說是文學的王國或哲學的王國,它標舉「勿為死者流淚,請為生者悲哀」的哲學,說明活著比死去悲哀,在人命如草芥般的人世,生不如死,死太容易了,活著需要更大的勇氣。

趙滋蕃具有濃厚的哲人氣質,他的哲學受尼采的影響,尤其強調酒神的醉狂之力,他用「生命力」與「理想」取代叔本華的「意志」與尼采的「超人」,所以他說:

> 故小說中最美的部分是理想,最能表達「意味深長」的也是理想。[5]

他所謂的理想是生命力的高度發揚與靈性的徹底發揮,文學之美,美在理想,故他的半下流社會是理想的國度,開頭即有哲人如酸秀才尖銳的吶喊:「天是棺材蓋,地是棺材底;喊聲時辰到,總在棺材裡。」小說以酸秀才的箴言始,以兩具棺材為終,說明本書是死亡之歌,也是死亡哲學之書。

---

[5] 趙滋蕃,《文學與美學》(臺北:道聲出版社,1978 年),頁 94。

在死亡的泥土開出的生之花特別燦爛，活在這死亡王國中最閃耀的無非是那些具有理想烈焰的青春男女，嬌美如李曼，豪邁如王亮，博學如張弓，善良如潘令嫻，天真如小丫頭，他們的堅苦卓絕，他們的同心協力，他們共同的特質是反叛，不屈服於現實，一次又一次的災難只有更加強他們的鬥志。而王亮這悲劇性英雄力主寬容的智慧，救了潘令嫻，卻害死李曼，兩個女人同時死去，理想國則在她們的血跡上更進一步高築。作者創造出哲人的樂園，而非禁果的樂園，愛情在這裡只能是奢侈的點綴。中國古典小說、重要的母題無非是禁果的樂園，如《西廂記》、《金瓶梅》、《紅樓夢》、《海上花列傳》……，描寫哲人王國的小說較次，如《儒林外史》、《老殘遊記》……，哲人不是小說的重點，但有建構哲人理想的企圖，另有俠義小說《水滸傳》、《七俠五義》……，也可說是流浪漢小說，這些才是《半下流社會》的文學傳統基礎。《半下流社會》承襲的文學傳統有西方的有東方的，它跟晚清的譴責小說、諷刺小說在美學上相承接，講究的是醜的美學，而非美的美學。這就說明這本小說在歷史的進程為何會被排除在臺灣文學之外，在美學的進程它又不得不納入中國小說美學的討論的理由。

醜之美，是更複雜之美，美只有一種，醜卻有千百種，在莊子寓言中的至人、真人、聖人都是醜絕之人，莊子可謂中國醜之美的開山大師，醜之美彰顯的是非世俗更具生命力的美，現代藝術發揚的也是醜之美，怪誕之美，趙滋蕃的小說美學，可說是絕醜的美學。

三、離散與反離散

生活在調景嶺的難民來自五湖四海，三教九流，他們因戰亂游離出國土，偶然地聚集於這裡，原只是一盤散沙，戰爭製造大批的難民，湧進這充滿敵意的英國殖民地，這些流民共同的特徵是貧窮與無業，窮人與瘋人與罪人被圈禁，被視為同一類，因此社會得以眼不見為淨，所以傅柯說：

> 在重商主義的經濟結構中，窮人既不是生產者，也不是消費者，因此無
> 社會地位，他空閒著，到處流浪，唯一的歸宿就是禁閉，一項被逐出社
> 會沒有職業的步驟。……窮困之所以必要是因為它無法被壓制，貧困的
> 這種作用之有必要，那是因為它使富有成為可能，因為窮人勞動，但消
> 耗極少，他們窮了，國家就會富起來。[6]

因為流放而墜入社會底層，最痛苦的是這是另一種奴役，大鐵幕中有小鐵
幕，小鐵幕中有更小的鐵幕，一切的罪惡來源是專制的奴役制度，讓難民
無所逃於天地之間。鄭風與張輝遠都死了，他們的生命如蜉蟻，但他們是
那麼熱切：「我祝福你們，在一個失掉信仰的時代，重建信仰！」「一個人
最大的悲哀，莫過於當他還生存的時候，被別人遺忘得一乾二淨！我們這
一代，絕不能再是被遺忘的一代！我們這個社會，絕不會是再被遺忘的一
個社會！假若我們堅持住真理和自由的精神！」就算死也不死得不明不
白，無聲無臭。他們如何確認自己的身分？如何讓人不遺忘？只有團結再
團結，以集體的力量打破被孤立，被離散，被囚禁的狀態，他們也只有不
斷地書寫，文字是他們唯一的救贖，有時他們將內心的吶喊化為歌詩與歌
唱：

> 通過罪惡的煉獄
> 羔羊變成猛獸
> 積犯串聯初犯
> 憤怒燃起憤怒
> 今天你們播種著風
> 明天你們收穫風暴
>
> 滿懷獻身的熱情

---

[6] 米歇爾・傅柯著；孫淑強、金筑雲譯，《瘋狂與文明——理性時代的精神病史》，頁 182～183。

　　　　我們手牽著手
　　　　我們命連著命
　　　　我們心疊著心
　　　　為自由真理的招喚
　　　　戰鬥至最後一瞬

　　這樣的大合唱常常出現在各個章節中，對於離散的流民，被囚禁的痛苦心
靈，團結使他們得到力量，歌聲即是他們的怒吼，只有集體才能打倒死亡
的威脅，活著即是戰鬥與勝利。他們也透過集體創作寫出他們的心聲。難
民營是殖民地中的殖民地，集中營中的集中營，一旦進入，很難超生，出
了難民營，單打獨鬥只有更悲慘，胡百熙淪落為菸鬼，潘令嫻淪落為娼
妓，相較於外面，難民營反而是樂園，這裡什麼都沒有，有的是熱情與愛
意，誠如李曼的歌詠「不盡底相思永恆底情意，無窮底『愛核』常在底星
辰」，愛使他們連結，也使他們超脫世俗，碰觸到永恆。美麗靈慧如李曼走
出難民營，命運只有更悲慘，這說明離散的人無法單獨作戰，他們終將被
孤獨打敗，在薩伊德的論述中，殖民地在去殖民的過程中，產生反抗文化
的文學主題，其一是「追尋」或「歷程」的主題；其二是企圖宣示對一個
區域掌握復原和賦予活力之權威，所展現之令人驚異之文化奮鬥；其三是
分離主義式的民族主義，通往一個更整合式的人類社群之人性解放的觀
點。[7]《半下流社會》屬於第二種，《重生島》屬於第三種，描寫的是「令
人驚異的文化奮鬥」。
　　生活在《半下流社會》、《重生島》的人們，他們的奮鬥，除了生存的
奮鬥，還有文化的奮鬥，當他們在自己的土地竟然成為囚徒時，追求社群
團結，是唯一的戰鬥手段，在自己的土地上重新命名，重申主權。「半下流
社會」與「重生島」即是透過重新命名，重新改組，找尋新秩序，我們稱

---

[7]薩伊德著；蔡源林譯，《文化與帝國主義》，頁395～407。

此新命名新秩序為改寫奴役、囚禁、離散的努力，藉此他們重獲自由。

四、流放與反流放

　　說起來半下流的社會是無業遊民的社會，他們居無定所，也逸出家庭的規範，或社會的層級，他們接近馬克思筆下的「波西米亞人」或班雅明所謂的「遊手好閒者」，馬克思如此描寫他們：

> 隨著無產階級密謀家組織的建立，產生了分工的必要，密謀家分為兩類：一是臨時密謀家（conspirateurs doccasion），即參與密謀，同時兼作其他工作的工人，他們僅僅參加集會，並時刻準備聽候領導人的命令到達集會地點；一類是職業密謀家，他們把全部精力都花在密謀活動上，並以此為生……這一類人的生活狀況已經預先決定了他們的性格……他們的生活動盪不定，與其說取決於他們的活動，不如說時常取決於偶然事件；他們的生活毫無規律，只有小酒館──密謀家的見面處──才是他們經常歇腳的地方，他們結識的人必然是各種可疑的，因此，這就使他們列入了巴黎人所說的那種流浪〈la 表現，表現，boheme〉之流的人。[8]

密謀家看起來無所事事，事實上他們無時無刻都在密謀如何反抗，他們的對象主要是法西斯，再來是資產階級的剝削，他們只懂得反抗，甚至為反抗而反抗，他們的主要工作是討論再討論，密謀反抗，《半下流社會》中的王亮即是其中的代表性人物，他們密謀的地點是天臺而非小酒館，他們要對付的是被奴役與貧窮，在這一點上，他們不對付商業社會與資本家，反而遵循他們的遊戲規則取得名與利，並塑造了一群文化英雄。王亮親自出馬拯救潘令嫻，因為這也是反抗奴役的密謀之一，它的任務比獲得名利來

---

[8]班雅明著；張旭東、魏文生譯，《發達資本主義時代的抒情詩人──論波特萊爾》（臺北：臉譜出版社，2002 年），頁 68。

得更神聖重要，身為女人的李曼並不以反抗霸權的觀點視之，她的反叛主要是情感的背叛。李曼無疑是世俗世界的代表，他跟王亮所代表的理想世界終究是要分裂的。

王亮率領著他的兄弟姊妹們，過著巴黎公社般的生活，他們聚集在破落天臺上，而非巴黎豪華拱門之間，天臺是他們的聚會所、密謀所，也是表演舞臺，李曼則是他們的卡丘莎，這群中國波西米亞人，看起來是一盤散沙，當災難來臨他們就緊密團結，這是他們的以流民身分反流亡的最有力表現，他們絕對不能懷疑自己或信念，就像酸秀才一樣反對王亮的犧牲精神，他有智慧，卻是自私的。而自私比極權更恐怖，它會瓦解自我，也是流浪漢們最大的敵人，正如王亮所說的：

> 端正我們的思想，堅定我們的信念！兄弟們：毀滅自己的，還是自己的弱點；造成人類悲劇的，還是人類自身！在今天，我們得逼視現實，我們得承認；熱情、理想與愛心，就是半下流社會的生活信念，我們的生命，都是這樣自由而一致的。在這最艱難的時代也許可以稍稍安慰我們自己。[9]

天臺是他們的聚會所、密謀處，街道才是他們的戰場，他們在街道流竄，從菸蒂、賣血、收集剩菜到成立寫作公司，整個香港才是他們想要的舞臺，這個看來無情而庸俗的城市，文人成為出賣勞動力換取報酬的人，各式各樣的街頭小報和專欄文章需要被填滿，所謂的「純文學」與「連載小說」因而有了市場，它提供文人快速成名與獲利的機會，也在資本主義市場占有一席之地，1950 年代香港的報業恐怕比臺灣更生龍活虎，否則也不會讓一群流浪漢攻陷。班雅明把成功的作家和不成功的作家區別為熟練的工人和非熟練的工人。作家既是工人，即擁有生產力，然而一般的工人有

---

[9] 趙滋蕃，《半下流社會》，頁 47。

家庭作為後盾，他的妻子提供家庭勞役，使得資本家獲得雙重勞役及再生產力。妻子在這裡扮演不可或缺的角色，全書的高潮在錢善財迎娶李曼，王亮迎娶潘令嫻，成家才能立業，兩個女人的死亡，瓦解半下流社會。流浪文人雖有生產力，如無家庭為後盾，即失去再生產力。半流浪漢王國的潰散似乎是無可避免的。

作者有意地在這裡形成對照，作為資本家的錢善財與流浪文人王亮，女神李曼與神女潘令嫻，這裡說明資本社會財富的不穩定性與不可靠性，財富是會流動的，階級看似流動的，最後歸於原位，也就是難以更易。李曼從半下流社會走入上流社會，錢善財卻在一夕之間破產，可以想見，他也將淪落至下流社會，作者對社會階層相當敏感，階級造成人與人之間的鴻溝，仇恨、鬥爭，相對之下流民才是強者，因為他們總是從零到有，也可以從有到零。

五、從半下流到最下流──《重生島》的絕醜美學

趙滋蕃關懷流亡在社會邊緣的人物，從《半下流社會》開其端緒，到《重生島》可謂達到頂峰，1964 年趙滋蕃初遇重生島的遞解犯 10 號、16 號、17 號，深為他們的流浪漢氣質所吸引，1965 年親訪重生島。這個島被稱為「落氣島」或「痲瘋島」，稱它為「重生島」無疑又是文字的諷喻與倒寫，它從 19 世紀即是棄民的露天公墓，最後成為痲瘋患者的放逐場，在 19、20 世紀之交，它一度成為海盜的巢穴，二次大戰時游擊隊和私梟們在這裡出沒，1950 到 1960 年代，港督正式頒布實施「1962 年遞解與拘留緊急條例施行細則」，並設立「遞解事宜及拘禁諮詢法庭」，這段不光鮮且少有人知的歷史，小說家選擇用小說留下歷史的見證，這點他深受托爾斯泰人道主義影響，他說：

百多年來這兒受難的生靈，雖然全是咱們中國人，但這本書無論如何是為所有的人而寫的。

揭露當代文明的虛偽本質，正是力圖挽救當代文明的真正文明的真正危機。鑿穿法律的神話，讓世人看清楚中國人在中國的土地，變成不受番鬼歡迎的人物，而遭受遞解出境的荒謬可笑。這當然不算奮筆直書，徒逞一時之快。而我的獷野深心，始終著眼於人間的公平與正義。[10]

香港這塊殖民地，本就受英國的高壓殖民統治，居民不得自由，遭遞解的罪民不但是邊緣中的最邊緣，也是不人道中的最不人道。一踏上這個島難有生還機會，可說是如地獄般的死亡之島，這個島當然也是醜絕之島，它「寸草不生，涓滴全無，遠遠望去，像個大笨象的頭，斜插在南中國海的彎彎曲曲弧線裡，這個由幾百堆頑石構成，一平方英里不到的小島，港澳漁民們喊它作『落氣島』」，當那一艘載滿囚徒的鐵殼船航向此一醜怪之島時，船艙底下也正進行著一齣醜怪劇：密醫、吸毒者、皮條客、變裝人，怪老頭，這些罪狀輕微，罪不及死的囚徒，被遞解至此準備等死，他們只有編號沒有名字，看來也不能什麼好戲上場，因為人物幾乎清一色是男性，一個比一個醜怪，唯一讓我們驚喜的是裡面有一對父子重逢，時空相當壓縮，時間集中在不到一個禮拜之間，空間也大約在不到一平方英里之間，《半下流社會》中的人物還有美醜對照，《重生島》裡的人物只有醜怪二字可以形容。重生島除了景物醜，描寫最多的應是死屍之醜，它們的居處也是醜陋的「墓穴」，當同難們決心團結一致，拯救還有一絲生氣之人，他們找到一對在死亡途中的愛侶：

死寂中微聞她的喉管裡有嚦嚦痰響，一層薄皮包裹著兩具骷髏。他們的軀體被毯子掩蓋了，我們無法看出他們的原形；但萎黃凹瘰的臉是可見的。臉上的肌肉被長久的飢餓蠶食著，留下了一張乾枯的面具。那情形，好像是用一根看不見的針，穿刺著表皮，而肌肉一下給漏掉似的，

[10]趙滋蕃，〈寫在重生島之前〉，《重生島》，頁3。

　　　　我們與其叫它為瘦削，不如叫它為淪陷。

像這樣的片段比比皆是，宛如活地獄一般的景象慘不忍睹，作者極力描寫
在生與死穿梭的，與其稱他們為活死人，不如稱他們為死靈魂。他們都是
在社會上失去名號、身分、地位的將死之人，他們活著等於沒活，死了也
沒人關心，他們也沒有活動力，只有被動地等死。然而他們也想絕地求
生，當怪老頭引導他們殺出重圍時，他們失敗了，被搜捕隊格殺勿論，死
亡終於真正降臨，然而我們也看到人世的醜惡。

　　凡人都是追求美的，厭惡醜的，本文描寫的都是醜的，它註定不為一
般讀者欣賞，有關醜之美，常與「怪誕」相連，在西方，義大利語的la
grottesca和grottesco與洞窟「grotta」一詞有關，它是壁畫的一種裝飾風格，
它是異化且瘋狂的世界，蝙蝠、蜘蛛、蛇、瘋人、死屍與魔鬼是常出現的
元素，意外與驚奇是怪誕的基本要素，文學中的怪誕是為喚出並克服世界
的凶險方面的嘗試，[11]是文學為克服內心焦慮與恐懼與努力。它展現現代
人岌岌可危的生活，在重生島上的生活是一種非人的生活，也是被疏離的
世界，《重生島》雖然是寫實風格的小說，它比《半下流社會》更具有象徵
與心理層次。1827 年雨果發表《克朗威爾》，他在序中特別強調怪誕藝術
之重要，他指出造物者創造萬物，並非都是美麗的事物，美之外還有醜，
雅致之外還有畸形，崇高的反面有怪誕。如果所有的事物都是美，那就太
單調了，同一的印象重複又重複使人疲倦，蓋崇高與崇高之間沒有對比，
美之美是簡單的，醜之美包含怪誕、驚奇、滑稽、荒謬、畸形、恐怖，是
較為複雜的美，藝術不僅要模擬美，也要模擬醜，雨果本人即是創造怪誕
與醜物的高手，如《鐘樓怪人》的醜物與《悲慘世界》中力大無窮的罪犯
與善良的怪人，但他常將絕醜之物與絕美之人作為對比，如《鐘樓怪人》
中的吉普賽舞孃，以及《悲慘世界》中的美麗的孤女。這使崇高產生對

---

[11]沃爾夫岡・凱澤爾，《美人和野獸──文學藝術中的怪誕》（臺北：久大文化公司，1991 年），頁
　223。

照，因而更美，也更耐人尋味的。

趙滋蕃受雨果的影響很深，《重生島》的結尾那句「在法律之上，還有道義；在正義之上還有良知」，即出自雨果《雙雄死義錄》的一段對話。在《半下流社會中》我們可以看到絕美與絕醜的對比，在《重生島》中則只有醜上加醜。

全書中沒有一絲美麗，這註定這本書難以被欣賞，在美學上也有若干缺陷。

人物太多是它的缺陷之一，《半下流社會》人物也很多，但主要人物在王亮和李曼身上，他們都是美的，一個代表男性之美，一個代表女性之美，而《重生島》的主要人物是醜怪的老頭，其他罪犯不是醜就是怪，而且後來又來了另一批囚犯，雙方大火拚的結果，原先的人物不見了，換上新人物，他們的臉孔也不如半下流社會的人物鮮明，給我們印象最深的應是變裝人「花旦」，但出現的場面不多。誰有興趣看一堆醜男人在荒島上求生呢？

然醜絕並非本書的致命傷，而是主題意識過於顯露，成為福音書的企圖太明顯。當理想被宗教意識掩蓋，說教的意味就太強了。

怪老頭像是散播福音的傳教士，他說：「最堅強的人，總是活在社會底層的人。」「生活是煉獄，苦難是烈火，他們也許經得起熬煉。災難永遠擊不倒堅強的人。人們躲避災難，他們卻把災難揣在腳下，重重地踐踏。」因此他要扭轉棄民的命運，他提出：

> 第一我們要使重生島成為棄民的家，使永遠不受文明社會歡迎的人，對它產生一種永久的需要。……第二，是制定能夠使大家安分守己，敬業樂群的各種制度。……隕落的星辰最亮，七天能完成的也許是一個世紀無法達成的理想。……我們正在重寫整部《創世紀》。[12]

---

[12] 趙滋蕃，《重生島》，頁 273～274。

這裡顯現小說的理想，也是這理想之美平衡了絕醜，趙滋蕃主張人要「醜得有個性，美得有靈氣」，只有靈性之美可以拯救絕對的醜，這本書正符合他的美學思想。

六、禁制與反禁制

被流放於重生島的一群罪犯，行動受到限制，等於是坐進無柵欄的監獄，他們原本也是一盤散沙，跟半下流社會不同的，後者被集中隔離，但可自由行動，他們還可混進上流社會，自動地團結在一起；前者被棄置於孤島上，與社會隔絕，在堅困的環境求生，他們被動地選擇團結，因為孤立只有加速死亡。傅柯在《瘋狂與文明》中描寫的《愚人船》，將痲瘋病患者驅逐到一條船上，其象徵性的意義是：

> 把一個癲狂者交給水手就可一勞永逸地確保這個病人不會在該城市的城牆下遊蕩；確保其遠走他方，也使其因自身的離開而成為一名囚犯，然而海水也給這項措施增加了其自身價值的隱晦性質，它運走了病人，但不止於此，它還產生淨化作用，航行在海上，吉凶福禍無可預卜，一但到了水面上，我們每個人只能聽天由命，每次上船都可能從此一去不返，癲狂者乘愚人船啟航，奔赴的是另一個世界，而他抵達目的地登上新岸時，他又是來自另一個世界，癲狂者的航程頃刻間就成為一次真正的分離和絕對的遷移，在某種意義，它只是通過半真實、半想像的地理區域加強癲狂者在中世紀諸事物剛出現時受到限制的地位──一種象徵性的地位。[13]

這是多麼省事的活動監獄，犯人似乎處於國門之外，事實上他處於外界的內界，因為他的國民身分未被剔除，他是處於飄泊遷移的囚犯，雖然他常

---

[13]趙滋蕃，《文學與美學》，頁7。

飄移在國界之外。然傅柯描寫的是 17 世紀，當監獄耗費大量的人力物力，仍無法遏止罪犯，在空間人滿為患時，愚人船或流放這更簡便的監獄於是復活，它表面上是處置罪刑較輕的罪犯，事實上是另一形式的死刑。

　　許多罪犯在執監途中死去，令我們想到索忍尼辛的《古拉德群島》，以及臺灣在白色恐怖時期的綠島，許多囚犯染上綠島熱或其他惡疾，淒涼地死去。更淒慘的是殖民地的罪民，他們不被當作國民或人來看待，他們是殖民地中他者的他者，這種奇特的身分使他們心中的怒火更熾。

　　然被監禁的人被集中在一起，反而成為另一種學習所，我們謂之求生的學習，與道義的學習，所謂盜亦有道，他們得先學會分享與不自私，在有限的食物中分配每個人應得，在團結中發揮改變命運的作用。所以犯人互稱「同難」或「同學」，這表示相同的困境使他們變成命運共同體。他們為救玄德公，買通走私船到澳門求醫，玄德公為報答同難，拿出自己的兩萬塊買水及糧草，又回到重生島，因而死在重生島上。他們原本是自私的、冷酷的，但共患難的結果讓他們漸漸改變，正如老頭所說的「世界上所有的拘留所，都是留學所；所有的感化院，都是惡化院。一個人，年輕人坐過牢，以後就得在牢裡蹲一輩子！監獄裡絕對肅靜的原則，與人性的原則，是極端相反的」，監獄反人性非人性，它常以限制人身自由、空間狹小，且全面監視為理念，傅柯在《規訓與懲罰》一書中，說明啟蒙時代的訓誡機制是以隔離、勞動、剝奪自由、監視為手段，它的任務是建造一種監獄機器，每個犯人成為被研究被教養的對象，透過這轉化的程序，罪犯變成過失犯，他們其中的差別是：

　　　　過失犯與罪犯的區別在於，在確定他的特徵時重要的是他的生活而不是他的犯罪行，如果教養運作要成為真正的再教育，那它就必須變成過失犯的全部存在，使監獄變成一個人工的強制的舞臺。過失犯的生活應該

受到徹頭徹尾的檢查。[14]

過失犯是全面性地被視為危險人物，他們有害社會，甚至歸咎於他們惡劣的家庭。我們看重生島那群犯人，表面上他們還能自由活動，事實上只要一點風吹草動，就遭到全面撲殺。他們企圖建立自己的法典，走出自己的創世紀，這是對於他們身處的禁制的反動，他們的反動使他們的靈魂不墮落，也獲取少許的自由，但更嚴厲的規訓與懲罰終究要來。他們七天的努力化為泡影，但他們用自己的方式證明自己的存在，正如書中所說的「這正是『無限』開門的時候，生命的休止符背後，有天國的樂音美妙地升起」。那是福音的國度。

七、顫慄萬歲——肉身的反動

《重生島》如果是現代文明的象徵，它要控訴的是現代文明帶給人類新的恐怖經驗，正如老頭所說：

顫慄萬歲！這四個字的確含蘊著深意，他迅速地想。人，生於顫慄，也死於顫慄。人生原是一連串顫慄的過程。生老病死，酒色財氣，榮華富貴，得意失意，到頭來只是一陣顫慄……，遠古的祖先們，對著雷、電、森林之火、地震、猛獸顫慄，人在顫慄中度過了舊石器時、新石器時代的愚昧無知。接著，人們對文明的曙光顫慄，他們害怕刀劍、權力、盜匪、瘟疫、法律和上帝。就這樣，人類在不斷的顫慄中超越了黑暗時代。如今是 20 世紀 60 年代，人們卻對飛彈、火箭顫慄，對軍隊、警察、法庭和移民局顫慄，顫慄的對象越來越廣，顫慄的對象越來越多，顫慄是一種本能，人類的悲劇無窮無盡。[15]

---

[14]米歇爾・傅柯，《規訓與懲罰》（北京：三聯書店，2004 年），頁 281～282。
[15]趙滋蕃，《重生島》，頁 23。

現代文明帶給人類的恐懼是無所不在，且是無有窮盡，威權、上帝、瘟疫、戰爭、核武之後有恐怖主義，我們生活的世界是如此險惡，顫慄是發抖與痙攣的生理作用，在心理上則是恐懼，它與存在主義所說的「怖懼」相似，歌德與叔本華皆提出「顫慄」；當我們意識到自己生存的境地是如何荒謬與空無，只有死亡在前面等著我們，這時我們不禁感到怖懼。我們生時發抖，死時發抖，無時不在怖懼中，這時需要徹底的覺醒，在覺醒中感知自己對生命的責任，從而與他人團結殺出死亡之城。就這點來說《重生島》與卡謬的《瘟疫》的主題與思想接近，是以存在主義思想為基底的。在美學上，希臘悲劇中，大多以悲劇英雄的死亡為結局，以引起觀眾的恐懼與哀憐，達到淨化與昇華的作用，恐懼是崇高美的主要來源，也是尼采所謂的酒神的醉狂之力。到法蘭克福學派的班雅明，則對現代文明提出「震驚」與「感應」[16]，人類對抗外部的危厄，產生震驚的心理反應，因而極力對抗它以力求自我保護，當都市的「遊蕩者」以反叛者的姿態，對抗世俗化、商品化的城市文明，詩人在洶湧的人群中，在城市街道不停息的「震驚效果」中隱藏自我，並透過他的詩面具化再現，並展現城市的「地獄元素」與「死亡牧歌」。「震驚」與「顫慄」相似而有程度上的深淺，「震驚」使人退縮，「顫慄」令人清醒，並對危厄予以反擊，它激起戰鬥的意志。「震驚」是面對城市文明的痙攣和震動，「顫慄」是面對文明廢墟的痙攣與震動，「震驚」是屬於遊蕩者的，「顫慄」則屬於絕地求生的鬥士。

　　然個人的力量是無法對抗無所不在的恐懼，在恐懼中人們意識到自己的孤獨與孤立，只有集合眾人之力，一群人，而非一個人，趙滋蕃的小說大多是描寫一群人，不管是《半上流社會》或《半下流社會》到《重生島》都是描寫一群有組織的人對抗文明的罪惡。最早以大眾或複數為題目的當推雨果，《悲慘世界》原譯應為「悲慘的人們」，以及《海上勞工》題目

---

[16]班雅明著；張旭東、魏文生譯，《發達資本主義時代的抒情詩人──論波特萊爾》，頁130～131。

皆為複數，大眾是精神世界另一種存在的方式，雨果寫一群人，「把自己視為英雄放在人群中，波特萊爾卻把自己視為英雄從人群中分離出來」[17]，趙滋蕃比較接近雨果，他也描寫一群人，領導他們的都是一個英雄人物，如王亮如老頭，他們必須在一群人中才能發揮力量，但也是他們把一群人帶向毀滅。

顫慄即毀滅，是毀滅前最後的一搏，當老頭高喊「顫慄」萬歲時，那是對恐怖文明的省思；也是對人類一體感的頓悟，老頭登高一呼，制定自己的法典，引領眾囚絕地求生。他們雖功虧一簣，他們用顫慄證明自己的存在；那是肉身的反動。

卡謬定義「荒謬」為「肉身的反動」，人意識到自己的肉身，而肉身必死，明知必死而仍要有所作為，此即「荒謬」，然不荒謬不能成其為人身，重生島上的囚犯明知必死，仍以肉身迎戰現實，演出一場荒謬劇，證明人力徒勞無功，人生卻非徒然無義，七天的戰役化為永恆的一瞬。

此書時空高度壓縮，使得略微平淡的情節，具有戲劇性張力。《半上流社會》情節曲折好看，《重生島》的原創性更強。

八、結論

趙滋蕃雖然跨足多種文類寫作，他的主要成就應在小說上，他同時也是臺灣少有的美學家，早在 1970 年代他就有《文學與美學》等美學論著，最後集合於《文學理論》一書中。他一生講學強調現代研究者必須具備文學史、文學理論、文學批評、美學等四大支柱。趙衛民認為他的美學思想，根植於尼采加上康德的崇高[18]，也就是酒神的醉狂與生命飛揚之美，他一生隨身攜帶的就是尼采的《蘇魯支語錄》；認為「文學之美美在理想」，文學創作應從非理性的醉狂出發，最後導向理念的崇高，他的醜絕美

---

[17] 趙滋蕃，《重生島》，頁 137。
[18] 趙衛民，〈趙滋蕃的美學思想〉，《海峽兩岸現當代文學論集》（臺北：臺灣學生書局，2004 年），頁 13～31。

學是他的特色，也是更能表現他的現代性，正如他所說：

> 作品中醜的描寫，使我們感受到生活中的缺陷和陰暗，內心的急躁與衝
> 突；激起讀者的反感，在含淚的嘲笑中，鎮定意志的狂熱，並恢復正常
> 的自我平衡。[19]

在理性與非理性之間尋找平衡點，是鑽進社會的底層挖出最黑暗最醜陋之
美，在死絕之地補捉亡魂，並對死亡高歌，他的學理似乎奠基於西方，他
也是虔誠的基督教徒，事實上他也是中國的，沿襲老莊、寒山拾得、與吳
承恩的醜怪美學，以醜為真為聖為美，並在骷髏頭上高歌，他自號「苦瓜
山人」，對古典文學作品多有特殊神會之處，他更獨鍾老子《道德經》第二
章：「天下皆知美之為美，斯惡已。皆知善之為善，斯不善已。故有無相
生，難易相成，長短相較，高下相傾，音聲相和，前後相隨，是以聖人處
無為之事，行不言之教。」他是中西文學心靈奇妙的結合，如此異人異
作，更待來者研究。

──選自《東海大學中文學報》第 18 期，2006 年 7 月

---

[19]趙滋蕃，《文學與美學》，頁 9。

《半上流社會》前記

◎趙滋蕃

　　無根而生活，那是需要勇氣的。

　　動亂製造機會。畸形的社會助它開花。千奇百怪的騙術助它結果。使一批浮萍式的英雄人物，薈萃香港，滾紅滾綠，一刮兩響，居然風光了若干年。

　　一代人的努力，流入虛空。

　　一代人的原形，赤裸裸呈露。

　　這真是個世紀末的怪物！

　　它把靡爛的生活和巧妙的殘忍結合起來。把虛假的榮華富貴掩蓋住血淚現實。像笑容可掬的老虎一樣。

　　他們念念不忘早已灰飛塵滅的東西。他們奇怪地留戀著早已成為泡影的勛蹟。他們吃人，也甘於為人所吃；因為大蟲身上，也是可以長虱子的！他們有男有女。男的非富即貴，過去確實大有來頭。外表莊嚴，舉止隱陣，儼然殘存著昔日雄風。女的百媚千嬌，高尚優雅，不脫豪門餘韻。她們早屆狼虎之年，但她們非要別人奉承一句「小姐」不歡。她們歷盡滄桑，飽經憂患，見多識廣。到頭來畢竟是花籃提水，妙手空空。

　　而名女人的一生只有兩季。過了春天，便是冬天。因此，沒有一個名女人的心理是正常的。她們的羅圈腿和厭世者的愁容，將證明這個。

　　每一個名男人和名女人身邊，總鑲著或多或少的「邊務大臣」。牡丹綠葉，相得益彰。好聽的詞兒叫清客，不大雅馴的詞兒叫「傍友」，自吹自播叫學者。凡學者都帶有殭屍的精神面貌。他們一旦時來運轉，也撈得風生

水起，神氣十足。終於附庸蔚為大國，別張一軍。在「半上流社會」中高扯旗號，招兵買馬，鼎足而三，使這個社會更顯得多采多姿。

在「半上流社會」裡邊，真刀真槍，攪風攪雨的三大成員——名男人，名女人和學者。

「半上流社會」無真是非。天平的一邊是黃金，另一邊是美鈔。勝利永遠屬於多的一邊。良心不占什麼位置。

「半上流社會」無真快樂。想方設法損別人一下是種享受。破壞別人的幸福，纔是他們最大的幸福。而人生的終極目的，就是忘恩負義。厚臉皮總比假仁假義強一皮啊。

「半上流社會」事事標榜「第三」。謙遜不過。因為世界上偏偏有那麼些小路，不把肚皮貼著地，是爬不過去的。大丈夫得意一條龍，失意一條蟲，他們滿不在乎。

「半上流社會」是名符其實的人吃人的社會。在那兒，人並不把人當人。然而他們就有本領高呼「人權萬歲」！在那兒，人生活得並不像人，然而他們口口聲聲不離「人道」。在那兒，大騙子騙小騙子，小騙子騙老實人。這就是所謂「自由」！當然囉，自由最大的好處，就是可以容忍一切。萬事海涵，不就得了嗎？

「半上流社會」是歷史的一面鏡子。每一個大變革時代，總不免有一批遺老遺少，曲終奏雅，粉墨登場。不致使時代過分寂寞。曠觀往史，我們在歷史上的每一個時代，都能看到人類的洪流裡，總有幾股細細的人流，一面逆著主流悄悄蠕動，一面向周圍噴吐泡沫，分泌毒素。——「半上流社會」就是這幾股細細的人流之一。

「半上流社會」是人類精神虛脫狀態的投影。他們絕不屑於做平頭百姓。然而就事論事，他們在這塊大英帝國的殖民地上，連最起碼的公民權也享受不到。雖然他們個個趾高氣揚，高視闊步，睥睨當世。

有兩種人遠離人類社會——萬人之上的人與萬人之下的人。唯獨我們這批過氣的老爺太太小姐博士們，心理格外反常。論理，他們是難民，屬

萬人之下；可是他們的生活目標，偏偏指向萬人之上。現實與理想，天差
地遠，無怪乎他們只好另創一格，結成一個光怪陸離的騙子世界，來自我
陶醉了。

　　眼看著一代人的「墮落」與「不幸」，「荒淫」與「無恥」，總不免鼻子
發酸。我傳達我這份真摯感情時，力求「直筆」傳神。盼望並世諸君子以
及後世人類，以寬恕的心情對待他們。因為他們的所作所為，也許他們自
己並不曉得。因為他們的想法也許跟我們不同，我們不欲據此定他們的
罪。——雖然，如今整個地球，都在嚴刑峻法，制裁「異端」！

　　當年維克多・雨果（Victor Hugo），在其名著《九三年》（*Quatrevingt
Treile*）中說：「歷史有真實性，傳奇也有真實性。傳奇的真實和歷史的真
實在性質上是不同的。傳奇的真實是在虛構中去反映現實。但，歷史和傳
奇卻有相同的目標：利用暫時的人來描繪永久的人。了解全面，需要歷
史；了解細節，需要傳奇。」本書作者，許為知言。

　　反面人物，同樣也是具有永久性的。莫里哀筆下的泰杜夫，莎士比亞
筆下的歇洛克，果戈里筆下的乞乞科夫，雨果筆下的巴基爾費特羅，等等
等等，在人類文學遺產的畫廊中，這些人物的形象，仍然栩栩如生。

　　對於麻木的心靈，諷刺往往強於規勸。當然，酒色財氣之外，我們更
需要密切注意人們內心的改造能力。我們要把世界看作創造的過程和材
料；而這創造的力量，得從自己身上去找尋。

　　往者已矣。請含淚注視「將來」吧。

——選自趙滋蕃《半上流社會》

香港：亞洲出版社，1969 年 2 月

《子午線上》讀後
一部高水準的基督教文學作品

◎保真*

　　趙滋蕃先生的長篇小說《子午線上》，於民國 51 年 7 月起在「中央副刊」連載至次年 5 月，經長歌出版社於出版單行本之後又曾改編為電視劇。

　　這部曾榮獲第一屆中山文藝小說獎的長篇小說，足可使我們在世界基督教文學史上吐一口氣，中國基督徒作家並沒有繳白卷。

　　我之所以僅提出《子午線上》這本書，理由有四：1.這部長篇巨著首先面世於 1960 年代最具水準的《中央日報》副刊；2.作者貫穿於全書的中心思想是不折不扣的基督教義；3.這本書擁有廣大的非基督徒讀者群；4.本書所描寫的背景與這個時代和這個民族血肉相連，是道道地地的「中國」文學作品。

　　如果我們對「基督教文學作品」的要求如此之高，以致排除了《子午線上》這部書，那麼我願說：「迄今為止，中國教會只有基督教文字，還沒有基督教文學。」

　　《子午線上》究竟講些什麼？周錦介紹說《子午線上》是「寫共產黨的海外統戰活動。故事中把高級知識分子做了光明面與灰暗面的強烈對比，也把人性一念間的善惡劃分得很清楚。」

　　這是《子午線上》大概的輪廓，老實說，這部花了作者六年心血寫成

---

*本名姜保真，散文家、小說家。曾任中央研究院植物研究所助理研究員、中興大學森林學系副教授、中華民國筆會祕書長、中華民國筆會理事等，發表文章時就讀美國加州大學柏克萊分校森林及自然資源經營系碩士班，現已退休。

的小說，一般人讀起來卻不太容易「入港」。一開頭寫松山機場候機的文明
世界，緊接著跳返湘西搶婚私鬥的蠻荒場面，著實給讀者一頭霧水，宛如
初讀《卡拉馬助夫兄弟們》第一部〈一個家庭的歷史〉一般。今日看單行
本仍有此困惑，何況昔日每天閱報的讀者。難怪當時的「中副」主編孫如
陵先生煞費苦心，先以頭題刊登三日才改用闢欄連載。（見孫如陵的〈《子
午線上》序〉，重刊於今年五月號《中國文選》）。

　　像《子午線上》這樣一部以共黨統戰為題材的小說，沒有流於反共八
股已很難得，更難能可貴的是不時融入宗教、哲學的議論，提升了它的境
界。大凡長篇小說的價值在於可以反映作者的人生觀、信仰與哲理，否則
一部數十萬字的「小說」也不過是「手藝笨拙的人」（德國哲學家費希特
語）的產品。

　　若問《子午線上》書中宗教、哲學議論所欲襯托表達的主題是什麼？
我們可以看出是「愛」。世間以愛為題材的小說多如恆河沙數，自中國新文
學運動以來，自政府遷臺以來，以愛為題材的小說多得幾近於浮濫的地
步。《子午線上》卻成功的表達了「上帝的愛」。書中歐牧師說：「在一切值
得驚奇的事象上，在生命之中，在死生之際，凡屬強烈地表現愛心的地
方，就有神的存在。──雖然，人類用語言來形容上帝是不可能的。而祂
的神祕也超乎我們的理解。」

　　這段話相當於「約翰 3 章 16 節」與《聖經》的關係，是《子午線上》
濃縮的主題。作者並不僅僅以這段話來表達上帝的愛，全書由各種角度反
覆證明歐牧師的話。

　　書中有各種動物的「愛」。愛，在母雞與老鷹相抗以衛護小雞時得到證
明；在大吉嶺野火中保護小白鸛的兩隻大白鸛身上；在非洲，有鳥支支草
原上殉情的兩隻斑馬；在北極，有浮冰上依戀著母親屍體的小海象。一切
動物「都不斷地以牠們的生命，顯示大自然的神奇。」

　　人類之愛則有大強盜金恢先捨身以挽救妻兒性命之愛；柳依依純潔的
少女之戀；金秋心與白傲霜的夫妻神聖之愛；黃華堂、陳搏等人的朋友之

愛，同時也描寫了虛假的愛，例如中山北路綠燈戶中似是而非，假象的愛。

愛的強烈對比不僅於此，洪長庚回憶他們逃出大陸時，一位共匪民兵隊長私下釋放老歐牧師與金秋心，結果被共匪以「同情反革命」罪名槍斃。白傲霜說：「當整個時代喪失同情的時候，他竟然拿自己的鮮血，同情了這兩個無辜的人。」

一位小人物，只因為一絲尚未泯滅的人性，活出了偉大的人類愛，也為金秋心日後犧牲預作伏筆。反觀共匪海外統戰分子「愛」是什麼，他們慷慨激昂地說：「黨和國家未來的希望全放在你們手中。」

但在私下裡，他們卻拆穿了自己的謊言，說：「人民政府什麼都愛，就只不愛咱們人民。」

在無神論的極權統治下，「愛」不過是統戰作用下的口號。當統戰分子欲拉攏金秋心赴大陸為一高級匪幹開刀時，先說「念在同鄉的情分上，您也應該到廣州去走走」，最後又說「站在人道主義的立場」，請金秋心赴匪區。當百般甜言蜜語均無效時，一位失去耐性的嘍囉欲拔槍偷襲金秋心，卻被另一位嘍囉拔槍打死，並且冷漠地說：「他自己找死，幸虧我眼明手快，不致釀成大禍。」這是共產主義下的「愛」。

作者一再讓我們看見「子午線上」——生與死、愛與恨、真與假、美與醜、自由與奴役、光明與黑暗、科學與宗教、永恆與短暫、善與惡、大是與大非、奢侈與貧窮、現實與回憶，無一不是對比，各走極端。而在這一切強烈的對比中，導引讀者思索：在這多變的時代中，有什麼是不變的。

「十字架的道理，是暫時的呢，還是永久的呢？」

「那是屬於永久的。」

有天然的子午線，那是無形的；但也有人為的子午線，是有形的。金秋心佇立匪區邊境鐵絲網旁所發的感慨：「一道鐵絲網，劃分了善惡，界定了明暗。這是根人為的子午線。」

接著他想起了「鳥支支草原上，那匹團團轉動，終於力竭而死的斑

馬。」最後他想到「愛，是一種偉大東西的殘餘，一種正在逐漸退化的本能。」

在動物界，無論北極或非洲，都見證了同一種愛：「萬物的主宰，無所不在的愛，和全能者的權柄，那就是神。」

結尾時，共匪再度綁架了罹患不治之症的金素如和小張、吳劍慧，以脅迫金秋心。金秋心終於決定赴匪區為高級匪幹動手術，以換回人質的自由。在他臨行前，白傲霜對他說：「讓一個惡人倒下，使千萬人站起來，這也是醫生的人道主義。」

真正的愛並非盲目無原則的，有時操刀一擊反是更大的愛。作者沒有交待金秋心的結局如何，只說他抱著垂死的金素如一步步走進匪區，而遠遠站立的黃華堂想起了：「大吉嶺上的白鶴，那兩條長腿，正在熊熊火焰中震顫。髯鬚金秋心這兩條長腿，就是白鶴的那兩條。」

《子午線上》沒有像我們一般所謂的基督教文學那樣以悔改信主為結局，我們並不知道金秋心以後是上天堂或下地獄。對讀者來說他信不信主並不重要，但是從結局裡卻看見了金秋心所表現驚心動魄的愛，這份愛心不但與北極、非洲的愛完全一樣，並且「凡屬強烈地表現愛心的地方，就有神的存在。」因此我們可以說他的愛實在就是基督之愛。一個有愛心的人遠比一個信什麼主卻沒有愛心的人好得多，天堂與地獄是永恆裡的東西，但在子午線的這一端——短暫的人生裡，我們需要愛。

本書不但有資格列入基督教文學作品之林，並且實在是氣魄非凡的基督教文學作品。的確，它不像風花雪月或輕輕柔柔的小說那麼容易「讀」，這是一部硬性的小說；換個角度講，這是一部對讀者有要求的作品。

書中有許多「大」場面：3500 字的子宮癌手術情形，令人接受了金秋心的名醫身分；9000 字的香港攻防戰的刻畫，淋漓盡致，令人相信這篇以臺港兩地為背景的小說，絕不是坐在臺北市高樓大廈裡的「幻想」。

同樣的，書中也有「宗教性」的大手筆；除了有 4000 字連續篇幅討論耶穌基督的福音，其他部分也或多或少的在對話、冥想中，帶進基督教信

仰。如果我們將與福音有關者抽出，恐怕也有數萬字（當然一篇作品不能如此評價它是否屬於基督教文學）。這固然由於作者巧妙安排了一位牧師，使得福音能自然而不牽強地順勢帶出。但我們仍然得說，這樣的氣魄在當代中國基督徒作家中尚無第二人可與之比擬。就此而論，說《子午線上》可以傳世並不為過。

《子午線上》處理福音信息的手法不是「隱喻」，不是「象徵」；而是光明正大、坦坦蕩蕩地討論。不是汎神可名的「上帝」，而是「耶穌基督」、「十字架」、「原罪」、「基督教」、「〈哥林多前書〉」、「荊棘冠冕」、「髑髏地」、「各各他」、「復活」……。我想，沒有人能批評《子午線上》是一部將福音隱藏的小說。

任何宗教經驗大多是主觀的，而小說不是理性的說教，它要求訴諸感性的客觀展現，因此宗教小說想具有說服力並不簡單。一般世界小說名著極少以正面的方式傳揚福音。這裡所謂的「正面」，亦即肯定「教會以及聖職人員」的價值，描述某人受了教會以及聖職人員感召而歸主。可能在西方小說中只有雨果的《悲慘世界》稍有正面突破的味道，其餘的大多採反面手法，亦即諷刺教會、信徒和聖職人員的無能、醜陋、甚至邪惡的一面，以迂迴推導「認識你獨一的真神，並且認識你所差來的耶穌基督，這就是永生。」

不只是目的在傳福音的小說盛行這種反常手法，不以傳福音為目的的近代電影也有這個趨勢。如幾部賣座的電影，《海神號》、《大法師》、《萬世巨星》等片，無不諷刺、歪曲傳統下的「教會」，可能這是教父居普良宣稱「教會之外別無拯救」時所未曾料及的。

反面手法畢竟有點冒險，尤其在一個尚未普遍接受基督信仰的社會裡，更應謹慎為之。中國教會成立已久，但今我們慶幸的是：自新文學運動以來的第一部基督教長篇小說——《子午線上》，卻是採正面攻擊的手法，書中歐牧師的信仰觀始終是「正派」的，雖然他承認對「社會福音」欠缺了解時曾經臉紅過，但一直保有堅定不疑的信心。無疑的，他是對金

秋心影響最大的關鍵人物。

　　如果問：《子午線上》在傳揚福音的效果上又如何呢？誠然，可能不會
有讀者看完本書而上教堂、做禮拜、甚至悔改歸主。這正是所有中國基督
教文學作品應當努力以赴的目標。但至少讀完《子午線上》，會讓我們深深
體會：「宗教是人類心靈的一種反應──一種浸潤著神聖性感覺的反應，一
種對影響命運諸勢力的挑戰之反應。」（《子午線上》語）

──選自小民、保真著《全家福》

臺北：學生圖書供應社，1979 年 3 月

《戰爭與和平》與《海笑》

◎李應命[*]

《戰爭與和平》：托爾斯泰著，1869 年成書。民國 46 年，王元鑫先生以牛津印刷所 1951 年版的毛德英譯本為藍本，翻成中文，由新興書局出版，分成四冊。

《海笑》：趙滋蕃著，1968 至 1969 年在「中副」連載，長達九個月。民國 60 年由鷺聲文物供應社出版，分上、中、下三冊。

在閱讀的時間程序上，我先神遊了趙滋蕃先生的《海笑》之後兩年，再咀嚼托爾斯泰這部被比作近代《伊里亞德》的偉大史詩──《戰爭與和平》的中譯本。雖然這是由英譯本轉譯過來的二重翻譯小說，但它給人的感受仍是無比深刻，構成的意象依然非常鮮明。在思維的顫動和激盪的情感火花深處，有一種似曾相識的微妙感覺隱現於心靈之中。幾經覃思冥索，總算捕捉到此種微妙感覺產生的原因所在：這兩部小說之間存有著，類似卻又無法具體說明的共同性。或許朗佛羅（Longfellow）說得不錯：「一切國家的偉大作家中的最好東西，並不是本國性的，而是世界性的。」世界性的東西，源之於文學流布，交互影響的關係上。針對此問題，下面分幾個層次細加探討。

第一個層次是類屬區分

必須指出這兩部巨著，都列為大型史詩類，長篇小說型，戰爭言情小

[*]發表文章時就讀中國文化學院（今中國文化大學）中國文學系文藝創作組，現為退休國中教師。

說屬。

第二個層次是背景知識

　　故事都安排在對國家存亡命運，具有決定性的戰役之歷史背景上。《戰爭與和平》敍述俄法戰爭，從拿破崙時代到十二月黨人時代的過渡；《海笑》描繪中日八年抗戰，從常德會戰、衡陽會戰，經湘桂大撤退到勝利的狂歡。

第三個層次是人物的描寫方法

　　小說的結構特徵在乎人物的描寫方法。一部小說的成功或失敗，完全取決於人物的創造上：是否把人物給寫活了？不僅能活在紙面上，更要活在讀者的心靈深處。作家要想使他筆下的人物活起來，無非是寫他最熟悉的事物。熟悉來自切身的生活經驗，來自細心的生態觀察。杜斯托也夫斯基在他的作家日記裡，有一段談到創造人物的方法：「在街上閒蕩時，我喜歡盯著一些完全陌生的過路人，端詳他們的面孔，並且猜想他們是誰？怎樣過活？做些什麼？這一分鐘裡，有什麼特別引動他們的興趣？」當然小說中的人物並非完全是真實的；相反地多半是虛構的，但虛構絕不是無中生有，藝術虛構的基礎是生活經驗，小說家創造的是「熟悉的陌生人」。巴爾札克說：「作家是從生活經驗、分析中創造真理的人。」他在談寫作經驗時，有一句令人相信的話：「作家必須看見他描寫的對象。」唯其如此，他筆下的人物才能使讀者產生同體感，永遠活在心靈深處。

　　《戰爭與和平》之所以偉大，就在於托爾斯泰寫活了，那群處在戰亂中的俄羅斯國魂。由於托氏有著在塞白斯多堡圍城時所得的悲壯經驗，於是人物在作家的心靈成熟，乃向現實世界中找個性的模型，在意象世界中從事綜合，然後由原型過渡到典型，由個體的人蛻化為群體的人。筆下人物，無論是內心的剖析，或外在行為的描寫，都非常貼切而合理。他特別注意行動的人之精神生活。《海笑》裡也活了一窩風暴的靈魂，趙先生筆下

的成功，乃得力於自己出生入死，親自加入抗戰行列，所得艱困而鮮明的形象。在堅實的生活經驗底子上，創造了一群活生生的人物，他特別注意的，也是行動的人之精神面貌。這正是本文的探討重點。

目標指向兩部作品中的核心人物。《戰爭與和平》：安德來公爵、彼挨爾、娜塔莎、愛侖。《海笑》：高潔、趙木鐸、梅珍、崔逸鳳。它們之間的塑造典型和作家的描寫方法，到底有多少類似？

首先值得注意的，是毛德〈寫在前面〉一文的末段有言：「書中（《戰爭與和平》）的安德來公爵，是托爾斯泰創出來的一種典型人物。他把自己的幾種神情以及他哥哥叟其斯・托爾斯泰的幾種特徵，影射於安德來公爵身上；至於托爾斯泰的其他方面，則影射於書中彼挨爾身上。」趙滋蕃先生也正是運用這種分身術的手法，描寫《海笑》中的兩個男主人公：高潔的思想和前半部的人生際遇，正是作者的經驗寫照；趙木鐸的外形、性格和樂天派個性，正是作者的逼真影射。高潔則是趙先生所刻意創造的典型人物。

醞釀的過程相同，在書中所呈現的，彼挨爾那種外表憨直、厚重，做事卻明智機警，臨危不亂的性格複印出趙木鐸；安德來公爵那種對生活充滿厭倦、冷漠的神情翻版成自稱「沒有明天的人」而被暗中叫作「死亡之鳥」的高潔。且引幾段原文來印證一下，不同國度的作家如何來描繪兩個類似的人物。

《戰爭與和平》

> 這個時候客廳裡又來了另一個客人。這個客人是安德來・保爾康斯基公爵，……是中等身材而又很英俊的青年，他有堅定而又清秀的面貌。他的一切可從他的疲倦的表情和緩慢整齊的腳步顯示出一個和嬌小活潑的妻子的明顯的對照。顯然他認識客廳裡的客人們，但他們使他那麼討厭，他覺得看他們一眼，聽他們一句話也是討厭的。在所有這些令人討厭的面孔中，他的漂亮妻子的面孔，似乎最使他厭煩。……

——第四章，頁 16

「那末，你（指安德來）為什麼要去打仗呢？」彼挨爾問。

「為了什麼？我可不知道。我必須如此做。此外我去……」他停了一下。「我去是因為我在這裡所過的生活，對我不適合！」

——第六章，頁 31～32

《海笑》

當高潔最後踏上拱橋時，結伴回家的少男少女們，差不多已經到齊了。……高潔低頭走著，他沒有笑，也沒有跟誰打招呼。他那閃避的目光和對什麼都準備讓步的拘謹態度，以及俊秀的臉上那種寧靜而空漠的表情，予人以一種疏遠的印象。

——第一章，頁 11

「不。不。」高潔搖頭，一臉微笑與快慰的表情。顯然他的回答違反了他的意志。「一切變得太快了，這個拍子恐怕我趕不上，最好還是讓我一個人，好好兒想一想吧。」他結結巴巴解釋，沒有抬起眼睛。

——第一章，頁 23

「那不很寂寞嗎？」許漱玉雙眉微蹙，……

「寂寞有時較不寂寞好些，」高潔收斂了笑容說。「道理我說不明白，原諒我，待會兒見。」……

——第一章，頁 24

靜態描寫與動態刻畫交相運用，在不同的心境中描繪出如此酷似的個性，殊非易事！這兩個主角的生活也都曾復活過：那是當娜塔莎去接近安德來，而崔逸鳳愛憐地傾聽著高潔吐露衷曲時。這又是一個巧妙的雷同。

愛侖在托爾斯泰筆下，是個出類拔萃的美人兒，可惜她缺乏女性的內在美，在讀者的眼光中僅是頭美麗的動物。而趙滋蕃先生筆下的崔逸鳳，卻是個秀外慧中的絕代佳人，屬於全能藝術家所創造的纖巧、秀麗、慧敏，沉默時有那麼多靈氣，說話時有那麼多機智的人間傑作。作家為了描

繪她們的外在美，共同應用了間接刻畫中的一個法則：藉相關人物的口，來素寫這兩個異國佳麗。

《戰爭與和平》

每一個看見她（愛侖）的人都這麼說：「多美麗的人兒！」

——第三章，頁 13

……當她（愛侖）從彼挨爾身邊走過時，彼挨爾用狂喜而又驚訝的目光看這美人。

「很可愛，」安德來公爵說。

「很，」彼挨爾說。

——第四章，頁 17

《海笑》

倏然一瞥（崔逸鳳）之下，高潔呆了。「那是種終日面對，百看不厭，無法形容的美。那應該是優美與和諧的化身。」他閃電似地想。……

「啊，哦！」幾乎是異口同聲的反應。

「好秀氣啊，硬是要得。」梅瑜反常地擠眉弄眼。

「過癮之至。」黃鶴樓搔著後頸窩跟上去。

「很不錯。」趙木鐸胖圓臉上的肥肉，開始跳起扭扭舞來。

「真美。」高潔臉紅紅地想。

——第一章，頁 18～19

娜塔莎和梅珍同是以內在美遠勝於外在姿色的女主角之一，都在書裡的男主角心目中扮演著「黑夜明燈」的角色：娜塔莎之與安德來，梅珍之與趙木鐸。且看異國作家如何勾勒這兩個慧質蘭心的中西佳人。

托爾斯泰

> 這個黑眼大嘴的女孩美色平常。她有著因快跑而脫出來的孩子肩膀，有著向後梳的黑髮，有著細瘦袒露的手臂，她穿著鑲花邊的長筒褲和舞鞋，她雖到了可愛的出閣年紀，她仍是孩子氣。她從父親手裡掙出來，跑到母親身邊，毫不注意母親的嚴厲斥責，把泛紅的臉藏在母親的花邊外套裡，笑起來了。

——第 11 章，頁 52

趙滋蕃先生

> 在高潔的心目中，梅珍的儀表神態舉止，跟許漱玉恰恰相反。她恬淡從容，自然嫻雅，不高也不矮，穠纖合度，是個不喜歡做作，富於牧歌氣息的女孩子。且有明確而冷靜的面貌，和光環似的前額。人長得並不十分漂亮，可是看起來卻叫人舒服。她的美，是微風吹拂過草原那樣的美，秀朗而靈動，沒有辦法來形容。

——第一章，頁 31～32

　　不同的靜態勾繪手法，收到的卻是同樣的效果，娜塔莎與梅珍的造型，同樣予人以天真、明秀、可人的印象。

　　順便談次要人物的描寫方法，一般都採用直接刻畫（靜態描寫），讓人一覽而過，不留下深刻印象；但托爾斯泰竟以突破傳統的方式，運用間接刻畫（動態描寫）的手法，去塑造他書中的一個小人物——卜拉東·卡拉他耶夫，簡單幾筆居然寫得活靈活現，比之核心人物，絕無遜色。趙滋蕃先生也運用了這種手段，寫活了《海笑》中的一個次要人物——黃鶴樓。

第四個層次是情節布置

　　長篇小說是在虛構的敘事體中展開的歷史時代，它的主要特徵是以故事情節的開展來描繪個性。在小說中間人物先於情節，人物創造故事，人

物賦予情節以生命，給予故事以意義，人物的遭遇或者人物對外在的刺激發生了特殊的反應，才能夠形成故事。

托爾斯泰在經過了塞白斯多堡圍城的險境，獲得永生難忘的悲壯經驗，使他懂得俄羅斯國魂和它古老的生命，一群熟悉的人物閃現在腦幕上。於是他把這群人物安置在俄法戰爭的同一歷史背景上，情節隨之展開，小說中的人物個性乃一一顯現出來。趙滋蕃先生也在親歷了抗戰行列，所得刻骨銘心的慘痛經驗，使他洞澈中華民族魂和它的堅強生命，而孕育出一窩風暴的靈魂，於實際的抗戰背景上展開情節，描繪出風暴靈魂的個性。

記得雨果於《九三年》（Hugo: *Quatervingt-Treize*）裡有一段踏實的真理性文字：「歷史有真實性，小說也有真實性。小說的真實和歷史的真實在性質上是不同的。小說的真實是在虛構中去反映現實。但，歷史和小說都有相同的目標：利用暫時的人來描繪永久的人。」又說：「要徹底了解旺岱，只有用小說來補充歷史；了解全面需要歷史，了解細節需要小說。」套用這句話：要徹底了解俄法戰爭時的俄羅斯國魂和抗日期間的中華民族魂，只有讀《戰爭與和平》及《海笑》以補充歷史之不足。

雖然這兩部小說都有著堅實的歷史背景，但都能衝破歷史小說的窠臼：不囿於一個開頭，一個中部，一個結尾，及只有一個單獨的情節發展著，最後把各種衝突以確定的解決為結束。它們都有多個情節同時進展，且不斷由一個情節產生另一個新的情節。《戰爭與和平》的終結，故事並未完了，儘管安德來公爵不幸因戰傷，卻又幸運地死在娜塔莎的悉心照料下；愛侖也落入應得的下場，香消玉隕；然而彼挨爾和娜塔莎的結婚生子，安德來公爵的兒子新生命的出現，都提示了新生活的開始。《海笑》末局，雖然高潔慘遭車禍昏迷，在血緣關係的不許可，被父母以死的名義轉達給癡心等待著他的崔逸鳳。梅珍也成了亂世的犧牲品，病危時慎重地把趙木鐸交到知友崔逸鳳的手上，造成人生戰場上兩位殘兵的結合——趙木鐸與崔遙鳳的結合，也暗示我們：新的人生起點正將展開。且故事自始至

終留有許多豁口通達外面，又是兩書的一大共同點。

第五個層次是綜合論述

　　從上面四個層次的逐步分析比較——尤其是第三個層次，乃形成了一個結論：托爾斯泰的《戰爭與和平》深深地影響著趙滋蕃先生的《海笑》。這個論斷的事實根據在《海笑》原書中可以找出來：第 11 章 850 頁裡有這麼一段文字——許漱玉躺在藤椅上，焦躁不安地在閱讀毛德翻譯的英譯本《戰爭與和平》——作者告訴我們：在他寫《海笑》之前早讀過這本英譯的世界文學名著。接著在 855 頁——她（許漱玉）的長睫毛閃動著，終於闔下眼皮，將眼淚擠落下來。驀然間，《戰爭與和平》小說中「三帝會戰」的情景，像黑白片般閃爍在腦幕上。——在恩斯河的長橋上，俄軍的行李軍、砲兵、步兵縱隊，正像急流一樣湧過去。然後是子彈在霧中發出各種不同的音調。濃霧，十步以外看不見東西的濃霧。矮樹好像是巨大的喬木，平地好像是削壁和斜坡。在霧中意外地遭到敵人，於是開始了號德巴赫小河的戰鬥。她極力回味著，總覺得戰爭的滋味是十分苦澀，十分怪異的，她從未經過實地戰場砲火的洗禮，她無法想像有遮布的高頂帽子下邊，那些寬顎凹腮和沒精打彩的疲倦的面孔，到底疲倦成一種什麼樣子。還有紅圈子在眼睛裡跳動時，混合著寂寞的情緒和痛苦的感覺，在人們的心靈裡會產生一種什麼樣子的影響？也許，人們只有面對著死神的絕對威脅時，才會真正懂得人生與榮譽的虛無。才會真正懂得什麼叫做鏡花水月。她的激動焦灼的思緒，被肚子裡的孩子打斷了。她震顫著小嘴雪雪呼痛。她緩慢地轉側了一下，眼睛望向窗外。——小說裡人物的思想既然受到《戰爭與和平》中的描述所深刻地影響，不正是說明了作者自己確切地受到了影響？

　　舉凡一位作家，不管他的作品如何偉大，如何具有創造性，總有他作品世界中的背景和淵源，他絕不能架空而有其成就，他必受其時代上多種力量的影響，也必受其他作家直接或間接的影響。托爾斯泰自己曾指出在

他 20 至 35 歲間，頗受歌德的《浮士德》和荷馬的《伊里亞德》、《奧狄賽》的重大影響，也就是在此一時期他寫成了震撼文壇的《戰爭與和平》，趙滋蕃先生寫《海笑》，除了受《戰爭與和平》的影響外，在小說的形式上還受到俄國另一偉大作家——巴斯特納克的《齊瓦哥醫生》的影響。所以《海笑》的成就絕非偶然。

由於趙先生飽容了托氏的作品，把他融會貫通了，在此情形下，庶幾無法很明晰地從文字的對比上來揭發兩者之間的影響關係；只有從作者的情感作風，人物描寫，情節布置的種種分析來加以檢討，大膽地臆測：趙先生受托氏的影響，一定出之於潛移默化的情況。當他詳讀了《戰爭與和平》之後，情感上起了強烈的共鳴。托氏筆下的人物疊合著他的生活經驗和深刻記憶，自然而然醞釀出這部略帶自傳性的抗戰史詩——《海笑》。他們間的影響關係之產生，源之於偉大作家「他們對於世界、人和生活的觀念的類似，他們對於藝術以及文學藝術的思想之類似，他們對於美、大自然、愛、生和死的時候的情感之類似；這些思想和情感是模仿所發展，確定幫助表現的。」

《戰爭與和平》已有它確定而卓越的文學地位，至於《海笑》之能否馳騁於世界文壇，那唯有問深具慧眼的讀者們，是否具有這個耐心去體認它而定了。

——選自《中央日報》，1974 年 6 月 4～6 日，10 版

風暴的靈魂

評介《海笑》

◎左海倫

　　趙滋蕃先生的《海笑》在「中副」連載時，曾斷續的瀏覽過，但並沒有一個系統性的明確印象。因為我等待著單行本問世。

　　去年 11 月 29 日的下午，趙先生翩然造訪，並將由驚聲文物供應公司出版的三大冊《海笑》相贈，使我深感榮幸。我閱讀小說的習慣，喜歡一直讀完。閱讀期間，既不加插其他雜務，也不改讀別的書。假如一本小說能具備讓我一直讀完的魔力，那麼，這本小說已通過了我個人鑑賞的第一關。

　　寒假期內，我花了一週的時間，帶著甜蜜而又沉重的哀愁，帶著逝影與憶影合而為一的感悟，一口氣讀完了《海笑》。當我闔上最後的一頁時，有一種難以言說的情緒起伏著，淚光朦朧了我的視線，縈懷在我耳際的是梅珍抽抽噎噎的叮嚀：「很少人會再提到這個時代，可是沒有人會忘記它！……為喑啞無聲的時代仗義執言，為流汗流血的戰士留下光榮紀錄，你應該有勇氣為歷史作證！」（頁 865）

　　八年浴血抗戰過去了，但戰爭的興奮和消沉，戰爭的破壞和悲慟，對曾經生活在那個時代的人而言，依然是我們生命的焦點。今天我讀《海笑》，正是把這逐漸模糊的焦點，從生命的透視中，把它再度清晰，再度穩定下來。當我們深切省察今天的國難，其來有自，則評介這樣一本以抗戰為背境的《海笑》，到底是有意義、有價值的。因為《海笑》雖不是第一本寫抗戰的長篇小說，但它畢竟是第一本抗戰小說！

　　歷史和詩，都是最能發揮想像力的。歷史是人類經驗的總堆棧。不管

是成功的經驗也好，失敗的經驗也好，我們都可以在現在找出問題，在過去尋找答案。不錯，人是活在歷史裡面的。能夠代表我們八年抗日的一部文藝作品，《海笑》是可以向文學史交代的。

故事在一群結伴回家過年的男女學生中逐步展開。他們「輕盈如夢，絢爛如春，激情如火，一切閃光發亮，是一生裡最美好的黃金時代。」（頁20）結果這些光彩奪目的靈魂，在大時代的風暴中瞬息滅沒。他們付出了寶貴的生命，贏回了中華民族的重生。

小說創造經驗，而不是報導經驗。《海笑》用這一窩風暴的靈魂，來見證了友誼、愛情、故國和鄉土的綣懷，也見證了人類命運之無常。作者在空間上灑開來萬里烽火，讓浪漫而年輕的一代捲入一場又一場熱火沖天的戰爭，生與死的搏鬥，**轟轟**烈烈的生，**轟轟**烈烈的死。這說明了一個人，能將有限的生命，加進歷史的無限中，就是一種超越，一種圓成。這一窩風暴的靈魂就有這麼可愛。

小說的結構與情節在英文裡都是 Plot 這個字，可是在文學理論上，卻是結構大於情節，因為結構包含情節部分與非情節部分。也就是一般人所謂故事的部分與非故事的部分。第一流小說的價值，經常要密切注意非故事的部分才能得到的。《海笑》嚴謹的結構，我們可以從情節部分與非情節部分的有機構成中，在複雜而多樣的糾葛與解決的節奏感中，能親切欣賞到它的巧妙、輕靈和精密的安排。高潔與崔逸鳳之間純情的愛，被安排成為一個悲劇，從故事開始，這位歸國的僑生──高潔，就突顯在他的同學中。作者以意識流的表現手法，先由風雪的聯想剪取了他童年的一角：「荒野的喧囂並不曾驚醒他那夢中之夢。他的幻想，正展翅翱翔於另一個遙遠的國度，和異國漂泊童年底鮮綠時辰。他鬢髭仍然置身風雪柏林。兩雙冰鞋正劃過帕栗色廣場，劃過布蘭登堡門，劃過菩提樹下街、威廉舊宮和威廉大街，劃過光潔、沉靜、美麗的高額後邊某處，突然在冥想的光圈裡凝聚而成焦點。」然後，作者又用回憶的方式讓意識之流自由運轉，揭示了男主角高潔的永懷的心象：「然後是大舉排猶。然後是維也納的劫後重逢和

黯然話別。霧。夜。教堂尖頂。馬車的得得蹄聲。一種動盪中的寧靜。一種點逗。一種惻惻情懷。和一種生還的愉悅。一個老頭子的低沉夜談和一個少女的脈脈流盼。孤意在眉。深情在目。如今，寸心萬里，人隔三洋！」這短短幾百字的一段描述，如果把它放手寫，大概可以寫出十多萬字。然而就是這麼快速幾筆，把高潔的生活背境和活動痕跡介紹清楚之後，仍然「跳接」到當前的故事中去，大手筆畢竟不凡。

　　又如高潔因車禍而腦震盪，一直昏迷不醒達七個月之久，抗日勝利的狂歡，沒有增添高潔的生命力。但是他的父親高儒以名醫的感光試驗而作了一個推論。這個推論以四支洋蠟燭為精神分析的 Symptom，和「橫鋪子之夜」的生活相對照，發生密不可分的關聯。我們從故事情節中不但跟著人物哀樂而哀樂，同時我們從作者豐富的內涵中得到了感知外的反應，它喚起我們的注意力，啟迪想像，使日常經驗融化為藝術之美。

　　至於非情節部分，則全為作者本人的思想。從開始「一種難以抑制的原始感情，活火般流過血管，激動脈搏。……凜冽雪風就把這些伴進濃霧裡邊去。」（頁 1～2）這是作者的同情，對一批大孩子——那些尚在茁壯而未成熟的花朵，在急風驟雨之下被摧殘是有著相當深沉的「牢騷」的。因此風暴的靈魂見證了命運之無常。彰顯出轉形期歷史中人的價值，人的尊嚴，以及人文精神對世運推移的因果關係。「他們的道路是海的道路。海，有寧靜的時候，也有激動的時候。寧靜時我們可以看到海笑，激動時我們可以看到海嘯……」（頁 20～21）海笑與海嘯都很壯觀。當空前的災難降臨時，我們會海嘯；當空前的勝利降臨時，我們會海笑。這正是我們的人生，是一種性格器識，民族的器識，文化的器識。文學作品必須具備民族性和時代性，但特別重要的是個性。作者的個性洋溢在整個故事中，使情節之中耀閃炯光的片斷，使書中敘述人的語言，具有深度和內涵，我們能夠憑藉作品中的語言分析，達到作者的心靈深處。它導出了社會人生的問題。這一方面是創造的想像力之高度發揮，同時，作者的心量和識量，恐怕亦非一般泛泛之輩所能望其項背的。

　　書中表達友誼的部分，充分發揮了戲劇性的高潮，這得歸功於作者的
創造性的幻想。藝術品能否擴充我們現實經驗，或使我們對超越的世界產
生一種神祕的洞察或觀照，那就要看藝術家能否把情節安排得生動、新
奇、豐富、深刻。我們相信美感之超越現實，乃是因它透過現實之虛幻的
表象，而直通到實在事物後面之根本。我們看到一窩風暴的靈魂，那種勇
於負責任的感情。1944 年除夕，趙木鐸收到崔逸鳳的絕筆信時，知道逸鳳
被漢奸諂媚敵人出賣了。這位經常瞌睡的木頭人物，立刻展開援救堵截行
動，他計畫精密，完全把數學上的計算法運用上了。一波一浪起伏著，幾
個友好的犧牲性命，幾次驚險的轉化，使人提心吊膽，直到趙木鐸又打著
呵欠想睡覺時，讀者才能鬆一口氣。

　　書中描述常德會戰和衡陽會戰，在兩次戰役中，冷硬地出現著戰場上
驚心動魄的慘況，和當時真實人物的姓名，使我們有如置身其境。這令我
聯想到雷馬克的《西線無戰事》。不同的是：該書的主題是反戰，而《海
笑》是反侵略。如果我們沒有實戰經驗，看看這兩次大會戰，也能增長些
見識。而文學卻能喚起人類的感悟，因此我覺得政治家應該讀讀描寫戰爭
的文學，思想家也應該研究一下描寫戰爭的文學。《海笑》中兩次戰役的敘
事，有寫實主義的風格，作者可能如實的觀察一切事象，而這種觀察的標
準，很可能是作者的親身經歷。如果沒有這種實際經驗做底子，如何寫得
如此逼真？正因為是真人真事，再加上「老兵」的豐富想像力，它纔能使
《海笑》成為第一部抗戰小說。它雖然只有兩次戰役的描寫，卻是為八年
抗戰千百個大小戰役的抽樣。《海笑》中所出現的典型戰例，終於照亮了那
個苦難的歷史時代。當我們重現那個歷史時代時，我們的易變的幻象，會
凝聚而成醒後的追懷和人間的永憶。

　　最後，我得特別指出：《海笑》並非是一部完美得無懈可擊的作品。結
尾太陡峭，許多應該發展的情節，都沒有去充分的發展，這是缺點之一。
常德會戰與衡陽會戰之間，書中有好幾個主要的人物，集中在益陽，而益
陽方面的敵後游擊，只用來描寫了搶救崔逸鳳一幕，除相當緊張以外，其

他的情節，都處理得十分草率。這不能不說是該書的又一缺點。人物方面，作者寫活了高潔、崔逸鳳、趙木鐸、黃鶴樓、海珍和高儒諸人外，其他人物的刻畫，都只能給讀者以浮光掠影的印象。小說的結構特徵決定於人物描寫的方式。《海笑》的人物描寫方式，頗類似巴斯特納克的《齊伐哥醫生》；而《齊伐哥醫生》的人物刻畫，值得訾議之處很不少。也許這是我個人的偏見，就作為評介《海笑》的初步結論吧。

——選自《中央日報》，1972 年 3 月 20～21 日，9 版

讀《文學與美學》

◎黃忠慎[*]

　　讀過趙滋蕃先生（文壽）的《半下流社會》、《子午線上》的人，大約都可以肯定，趙先生在中國現代小說史上必然會占有一席之地；留意過趙先生平日所發表文藝理論文字的人，更有理由可以相信，趙先生在現代中國文學批評史上更是一個佼佼者。

　　《文學與美學》（道聲出版社印行）是趙滋蕃教授的得意傑作之一，此書收入趙先生歷年來發表的一些篇幅較長的文藝評論，計有〈什麼叫做文學〉、〈平心論印象批評〉、〈析〈烏衣巷〉〉、〈小說創作的美學基礎〉、〈陽剛與陰柔〉、〈談文物與刻畫〉、〈笑談豬八戒〉、〈寒山子其人其詩〉、〈寒山詩評估〉、〈文藝與國家建設〉、〈藝術即經驗〉（這是全書中唯一的一篇短文）11 篇，雖然未必篇篇皆擲地有聲，然而各篇所提出的論據和結論，大抵而言已近乎無懈可擊。

　　有關文學的界定，古今中外的文學理論家與作家，由於所處時代、環境與思想、個性之不同，對文學的看法自然也就隨之迥異，是以，這個問題永遠不可能有固定的答案。趙滋蕃先生在〈什麼叫做文學〉一文裡，從托爾斯泰、溫徹思特、沙特等人的文學觀，談到口傳文學與文字文學的優缺點，再檢視歷來文學觀念的演進，最後才得到這麼一個結論：「文學是人的藝術」。此一定義簡單至極，但卻不易明白，趙先生為文的態度是負責的，他深知這個定義若不加以詳解，則無異於什麼都沒說，所以他又不憚其煩地解說這幾個字的意義。總的來說，他以為「文學是人的藝術」顯然

───────────

[*]發表文章時為政治大學中國文學系博士生，現為彰化師範大學國文學系特聘教授。

包括三項要素：「1.人；2.人的；3.藝術。」所謂「文學是人的藝術」，也就是說，只有「人」才有此精神的創作、心靈的活動，也只有「人」才能感受文學、欣賞文學、創作文學。換言之，文學的創作與接受是人所獨有的。所謂「人的」，即是禽獸所無，只有人才能擁有，如語言文字，以及運用語言文字來表情達意，來交換思想，形成觀念，就是徹頭徹尾屬於「人的」。至於「藝術」，當然是指文學之內容與形式而言，依趙先生之說，文學內容雖則展露萬殊，文學形式固然千差萬別，若從根本處予以綜合觀察，其實也不過是情、理、事、態的排列組合而已，而抒情、說理、敘事、描態都是人所獨有的。進而論之，人有人性，這人性含理性、智性、悟性與靈性，凡此皆文學活動所必須具備的精神素質，此所以彭歌先生要云「不談人性，何有文學？」人又有生活，各種錯綜複雜的生活，融匯交織而成人生，故文學中的形象來自人生。人對其行為有理性的約束，有合理的反省，所以文學就成為表現人生、解釋人生、批評人生的藝術。有了趙先生的解釋，我們就可發現，「文學是人的藝術」一詞，就文學定義的容納量而言，與就其精確度與適應性而言，都較其他界說更能兼容並包。

我們知道，中國歷代詩話、詞話的批評手法多是「印象式批評」，如歐陽修在《六一詩話》中評周朴詩云：「其句有云：『風暖鳥聲碎，日高花影重』，又云『曉來山鳥鬧，雨過杏花溪』，誠佳句也。」嚴羽《滄浪詩話》說李白「飄逸」、杜甫「沉鬱」，這些都是印象式的批評。近人多有反對印象式批評者，如顏元叔教授云：「印象主義實在只能代表一個批評過程的最初階段，讀第一遍的直覺直感，隨之而起的應是考驗直覺直感的可靠與否，這才開始了真正的批評活動。所以，印象主義是胎死腹中的文學批評。」（顏元叔：〈印象主義的復辟〉，1976 年 2 月 10 日《中國時報》「人間」副刊）也有為印象式批評維護的，如李威熊教授云：「這些詩話、詞話的產生，與中國人通達的人生體驗，和敏銳的透視力，有極密切的關係。當然不可否認的，傳統的詩話、詞話……是有些軼聞瑣事，和個人主觀的感受，但也有一些極具水準的批評，它們也同樣是經過客觀分析、比較、

衡鑑後，所下的最精采結論，只不過沒寫出過程而已。」（李威熊：〈中國文學批評的文化背景〉，第二屆古典文學會論文）趙先生的看法又是如何？他以為對印象批評不宜過於維護，理由有三：1.印象批評缺乏認真的氣氛和研究的誠意，而且對品評的周全與幫助讀者對作品的了解而言，它的說服力也比較薄弱；2.基礎訓練不夠紮實的批評者，一旦假印象批評之名，率爾操觚，則看不清批評對象的實質；3.批評家如無法接受專業訓練，至少也得從事業餘訓練，無奈印象批評已落進不學而能的領域，而批評活動卻不完全是本能活動，它是需要博學深思的。雖然，他又以為對印象批評也不必過於鄙薄，因為「古往今來全世界人們的文學批評活動，一本而萬殊，例舉的方式無法周全。唯就適應範圍之廣，時間緜延之久而言，也不過印象批評與客觀批評兩大主要類型而已。我們民族中沒有出過亞理士多德，也沒有出現過『詩論』性質的作品，因此我們的文評傳統偏向印象批評，究屬順理成章。」既不宜維護，又不宜鄙薄，那該如何是好呢？趙先生認為有必要對印象批評加以改進，他的意見是：1.選擇批評對象時，酌量採用托爾斯泰《藝術論》裡的若干樸素論點，作為主導的觀點；2.從印象批評發展的歷史線索著眼，我們可以從鑑賞批評與唯美批評裡，吸取一部分養料，沖淡印象批評過於主觀的獨斷論調。筆者以為，這不失為一種較為客觀持平的態度，李威熊先生也說：「如果能將歷來文話、詩話做一系統整理，或者能建立一套完整的中國文學批評理論。」黃維樑先生亦以為：「精簡切當的印象式描述，乃不可或缺的批評手法之一，其價值實在不容抹殺」。（黃維樑：〈詩話詞話和印象式批評〉，收入《中國詩學縱橫論》一書）以此與趙先生的論點參照，就不難得出一個較為正確的結論。

　　〈文藝與國家建設〉，這在全書中算是稍微特殊的一篇，談的是文藝的社會功能。文藝如果真的無裨國計民生，那麼文藝就成為少數有錢有閒階級的消遣品了。無庸諱言的，持有此種觀念的人不在少數，然而這卻是嚴重的誤解。趙滋蕃先生是個文學工作者，他根據理論與實踐，肯定文藝是文化的有效組成因素之一，文藝作品必能參與生活，改變生活，增進生

活。他並進一步指出，文學和藝術，既然都是文化的一部分，它們跟生活環境的關係，就好比魚與水的關係。真正的文藝必具社會的關聯性，也必然有其民族特性和時代精神；真正的作家，不僅受社會的影響，同時也影響社會；偉大的作品不僅止於複製人生，同時也鼓鑄人生。所以，文藝的社會功能也是顯而易見的。有了這樣的體認，所以趙先生可以在文藝的有形功能之外，再點出文藝的三個無形功能：1.文藝在現實生活之外，自成天地。文藝的天地，半來自過去的生活經驗，半來自未來的生活理想。現實與虛構雜揉，存有與想像融合，虛虛實實，幻幻真真，而以抒情的表現出之，導引出讀者群的情緒反應，使讀者在文藝天地中悠遊，社會生活的緊張漸趨鬆弛，現實環境的壓力漸趨減弱；2.當代人精神上的焦慮不安，經文藝的淨化，因目標的轉移和情感的浸潤，而求得化解；3.文藝作品流傳到社會之後，對讀者群而言，構成「客體關聯」的對象，成為讀者與讀者心靈溝通的橋樑，也成為讀者情感融合的接觸劑。它變成讀者群共同的生活目標。因此，文藝才由同情的了解，而增進人與人間的善意，而增進社會的安全與穩固。文藝的終極目標，止於愛人如己，以兄弟般的友愛團結人類成為一體。

　　文藝的無形功能已如上述，只是，既然這些功能都是無形的，就難免有人會以為這是文藝理論家的一廂情願之辭，算不得數。基於此，趙先生又為我們指出文藝與國家現代化的關係：「精神的主題，是一切文藝表現的永恆主題。樹立新觀念，充實新知識，以適應快速變化、成長率高的現代化社會，使人們對變革中的社會，有新的量度標準，這雖然不必直接要求文藝擔負起此項重責，但間接的臂助總該有的。」「職業的分工，知識的格子化、專業化，阻礙了人際的『溝通』，使情感與心靈的交融，成為難能可貴之事。我們越來越不能了解別人，難於至誠待人，真摯愛人。唯有文藝能破除群眾中的孤寂，化疏離感為親切感，能進行簡潔的溝通，傾聽的溝通，使平凡膚淺的人際關係，為兄弟般的友愛所籠罩。當許多人聚在一起討論同一作品的時候，我們可以奇蹟似的發現這種現象。此足以說明，文

藝對國民心理建設，有實質上的助力。」「（文學作品）提供了大眾的精神
遊蕩園地，使人們的個性復歸於深厚。使人們的精神生活，能順應個性與
興趣，而得到合理的安頓。使當代人日趨嚴重的精神憂鬱症和精神鬆懈
症，能因生活目標的轉移，生活規範的建立，而獲致有實質意義的減
輕。」文藝與國家現代化既然有如此密切的關係，那麼說「文藝是國力的
表現」，也就不算誇大了。然則在人口膨脹、石油短缺、環境汙染……諸問
題紛至沓來的今天，我們需要什麼樣的文藝？作家該以什麼樣的態度寫
作？趙滋蕃先生直率地指出，在創作實踐中所崇尚的精神，應該是朝氣蓬
勃，奮發有為的精神，而不是暮氣沉沉，衰敗呆滯的精神，我們所需要
的，是活的精神，而不是死的精神。我們的「國力表現」，表現的是立國精
神，只有正面的表現方能鼓舞大眾積極奮發向上，負面的表現將會沮喪大
眾消極灰心向下。是故，作家們要有憂患意識，樂以天下，有存亡續絕的
志氣，有救亡圖存的決心，在這樣的情況之下所完成的作品，才能表現國
力，鼓舞民心士氣。本此，趙先生提出了他的願望：成立國家文藝院，培
養創作群。欣聞國立藝術學院即將成立，則趙先生心願實現之日當亦不遠
了。

除了以上三篇大作之外，其餘各篇亦皆紮實無比，如〈析〈烏衣巷〉〉
一文，對劉禹錫的〈烏衣巷〉詩進行深層分析，舉凡意象群的戲劇性結
合，隱喻與象徵，字質與結構等，無一不討論及之，用功頗深，收效亦
佳。〈小說創作的美學基礎〉，研究小說的結構特徵，及其跟美學的關聯
性，極富見地。〈陽剛與陰柔〉，評傅庚生《中國文學欣賞舉隅》以「巧
拙」與「剛柔」對舉之不當，並試圖找出陰柔之美與陽剛之美的簡明有效
的區分標準，其成果是有目共睹的。〈談人物刻畫〉，強調小說的人物刻畫
比情節安排更重要，且提出刻畫人物的方法，對以小說名世的趙先生來
說，這自然是絕對勝任愉快的。〈笑談豬八戒〉，不僅談豬八戒，連帶也談
孫悟空，但重點還在分析豬八戒情結，這是全書中格調最輕鬆的一篇。〈寒
山子其人其詩〉，以「客觀分析的態度，謹慎地組織見諸載籍的傳聞材料，

並大量起用寒山詩中自敘身世的傳記材料，初步解開寒山身世之謎。並用現代精神分析學，透視他的個性、生活態度、生活環境及交遊，藉以再生寒山的真面目和真精神，消除美國嬉皮們對寒山的誤解」，也是頗具成績的一篇。〈寒山詩評估〉，探討寒山的「詩無題」（案：趙滋蕃先生所謂的「詩無題」並非無題詩，他認為詩篇之首冠以「無題」的無題詩，仍屬有題詩之一類）、故事詩與「半格詩」，旁論及寒山詩的極化現象，是一篇難得的文學批評佳作。〈藝術即經驗〉，直是一篇精美的散文，或許可以用以說明趙先生的藝術觀吧！

就篇幅來說，趙滋蕃先生這本《文學與美學》可能只是小書，但就內容的精湛而言，本書卻可以當得起「巨著」二字了。趙先生本身是名作家，這些篇章少不得經過他的一番經營和設計，藉著他清新流暢的文章，我們可以從容地進入醇美的文學欣賞領域，間接地也可以學到一些文學創作與批評的技巧，個人以為，《文學與美學》確實是一本值得推介的書。

——選自《臺灣日報》，1981 年 4 月 15～16 日，8 版

趙滋蕃的美學思想

◎趙衛民

　　趙滋蕃（1924～1986）是 20 世紀 50 年代著名小說家，以《半下流社會》、《半上流社會》、《重生島》、《海笑》、《子午線上》（以上瀛舟版）等長篇小說名世，另外還有中、短篇數冊。由於他於 1960、1970 年代擔任《中央日報》主筆，並以筆名「文壽」撰寫專欄，亦以文壽雜文知名於世，出版散文集十餘冊。自 1960 年代末期擔任中國文化大學中文系文藝組教授，開設「小說原理」、「美學」、「文學批評」等課程，於 1980 年代中病逝於東海大學中文系主任任內，著有《文學原理》（東大版）及《文學與美學》（道聲版）等書。

　　對於趙滋蕃，有三樣事情應予確定。1.他的文學身分：無論是他小說、散文，甚至文學理論的成就，應予肯定；2.他的文學地理，他從小在德國長大，少年時回大陸，青年時到香港，中年時到臺灣。他有三大洋五大洲的寬闊，這些文學地理與豐富的生活經驗、閱歷，與他的文學作品結了不解之緣；3.是他的文采與他的疾病，《重生島》這部小說不但獲罪於香港政府，也使他在文學創作的顛峰時期得了高血壓；《十大建設速寫》雖然得了國家文藝獎，換來的卻是：糖尿病。所以梵谷說：我病愈深，我藝愈進。趙滋蕃一生可以說是盡其才氣，盡其精氣，拿出生命的銳氣，把人生當成戰場來搏鬥，他的疾病也與他的文采共棲，到最後，也可以說，死於《文學原理》上。

　　趙滋蕃可以說並未度過他的晚年，他的口頭禪是：老得太快，乖得太慢；他的一生都是在對強權而戰，他認為有權力的地方就有壓迫，但是有

權力的地方也有抵抗，他的文學著作是歷史的參與也是歷史的見證。

　　趙滋蕃的美學思想，主要在《文學原理》一書，《文學與美學》的論文均已收於其內。另外也遍布在他的小說與散文甚至課堂筆記中。本文將以《文學原理》中〈文學的美學〉、〈陽剛與陰柔〉與〈小說創作的美學基礎〉三章為主要參考資料，以其他資料為輔佐。本文也只涉及美的問題，不涉及小說理論的問題。

一、問題的提出

　　在〈小說創作的美學基礎〉一文中，趙滋蕃寫道：

> 故小說中最美的部分是理想，最能表現「意味深長」的也是理想……小說家筆下的所架構的世界，以及小說家憑虛構作用與創造的想像力所安排的人物活動細節，好讓讀者將感情移入。讓讀者神遊其中，留連忘返，不忍釋手。讀者將會發現，有些獨特的生活經驗，是他們完全沒有接觸過的；有些生活經驗，社會現象，是他們天天看到，卻熟視無睹的；有些東西，是他們留意過，但觀察得並不如此深刻的；有些事物，是他們原本以為無甚意義，無甚價值，但一經小說家大筆點醒，才恍然大悟，始認為是非常有意義和價值的。

$$——頁 234$$

　　這美學基礎，牽動了小說創作的原理和技巧，值得省思。

　　粗看一下，趙滋蕃似乎重視讀者的移情作用。這裡當然可以考慮到讀者反應理論中所重視的審美經驗。「觀看者的情感可能會受到所描繪的東西的影響，他會把自己認同於那些角色，放縱他自己的被激發起來的情感，並為這種激情的宣洩而感到愉悅，這就好像他經歷了一次淨化。」[1]由於認同

---

[1] 漢斯・羅伯得・耀斯著；顧建光等譯，《審美經驗與文學解釋學》（上海：上海譯文出版社，1997年），頁31。

於角色，激情得到宣洩，而經歷淨化。故審美經驗從移情作用起，而終於淨化作用。為什麼能達到淨化作用呢？是因為從生活經驗被提升到審美經驗。

「有些獨特的生活經驗」是重視生活的廣度面，是基於「愛好生活」而產生的。故作者表達獨特的生活經驗，而讀者享受這些經驗。「天天看到，卻熟視無睹的」像是俄國形式主義所提出的「陌生化」技巧，「正是為了喚回人對生活的感受，使人感受到事物，使石頭更成為石頭。」[2]不過趙滋蕃於此似乎重視的是生活經驗的探索和發現，並在其中尋索深刻的意義與價值，這些「意味深長」的，正是能提升人生上升的理想。換言之，人生的理想作為經驗的指引。

小說家有審美經驗，讀者可以感受審美經驗，以豐富他的生活。而什麼是審美經驗呢？一言以蔽之曰：人生的理想。那麼人生的理想如何足以成為審美經驗？

二、美是什麼

美就是審美經驗。但趙滋蕃似欲舉出審美經驗是有生理學基礎的。「我們的主觀需要，就含蘊著美的可能性。」（頁 65）以此作為基礎，應該是非理性的美學觀，但他在相對部分也取認理性主義的美學。

> 美的感覺和審美經驗，半來自遠古本能的遺傳，半來自文明的進展。前者證明動物和人類，同樣具有美感；後者證明了美的標準、美的欣賞和對美麗的事物所作的種種解釋，可以隨時代、地域、種族、歷史文化傳統、社會風尚、文明程度等，而發生相對的變動。

——頁 66

---

[2]什克洛夫斯基等著；方珊等譯，《俄國形式主義文論選》（北京：三聯書店，1989 年），頁 6。

「動物和人類，同樣具有美感」，就是提出美感的生理基礎。「愛好美，是為了吸引異性」。（頁 67）看來又不限於生理基礎，而視心理和生理為共同作用的領域。甚至向心理感受集中，而由心理感受引發生理感。這就是他所說的：「美在最原始的階段，就是一種感覺。」（頁 66）這樣，本能是基礎，本能和感覺又幾乎同義詞，不過還應該加上一句是強度的感覺，這兩者融合在「生命力」，也就是在春天時「萬象都帶有一種生氣，萬物都具有一種愉快的預示」（頁 66）。美的感覺和審美經驗，應該是生命力勃發的感受，另一半則隨時間、空間而變動。

這樣，就清楚趙滋蕃的美學觀是與理性主義美學不相合的。所謂理性主義美學，簡單說，「故人的概念比任何個人要真實些，美的概念比任何一朵鮮花要真實些。」（頁 77）如果認為理性主義是求真的活動，雖然他引用彼拉多總督審判耶穌時說的一句話：「真理是什麼呢？」（頁 76）來質疑「真理」的可能性，畢竟把求真和求知的活動交給理性主義。這樣的結果是促成對理性主義美學的攻擊，和將美與真分家。

對理性主義美學的攻擊，以包姆嘉登（Alexander Gottlies Baumgarten，1714～1762）和萊布尼茲（Gottfried Wilhelm Leibniz，1647～1716）為鵠的，另外追溯到心理學家佛爾夫（Baron Christian Von Wolff，1679～1764）。另外例如攻擊菲希特（J. G. Fichte，1764～1814）的「美不存在於自然界，而存在於美的靈魂之中。」（頁 86）這由我們前面所說的，本能是基礎，對於「美不存在於自然界」，當然是持反對的立場。趙滋蕃也視克羅齊（Benedetto Croce，1866～1952）只是製造問題，而沒有解決問題，因為「他認為美是成功的表現，醜是不成功的表現。」（頁 87）換言之，什麼是成功的表現是很難衡定的。

另一方面，趙滋蕃卻又對提倡性心理學的靄理斯（Henry Havelock Ellis，1859～1939）飽含同情，認為可以另成一格。靄理斯指出：「凡刺激和激發有機體的東西便是『美』的。故光輝、韻律和輕觸是美的。」（頁 87）這從趙滋蕃的本能或生命力的觀點來看，反倒視為可以接受的生理學

基礎。而他獨衷老子《道德經》第二章:「天下皆知美之為美,斯惡已。皆知善之為善,斯不善已。故有無相生,難易相成,長短相較,高下相傾,音聲相和,前後相隨。是以聖人處無為之事,行不言之教。」他對這句話所蘊含的真的可能性,如「有無相生」等一句並未仔細的討論,而遽歸之於自然主義的態度。

> 美醜之難辨,就在觀察者不能按照事物的原有樣子予以觀察。保持常態,使主觀和客觀結合,無意識和有意識結合,不必著粉施朱,也不必增長減短。而美醜之間有一判別的標準,那就是「恰到好處」。
>
> ——頁 88

趙滋蕃可以說放下了對真的討論,而視此為理性主義求知的態度。其實如果「按照事物的原有樣子予以觀察」,這更是道家美學的積極態度,不過那就不是事物的原有樣子,而是「事物的原始活動」了。而他以「無為之事,不言之教」的這種道家實踐,認為可使「主觀和客觀結合,無意識與有意識結合」,術語不一定精確,但很容易意會。這也就是他的一半說,即本能與理性的結合,人文與自然的結合。

由於放下了對真的討論,他心目中的美就成為:

> 真者幻之,實者虛之,是人類審美經驗的結晶……此一「實者虛之」的審美態度,對求真活動的兩大傳統原則——真理之首尾一貫原則,與真理之通體相符原則,幾乎處於針鋒相對的地位。
>
> ——頁 79

其實如果再追問,如果「真者幻之,實者虛之」了,我們又如何知道這種「保持常態」或「恰到好處」的美是真的呢?這兩者已牽涉到實踐修養的工夫,這裡可見美是不能放過真的問題的。只是趙滋蕃說本能的活動

突破理性主義的立場，放下了求真的活動，首先就把「真者幻之，實者虛之」了。另一方面，又對「事物的原有樣子」心有戚戚，或者說要突破人文主義的限制，就視「主觀和客觀的結合，無意識和有意識的結合」為重要的原則了。

　　不能忽視生命或本能的基礎，他以此來突破理性的限制，這是一半。另一方面又承認理性的理想，這是另一半。趙滋蕃似欲要調和理性主義與非理性主義。

> 理想即是實際生活現象在其最和諧最完美的發展中，所能達到的極限。
> 是人生的一切可能性或潛能，在實際生活中自由體現，它是實際存在。
>
> ——頁 89～90

　　以旺盛充沛的生命力，去創造「人生的一切可能性或潛能」，當然得突破現實生命和扭曲和限制。無怪乎他說：「美搏聚了我們的理想，並以之評價生活，就好像那種生活已實現了一樣。」（頁 90）這也就是他非常同意歌德所說：「在自然界，只有為自然律所證明為真的東西，才是美的。在雕刻中、繪畫中，美是自然的各種精緻……在藝術中顯示那理想之美的程序。」（頁 90 所引）雖然他沒有去討論所謂自然律，但是自然顯然是本能或生命力。藝術以自然為基礎，以去顯現理想之美，而歌德卻視自然的真也即是美的。看來「真者幻之，實者虛之」是說我們人生的希望與夢想。

三、崇高與美

　　理想之美，涉及康德（Immanuel Kant，1724～1804）的美學，一方面，趙滋蕃以美學的生物學基礎，[3]來反對康德的形式美學。他認為康德：

---

[3]尼采說：「美與醜是屬於生物學的；被證明有害於人種的，似乎便醜。」見威爾·杜蘭著；胡百華譯，《哲學的趣味》（臺北：協志工業叢書出版公司，1980 年），頁 216。

比較偏重形式而忽視內容，他（康德）強調：在事物中是有審美意義的，僅僅是形式；而內容並不影響美的印象。

——頁 88

那麼趙滋蕃心目中的「內容」是什麼呢？很清楚就是這作為生物學基礎的本能生命力。這也可以使我們看清楚他對尼采（Friedrich Nietzsche，1844～1900）美學的垂青了。

日神所孕育的阿波羅精神，代表了明麗、和諧和形式，具有寧靜的智慧，這兒呈現著陰柔之美。酒神所孕育的地奧尼蘇士精神，代表了激情、沉醉和爆發的生命力，具有醉狂的力量，這兒呈現著陽剛之美。這兩種精神相激相盪的辨證過程，乃有尼采《悲劇自音樂精神中誕生》（1870 年）的宏論。

——頁 107

日神注重形式，而忽略了內容，則具陰柔之美。而酒神代表了「激情、沉醉和爆發的生命力」，這就與我們前面的討論相一致了。雖然他引女詩人胡哈（Ricarda Huch）的說法：「阿波羅精神，流注到文學與藝術之中，則以古典風格偏勝；戴奧尼索斯精神，則以浪漫風格偏勝。前者簡樸具明朗的形式，近陰柔之美。後者激情而具不明確的形式，近陽剛之美。」（頁 107～108）看來簡便得近乎模糊，因為尼采就強調兩種美學精神的融合：「在戴奧尼索斯式狂醉有性欲和色情：在阿波羅式並不缺少。兩種情況裡必有一種拍子的分別——在一定狂醉感覺中的極度平靜，要被靈魂最平靜的姿態和形式裡的洞察力所反省，古典風格基本的是這種平靜的表示。」[4]看來尼采是由韻律概念來融合這兩種精神的「拍子的分別」，這其

---

[4]Friedrich Nietzsche, trans. By Walter Kaufman, *The Will to Power*. (New York: Random House, 1980) , p. 216.

實也是趙滋蕃認為尼采的最高概念即韻律概念的原因。[5]不過尼采更注重古典風格是事實。這裡雖不適合進入尼采美學的討論，但可以看出趙滋蕃顯然是以尼采美學中的戴奧尼索斯式醉狂，架上了康德的崇高（sublime），在這裡實是趙滋蕃對美學的貢獻。

　　美學家朱光潛（1897～1986）也曾討論過尼采美學與康德美學的關係，在這方面，趙滋蕃似已落後。朱光潛說：「剛性美是動的，柔性美是靜的。動如醉，靜如夢。尼采在《悲劇的起源》裡說藝術有兩種，一種是醉的產品，音樂和跳舞是最顯著的例子；一種是夢的產品，一切造形藝術如圖畫、雕刻等都是。」[6]用動靜來套上尼采的酒神與日神，康德的崇高與美，看來是粗糙且任意，可以說他對尼采的了解是模糊的。這馬上就引起他好友梁宗岱（1903～1983）的抗議：「照朱先生的引用推論起來，則一切音樂和跳舞都是崇高與或雄偉，一切雕刻都是秀美或嫵媚了。」[7]不過梁宗岱將力量的崇高譯為精力的崇高，似接近尼采的酒神，但他只就自己所領會的說：「要感受這種力的崇高便不能單靠我們的感官，單靠我們的直覺，我們得要運用我們的心靈，一步步循著思想的步驟，智慧的途徑，仰之彌高，鑽之彌深。」（見前書，頁 130）看來又落入了康德理性美學的範圍。邢光祖也有一文談〈陰陽與剛柔〉，他並未談論康德的美學，而他由尼采美學來談，當他談到日神與酒神時，他的區分也與朱光潛無二致：「前者的徵象是秩序，後者的徵象是動盪；前者是靜態的，後者是動態的。[8]靜與動之分，很難切中尼采美學的義蘊。這均可以看出趙滋蕃的勝出。

四、崇高與真

　　由前所述，趙滋蕃由尼采的戴奧尼索斯酒神的狂醉，來談康德的崇高。這點既明，無怪乎他說：「美的主觀成分與非理性成分，實遠多於客觀

---

[5]趙衛民，《尼采的生命哲學》（臺北：名田出版社，2003 年），頁 4。
[6]朱光潛，《文藝心理學》（臺北：開明書店，1974 年），頁 238。
[7]梁宗岱，《詩與真》（臺北：臺灣商務印書館，2002 年），頁 124。
[8]邢光祖，《邢光祖文藝論集》（臺北：大漢出版社，1977 年），頁 256。

成分與理性成分。」（頁 123）但他在同頁中說：「當下即是，不需通過分析與推理而能直接認知對象的本質。」將美歸為主觀（本能或生命力），把真歸入客觀（對象的本質），真又似乎是美的權利了。尼采所談論的本能，是有直覺能力的，能在瞬間帶出事物主要特徵，[9]不過由於趙滋蕃對真的問題的猶疑，美與真的問題並未得到真正的處理，這裡終究存在著某些原始的晦澀。

由於趙滋蕃重視尼采的生物學基礎，就很重視博克（Edmund Burke，1729～1797）在神經的張弛中區分崇高與美的方式：「雄偉的事物會激動神經；而美麗的事物，則使神經處於輕鬆和安逸的狀態。」（頁 115 所引）於是出現了博克、康德、尼采和混合式的說法：

> 萬象森羅，而美，坦然展露著。……他們有時使我們感到驚喜交集，使我們的神經處於激動的狀態，又有時使我們感到賞心悅目，使我們的神經處於輕鬆和安逸的狀態。於是，我們親切地感受到陽剛之美與陰柔之美。換言之，我們的美感經驗，就在我們神經的張弛二重奏中運轉；故興奮以後的寧靜，涵蓋著一切美感經驗。
>
> ——頁 110

萬象森羅正是對象的本質，既然只坦露出美來，顯然趙滋蕃放棄了真的問題。故而萬象或是坦露出陽剛之美或陰柔之美，他所著重的是審美經驗的問題。前者是康德崇高與美的問題，後者先說博克的生理學基礎，即「神經的張弛二重奏」，再說尼采的韻律存有論，即「一切興奮後的寧靜」，尼采的說法是「在一定狂醉感覺中的極度平靜」。其實這「一切興奮後的寧靜」也近於詩人華滋華斯（William Wordsworth，1770～1850）的說法：「詩起於沉靜中所回味得出的情緒。」朱光潛也由此談論酒神的熱情和

---

[9]趙衛民，《尼采的生命哲學》，頁 88～89。

日神的冷靜，不過他由尼采美學來談康德的美學，像驀然興會，燦閃的靈光，又歸結入康德的理性主義美學中。只有趙滋蕃在此堅持著「經驗直覺」，不提及人格或目的論的詞兒。換言之，非理性主義的立場是堅定的。

進一步說，崇高與真的關係是如何呢？在康德看來：

> 崇高因此並不在任何自然事物，而只在我們的心靈，就我們意識到我們是優越於在我們之中的和沒有我們的自然（只要它影響我們）。一切都在我們之中刺激了這感覺，例如自然的威力召喚了我們的力量，因此稱為（雖然不合適的）崇高。只有以假定這在我們之中的理念，並參照於它，我們才能達到那存有的崇高觀念，在我們之中產生了尊敬。[10]

簡言之，自然的威力所召喚的人類主體力量，是理念尊敬的法則，是道德律，這使我們自有限的感性領域提升到無限超感性領域中，而使我們的心靈相對優越於自然。那麼，真只存在於我們的心靈中。大體上，席勒（J. C. F. Schiller，1759～1805）也順之而談，也更簡潔：

> 只有那種對象才是崇高的，面對著這種對象作為感性本質我們屈服，但是作為理性本質，作為不訴說自然的本質，我們感到對於它我們是絕對獨立的。[11]

這種理性優於自然的立場是很清楚的，真自然在理性一邊。大體上，朱光潛與梁宗岱在這條線上。

趙滋蕃的堅持非理性主義的立場，使他不能同意這條標準。似乎找到更容易判別崇高與美的方式。

---

[10] Immanuel Kant, trans. by J.H. Bernard, *The Critique of Judgement*. (London: M Acmi LLAN, 1914), p. 129.
[11] 弗里德利希‧席勒著；張玉能譯，《秀美與尊嚴》（北京：文化藝術出版社，1996 年），頁 184。

　　具陽剛之美的事物與作品，首先總給人以短暫的驚奇，當緊張的神經鬆弛下來之後，才會出現泰然的喜悅。這種驚喜交集的情緒反應，使陽剛之美帶有動態的本質和迴避的態度。我們的心境是複雜的，有變化的。這跟我們欣賞陰柔之美時，心境是單純的，始終一致的，也大不相同。

——頁 113

　　他不放在心靈上談，而放在心境中談，更近於海德格（Martin Heidegger，1888～1976）「在世存有」的說法，這也可見趙滋蕃的慧心，我們的生命總是在世界中活動的。另一方面，他也堅持生命機能的神經活動線，緊張與鬆弛的二重奏。由驚奇到泰然，猶如由興奮到寧靜，均可說是心境。這雖然使崇高中有簡潔的判別標準。但崇高的「動態的本質」屬自然的一邊，「迴避的態度」屬然人的一邊，這模糊的語言就使得康德所說「自然的威力召喚了我們的力量」這種勝義落了空，也使崇高與真的關係更加晦暗不明。這毋寧是趙滋蕃對真的問題猶疑未決，美與真分家的結果，致對真採取了「迴避的態度」。

　　趙滋蕃想從崇高問題的歷史縱深，作寬角度的掃描，是有很大的氣魄。他從尼采美學的角度，重新探索崇高問題，的確使康德的崇高美學有別開生面的透視角度，似乎逼近了存有學的立場。這可以看出他的調和立場，或者是乾脆說，以尼采的酒神之眼看康德的崇高，但是由於他保持美學家的立場，對真的問題猶疑甚至迴避，致使崇高與真也分了家。

　　不從大哲學家的立場而言，他在衡量傳統文論的混淆與精粗，在脫離理性主義美學的討論上，均有如輕舟已過萬重山。他能就問題討論問題，在美學界以一先鋒的姿態朝向非理性主義進發，而這些問題並未得到應有的回應。這主要也與 1970 年代文學或美學與哲學的分家有關，當時文學與哲學的確保持涇渭分明的態度。哲學界如於牟宗三或唐君毅主要還從德國理性主義如康德、黑格爾來會通中國哲學。海德格存有學於 1980 年代初始在臺灣發生影響，1970 年代中、末期的文學理論，開始引進現象學、結構

主義思潮，也是到 1980 年代中葉，與解構主義的登場匯為巨流。可以說，
趙滋蕃的這些文章寫成未久，這些大系統的掃描尚未得到應有的認識與評
價，文學理論的舞臺和背景正迅速的拆換，忙於引介新思潮的流派了。趙
滋蕃所觸及的崇高與真的問題，卻又採取迴避的態度，尤其結集也在 1980
年代中葉，當時也有生不逢時之感，迅速地被遺忘。

五、後現代的崇高

這個問題的解決，我以為解決的關鍵在大的哲學系統，海德格學與新
尼采學如德勒茲（Gilles Deleuze，1925～1995）和李歐塔（Jean-François
Lyotard，1924～1998）等對尼采的重新認識，尤其李歐塔才重新拾起崇高
的問題。換言之，尼采和海德格對崇高的問題多少是緘默的，忙於構建自
己的哲學。

另外，還可以再指出一點，就是趙滋蕃在思考崇高問題上所逼近的極
限。德勒茲對崇高的看法是：

> 崇高的覺感是在無形式或醜陋（無盡或權力）面前被經驗到的。就彷彿
> 想像力面對它自身的界限，緊張到了最大限度，經驗到暴力伸展到力量
> 的極限。[12]

雖然德勒茲在注解康德的崇高觀時，仍注意到理性功能的不一致，但
對「自然的無形式和醜陋」別有會心。趙滋蕃卻把「自然的無形式和醜
陋」，轉成社會的缺憾與陰暗：

> 作品中醜的描寫，使我們感受到生活中的缺陷和陰暗，內心的急躁與衝
> 突；激起讀者的反感，在含淚的嘲笑中，鎮定意志的狂熱，並恢復正常

---

[12] Gilles Deleuze, trans. by Hugh Tomlinson and Barbara Habberjam, *Kant's Critical Philosophy*, (Minneapolis: Minnesota Univ., 1990), p. 50.

　　的自我平衡。

——頁 9

　　理性和各機能的不一致，現在由尼采意志的狂熱到平靜處來說，這就是他以尼采美學來處理崇高問題。至於尼采思想中真的問題，海德格花費十年時間整理四大卷《尼采書》，就引發了兩大思想體系的爭議，也只有到新尼采學再予以解決了。趙滋蕃對真的問題欠缺臨門一腳，卻在某些直覺的感應間觸動那條神經。

　　例如，在德希達（Jacques Derrida，1930～2004）解構主義眼中的崇高是如何呢？

> 在崇高感中，愉快只是不直接地湧出，它來在抑制、囚禁、壓制之後，這使生命力（Vital force）被擋住。這種保持隨後有粗暴的流瀉滲溢，是更為強而有力的。[13]

　　美是生命力，而崇高是「使生命力被擋住」，再「更為強而有力」的「流瀉滲溢」。這「生命力」豈非是本於尼采嗎？又豈非是趙滋蕃之所本嗎？也難怪趙滋蕃說：「當緊張的神經鬆弛下來，才出現泰然的喜悅。」而且甚至神經刺激的說法，博克也影響了尼采，德希達也引述了尼采敘述隱喻的過程：「一個神經刺激首先謄寫入第一個意象！第一個隱喻！」[14]這也是趙滋蕃之所本了。

　　李歐塔向以提倡「後現代的崇高」著稱，他的崇高觀試圖融合康德、尼采、海德格，我們只關心新尼采的視角。

---

[13]Jacques Derrida, trans. by Geoff Bennington, Q Ian Macleod. "The Truth in Painting." (Chicago: Univ. of Chicago 1987), p. 103.

[14]Jacques Derrida, Pref. by Gayati, Spivak, *Of Grammatology*, (London: John Hopkins Univ. 1974), p. xxii.

　　狂熱是崇高的感覺樣式。想像力想要為理性的理念提供一個直接的，可感覺的呈現。[15]

　　視「狂熱」為「崇高的感覺樣式」，難道不是尼采的本能或生命力嗎？它不只是感受，也是情感，所以趙滋蕃以「心境」來說，也是有勝義的。

　　如果說，說康德到尼采（甚至海德格）的崇高線貫穿了李歐塔，一點也不為過。

　　這「實在的缺席」將意味什麼？如果我們要使它解放於純粹的歷史詮釋？這句子清楚地關係到尼采稱為虛無主義的。我正是在尼采的透視主義前、在康德的崇高主義前看到了它的變調。特別是，我認為崇高美學是現代藝術發現其起動力處，以及前衛的邏輯發現其公理處。[16]

　　這「實在的缺席」就李歐塔來說，正是後現代的渾沌不確定處。他甚至在尼采的虛無主義發現到它，一切無價值、混亂，然而在尼采的透視主義，個人的有限視角被那種無形式的混亂所震驚，正是在這裡是崇高美的起源。也是在這裡，趙滋蕃說是緊張的神經，而我們現在已可知道趙滋蕃小說的起動力了，正是「崇高美學」。

　　或許趙滋蕃對崇高的觀念只能放在後現代的視野裡來平衡。真的問題在生命力的部分解決了，在自然的一部分放下了。但我們說過這部分，他已將之轉為社會中的缺陷與陰暗。當他在長篇小說《重生島》中抗議香港政府在中國人的土地將罪不至死的中國人流放至荒島等死時，他敘述著：「1960 年代，人們卻對飛彈、火箭戰慄，對軍隊、警察、法律和移民局戰慄」時，[17] 它所面對的不是「實在的缺席」是什麼？它所喊出的「戰慄萬

---

[15]Jean-François Lyotard, trans. by George Ven Den Abbeele, *The Differend*, (Minneapolis: Minnesota, 1988), p. 165.

[16]Jean-François Lyotard, *The Postmodern Explained.* (Minneapolis: Univ. of Minnesota, 1993), p. 10.

[17]趙滋蕃，《重生島》（美國：瀛舟出版社，2002 年），頁 38。

歲」不正是崇高情感的來源嗎？他在美學中所放下的另一半的真的問題，在小說寫作中（甚至在生命的經驗中），他已直覺地感應到了。李歐塔在那篇〈歷史的符號〉中所說的，正是這樣的經驗。也正映證了趙滋蕃的「崇高的情感」。激情作為人類歷史經驗的價值：「正是在其渾沌或在最野蠻最不規則的騷亂與荒蕪之中，自然最大限度地喚起了崇高的觀念。」崇高最重要的決定因素正是不確定性，即無形式性。[18]

趙滋蕃所面對的歷史經驗，也正是「在其渾沌或在最野蠻最不規則的騷亂與荒蕪」。社會（也即是我們周遭的自然）「喚醒了他崇高的觀念」，他把這些經驗，寫入他的小說當中。

趙滋蕃在德國長大，高中時回到大陸，正是對日抗戰的時期。大學時響應十萬青年十萬軍的號召參加作戰，後回校就讀。不旋幾，國共戰爭爆發後直到大陸淪陷，又被迫流離香江。所有小說都在面對這杌陧不安的、混亂無序的時代。他的小說，正是崇高美學的創作。

──選自徐國能主編《海峽兩岸現當代文學論集》

臺北：臺灣學生書局，2004 年 2 月

──修改於 2015 年 7 月

---

[18]汪民安等編，《後現代性的哲學話語》，頁 167。

趙滋蕃的文學創作及其時代意義

◎張瑞芬*

壹、前言

> 這個人，率真得像幼童無序，有如一條清晰見底的溪流，卻又是優異深
> 邃得不知其源遠。
>
> 在歷史上，我們無法以黑白兩極給他分色，只緣這個又波動又肅穆的靈
> 魂，純白的品質中，也有少許灰色的區域。
>
> ——左海倫，〈灼灼風骨一宏才——懷念趙滋蕃先生〉[1]

　　說起趙滋蕃（1924～1986）其人，大概沒有任何一句評語，比左海倫教授[2]上述所形容更真切傳神的了。

　　正如「風暴的靈魂」般，穿越了戰亂中國、流離香港，與復興基地臺灣，集合了悲劇與天才的宿命。在 1950 年代反共小說作家中，趙滋蕃堪稱特殊人生與性格的極致。這位著作近四十本，在小說、散文及文學理論上皆有創發的重要作家，辭世至今近二十年，臺灣學界對其作品之評論，仍頗寂寥。近年瀛舟出版社再版趙滋蕃《子午線上》、《重生島》、《半下流社

---

*發表文章時為逢甲大學中國文學系副教授，現為逢甲大學中國文學系教授。

[1]左海倫，〈灼灼風骨一宏才——懷念趙滋蕃先生〉，《幼獅文藝》第 425～426 期（1989 年 5～6 月）。此文寫於趙滋蕃逝世（1986 年）二年後，原文甚長，有另一刪節版載於《聯合報》1989 年 3 月 12 日。

[2]左海倫（1924～），江蘇武進人，上海復旦大學畢業，美國瑪利蘭大學研究教授。著有《北雁南飛》（重慶：文風出版社，1943 年）、《懷沙》（臺北：大漢出版社，1977 年）、《左海倫文選》（臺北：大漢出版社，1980 年）等。1960 年代中期與趙滋蕃同任教於淡江大學、文化大學，1977 年前後赴美。

會》數本舊作[3]後，沉寂多年的趙滋蕃，因此稍稍受到注意。在 2002 年的一篇短評中，學者林秀玲稱此數本小說之重印，是趙滋蕃為他那國共意識形態對立的世代作註，堪稱文學盛事。然而她也說：「對於現今這世代，那個世代的政治、社會、小說、美學觀都過去了」、「總體言之，《半下流社會》、《半上流社會》可以確定留下來外，趙滋蕃之書的歷史意義似大於作品本身的意義……」。[4]

1950 年代去今未遠，如王德威〈一種逝去的文學？──反共小說新論〉所言，是「非常時期寫非常作品」，一種「不僅收復故土，也是贖回歷史」的文學。[5]那個世代的政治、社會、小說、美學觀，果真「都過去了」嗎？許多人眼中，反共不啻為「八股」，但在 1980 年代初一場「五十年代文學座談會」中，老作家王靜芝卻忿忿而言，「那時期的東西，是真正由我們內心發出來，真情寫出來的東西，也不是為了稿費，也不是為了使自己成名」。司馬中原的意見與之略同，他認為用「反共八股」概括 1950 年代小說不甚公平。他指出，那個時代的作品對人性分析細緻深入，表現的是歷史上最陰暗痛苦的心靈。朱西甯肯定反共文學許多作品，可以超越五四以後諸多時期之作。劉紹銘則感慨沒有人有系統的介紹 1950 年代的文學，或再版相關書籍。[6]

稍後於王德威，楊照認為──1950 年代反共文學之所以被遺忘，主要是它不像 1960 年代現代文學真正進入「典律」範疇，對後世代寫作並未能產生真正的影響。他更指出，1950 年代反共文學「在文學史上是以概念的

---

[3] 瀛舟出版社為趙滋蕃之女趙慧娟於美國所開設，共再版了《重生島》、《半下流社會》（2002 年）、《子午線上》（2004 年）三部小說。見王蘭芬，〈趙滋蕃之女代父重出經典集〉，《民生報》，2002 年 3 月 2 日。

[4] 林秀玲，〈半上流與半下流之間〉，《聯合報》副刊，2002 年 3 月 24 日。

[5] 王德威此文，原發表於 1993 年《聯合報》主辦的「四十年來中國文學會議」，收入王德威，《如何現代？怎樣文學──十九、二十世紀小說新論》（臺北：麥田出版公司，1998 年）。更早於此，齊邦媛〈千年之淚──反共懷鄉文學是傷痕文學的序曲〉（《千年之淚》，臺北：爾雅出版社，1990 年）即已提出類似的「傷痕文學」說，為反共文學翻案。

[6] 〈在飛揚的年代──「五十年代文學座談會」〉，《聯合報》副刊，1980 年 5 月 8 日。

形式存在，而非確切的流派」。[7]這個說法，頗可再深入探究。然而近年學界（如邱貴芬、范銘如、梅家玲、應鳳凰等）對 1950 年代的研究說明了建構完整的臺灣當代文學史時，1950 年代頗為關鍵。軍中作家與女性作家的基礎研究，都仍有待開拓。趙滋蕃僅僅是被誤認為「歷史意義似大於作品本身意義」的其中之一而已。

在當前重評 1950 年代的風潮中，除了歷史意義，作品本身值得被重新評估的，趙滋蕃之外，姜貴（王意堅，1908～1980）、郭嗣汾（郭晉俠，1919～2014）、楊念慈（1922～2015）、潘壘（潘磊，1927～）、段彩華（1933～2015）都相當重要。在他們的筆下，風雪桃花渡，黃金井峽口，有朔風呼號的鄉野傳奇，有浴血抗日的彈痕歷歷。從一個時代的血痕裡凝聚而成奇花異卉，以個人有限的生命加入無限的歷史裡，付出了壯烈的代價。這恐怕不是一句「都過去了」可以了結的。[8]正如趙滋蕃《半下流社會》的終章：「半下流社會中的流浪漢們，慢慢離開了這荒漠的原野，但狂烈戰鬥的序幕，卻在緩緩拉開」。斯人已遠，典範猶存。正確評估趙滋蕃及其他 1950 年代作家及作品的價值，在當前文本散佚嚴重，且亟欲建構完整臺灣當代文學史的今日，無疑是有著相當的急迫性的。

歷來對趙滋蕃及其文學的研究，除了上官予（王志健）、孫陵、左海倫、詹悟等人對單一作品的評論（詳見附錄參考文獻），專書或整體性的討論尚付諸闕如。較詳細的年表（生平事略）有二：鄭傑光〈為風暴見證的靈魂──趙滋蕃（文壽）與其作品〉，《中華文藝》第 8 卷第 5 期，1975 年；以及呂天行〈趙滋蕃先生事略〉，《湖南文獻》第 14 卷第 2 期，1986 年 4 月，後收入《國史館現藏民國人物傳記史料彙編》第 15 輯，1996 年。此二種記載稍有出入，但頗可相互參照。左海倫〈灼灼風骨一宏才──懷念趙滋蕃先生〉是 1970 年代中期知人至深的重要觀察，趙衛民、周芬伶以弟子

---

[7]楊照，〈文學的神話・神話的文學──論五〇、六〇年代的臺灣文學〉，《文學、社會與歷史想像──戰後文學史散論》（臺北：聯合文學出版社，1995 年）。
[8]彭瑞金，《臺灣新文學運動四十年》（高雄：春暉出版社，1997 年）曾指反共文學為「大鍋菜式的同質性」，「文學收成等於零」。

身分闡揚其文學，則是近年可見較重要的兩篇論文。

　　趙衛民在 2003 年〈趙滋蕃的美學思想〉這篇論文中指出，「崇高美學」是趙滋蕃小說的動力，他似乎要「調合理性主義與非理性主義」，「將尼采（Friedrich Nietzsche，1844～1900）美學中的戴奧尼索斯式醉狂，架上了康德的崇高」。周芬伶〈顫慄之歌——趙滋蕃先生小說《半下流社會》與《重生島》的流放主題與離散思想〉則說明，趙滋蕃小說事實上是「以絕醜美學與現代美學對應」，在後殖民與流放的觀點下，他的小說是有新的意義的。[9]

　　多年後省視趙滋蕃的小說，《蜜月》、《重生島》在反應大時代之餘，也頗觸犯時忌。趙滋蕃在文學史上被忽略的尷尬，也正如同鄧克保（柏楊）的《異域》（1961 年），和司馬桑敦（王光逖）的《野馬傳》（1959 年）一樣。[10] 都值得當今文學評論者再做探討，並全面回顧其文學創作成果。趙滋蕃的小說及散文數量頗多（詳見本文文末附錄），文學理論則事涉廣大，當另立專文探討。以下，即分就小說與散文兩大部分綜論其特點及成就。

貳、趙滋蕃及其「非典型」反共小說

一、趙滋蕃適合稱為「反共作家」嗎？

　　趙滋蕃原名資藩，曾用筆名「文壽」，湖南省益陽人。他出生於 1924 年，童年在德國漢堡市成長，並受德語教育，讀了八年理科中學。父親趙紹周為醫學博士，任教並行醫於德國柏林大學，長年忙碌於外。趙滋蕃年幼即缺乏母愛照拂，[11] 對未曾謀面的祖國亦滿腔赤忱。1938 年（時趙滋蕃

---

[9]趙衛民，〈趙滋蕃的美學思想〉，徐國能主編，《海峽兩岸現當代文學論集》（臺北：臺灣學生書局， 2004 年）。周芬伶，〈顫慄之歌——趙滋蕃先生小說《半下流社會》與《重生島》的流放主題與離散思想〉，東海大學中國文學系主辦「五十年學術傳承研討會」，2005 年 10 月 29 日。

[10]柏楊（1920～2008）1968 年因翻譯一則大力水手漫畫涉批評政府，入獄九年，而後「文協」及官方的文學史特意刪去他的所有記述。司馬桑敦（1918～1981）《野馬傳》1968 年亦以誹謗政府，有附匪嫌疑，遭內政部查禁。

[11]關於趙滋蕃的母親符愛光，記載不一，或謂早年病逝，或稱獨自前往美國作研究，未詳何是。趙滋蕃文中從未提及家人，僅於〈祝福孩子們〉（《擊劍集》，臺北：彩虹出版社，1977 年）曾稱「我的母親離開我們太早」，「失去母愛達半世紀之久」成為他日夜思念未已的錐心至痛。左海倫

14 歲），於抗戰軍興中，自維也納乘船返國，原入學湖南大學經濟系，而後歷經數年軍旅生涯（曾參與常德會戰、衡陽會戰，任翻譯官少校），抗戰勝利後才復學畢業。1950 年代大陸淪陷，趙滋蕃曾流落香港難民區調景嶺（俗稱吊頸嶺），備嘗生活艱辛。而後他以寫作成名，並歷任亞洲出版社、《中國之聲》週刊，與《人生》月刊編輯。1960 年代中期，趙滋蕃移居臺灣，以「文壽」為名，開始了他在《中央日報》撰寫專欄的雜文歲月。1980 年代初，趙滋蕃任東海大學中文系主任及中文所所長，在批評理論、文藝教育與中文系的理想上，多有建樹。1986 年，繼 1970 年代初首次中風，趙滋蕃再以高血壓病入院，病逝榮總。

綜觀趙滋蕃一生，跨越中、港、臺三地，除了傳奇的經歷與豐富多元的創作之外，由理工入人文，其思維邏輯、學問路數與對現代文藝的推動，在中文系之中亦獨樹一幟。在臺灣當代文學史上，他與他的文學，集多種「非典型」於一身，定位不明。從兩岸學界近年文學史書寫中，頗可見出被中國意識形態與臺灣本土論者共同忽略的尷尬處境。這一點於 1950 年代作家是相同的，只是趙滋蕃處境似尤為艱難。

在一般印象中，趙滋蕃被定位為 1950 年代「反共」小說家，《半下流社會》（1953 年）為其代表性作品。秦慧珠〈臺灣反共小說研究（1949～1989）〉，即將趙滋蕃列為 24 位反共小說作者之一，所占篇幅不多，分入 1950 年代、1960 年代兩章之中。[12]仔細檢視數本當代臺灣文學史，1950 年代反共小說多例舉陳紀瀅、姜貴、端木方、潘人木、潘壘，包括大陸學者白少帆《現代臺灣文學史》（遼寧大學出版社，1987 年）、劉登翰《臺灣文學史》（海峽文藝，1991 年）、古繼堂《簡明臺灣文學史》（人間出版社，2003 年），以及臺灣本土論者葉石濤《臺灣文學史綱》（文學界，1985 年）、彭瑞金《臺灣新文學運動四十年》（春暉出版社，1997 年），對趙滋

〈灼灼風骨一宏才——懷念趙滋蕃先生〉記與趙滋蕃晤談，稱「兩三歲時，父母仳離」，此說或較真確。
[12]秦慧珠，〈臺灣反共小說研究（1949～1989）〉（中國文化大學中國文學研究所博士論文，2000 年）僅論及趙滋蕃《半下流社會》、《蜜月》、《子午線上》、《烽火一江山》，未及其他。

蕃均隻字未提。張素貞〈五十年代小說管窺〉(《文訊》第 9 期，1986 年 3 月)，對趙滋蕃及其小說，亦未著一字。只有陳芳明尚未完稿的《臺灣新文學史》，對趙滋蕃有不同的評價。在 2001 年的〈五○年代的文學局限與突破〉一文中，陳芳明指出，真正使人難忘的反共文學，反而是未獲官方獎勵的作品，趙滋蕃《半下流社會》即為其中叫好且叫座者。陳芳明並且讚譽趙滋蕃的文筆頗屬上乘，「是反共作家中的佼佼者，既有心理描寫，也有造形刻畫」[13]。

　　多位文學史家的忽略與不同評價，頗耐人尋味。趙滋蕃值得重視的好小說可絕不只《半下流社會》而已。嚴格說來，《半下流社會》是趙滋蕃的成名作，也是第一部作品，卻不一定是他最佳小說。寫作《半下流社會》時的趙滋蕃才 30 歲，尚未結婚，這本長篇小說表現的是他最早期也最原始的創作面貌。趙滋蕃於 1978 年〈孟浪半生──說說《半下流社會》〉一文中，即曾自稱，此書稍失猵急，語氣過於強硬，「成於瑣尾流雜之中，藝術性和思想性都非圓成之作」。[14]《半下流社會》寫成後十數年，才於臺灣出版《子午線上》、《重生島》、《海笑》。較諸《半下流社會》，後期數本小說的技藝成熟，理應過之，卻極少為評論者注意。

　　其次，趙滋蕃被稱為反共小說家，他的身分，卻不是典型的軍中作家（1949 年隨軍隊來臺者），如司馬中原或朱西甯等人；亦未曾名列官方獎助（文獎會或《文藝創作》）名單，如端木方或郭嗣汾。在 1950 年代外省來臺作家中，較傾向黨政界的有張道藩、王集叢、尹雪曼、王平陵、司徒衛、劉心皇、于還素、葛賢寧、陳紀瀅、王藍、彭歌；擔任重要文藝刊物編輯的是孫陵、潘壘、孫如陵、鳳兮（馮放民）、茹茵（耿修業）、王聿均、黃公偉、虞君質、任卓宣；軍旅出身則有端木方、司馬中原、朱西甯、段彩華、尼洛、田原、姜穆、楊念慈、張放、蕭白等。無論在哪一方面，都數不到趙滋蕃這個名字。

---

[13]陳芳明，〈五○年代的文學局限與突破〉，《聯合文學》第 200 期（2001 年 6 月）。
[14]趙滋蕃，〈孟浪半生──說說《半下流社會》〉，《聯合報》，1978 年 4 月 4 日，12 版。

　　臺灣 1950 年代反共文學中，事實上以 1955 年為界，分為兩個階段。1950 至 1955 年，在文獎會高額獎勵的政策影響下，作品的反共意識無疑較強。1955 年以後，雖然「文藝淨化運動」與「戰鬥文藝」口號高喊入雲，但受到現代主義、自由主義和本土主義的多方衝擊，反共文學已然悄悄產生質變，逐漸轉化為多元寫作的面向。趙滋蕃的《半下流社會》出版於 1953 年，年代上屬於反共小說第一期，然而此書非如《荻村傳》、《蓮漪表妹》諸作直接控訴共黨惡行，乃取香港難民生活為本，旨在彰顯人性沉淪與提升的兩極。簡而言之，「反共」，並非這部小說設定的單一主題。

二、趙滋蕃小說創作

（一）趙滋蕃《半下流社會》及早期（香港時期）諸作

　　趙滋蕃在大陸淪陷後，曾在共區待了八個月，而後輾轉流亡至香港。在調景嶺白天作苦工，夜晚在肥皂箱上讀德文版的康德《理性批判》與尼采全集。他投稿的一些人生體驗與美學思想的小文章，逐漸得到美援機構亞洲出版社總編輯黃震遐[15]的注意，黃震遐於是邀請趙滋蕃寫長篇小說。這個重大的人生轉機，使趙滋蕃寫出他的第一部長篇小說《半下流社會》，這部小說出版未幾，即被譽為「成功的寫實主義小說」、「香港文壇上一朵難得的奇葩」，[16]也開啟了趙滋蕃的文學生涯與一生志業。

　　《半下流社會》一書，全文十五餘萬字，由香港亞洲出版社出版，取材自 1950 年代初香港調景嶺難民實際生活。說它是反共或「戰鬥文藝」政策下的產物，不如說與後來的《蜜月》（一齣香港上層人物與匪幹勾結的政治鬧劇）[17]同寫人性的沉淪或提升。《半下流社會》寫的是社會底層向上的

---

[15]黃震遐為《香港時報》主筆與著名軍事評論家，筆名「東方赫」，著有《隴海線上》等。1930 年代黃在上海，曾與魯迅與左聯筆戰。見趙滋蕃，〈悼黃震遐〉，《夏天的書》（臺北：華欣文化中心，1974 年）。原載於《中央日報》副刊，1974 年 2 月 3 日。

[16]孫旗，〈評《半下流社會》〉，《人生》第 8 卷第 10 期（1954 年 10 月）。陳一塵，〈《半下流社會》讀後〉，《人生》第 6 卷第 10 期（1953 年 12 月）。

[17]趙滋蕃《蜜月》（臺北：中國文學出版社，1956 年）描述了一場肉體與政治的雙重蜜月關係，有著諷刺喜劇或道德劇的輕快。匪幹費民宜、教授朱晦氣、五虎將羅軍長，立場各自針鋒相對。在一場烏龍的「起義通電」（吸收人員呈報上級）失敗後，費民宜終致淪落香江。此書象徵意義太重，淪於意念先行，於趙滋蕃小說中，非稱傑作。

提升力，一群知識分子在黑暗時代中的茫然無告與屹立風骨。書中藉出身耶魯大學的落魄哲學家酸秀才劉子通，道出書名涵意：「我們的社會，遠離上流社會，而又與上流社會這麼接近，乃是一個半下流社會」。這個最終在淒風苦雨中死於異鄉的魂靈（酸秀才），留下了令人戰慄的遺書：「勿為生者流淚，請為死者悲哀」。枯灰中有再生的生命湧出，這生命卻是永恆的。

《半下流社會》故事裡一群以王亮為首的流浪漢，自鐵幕出亡後，聚集在香港石塘咀公寓天臺陋棚下生活。在香港政府強制拆除了棚子後，他們移居筲箕灣搭了幾間木屋，個人各司其職互相扶持。這群居的生活中，王亮是典型鬻文為生的文人，司馬明擺公仔書，蔣山青在街邊賣雜貨，孫世愷與趙德成打理三餐。眾人常於晚飯後齊聚討論哲學、政治、經濟諸多議題，由王亮女友李曼抄寫並具名投稿刊登，稿酬作為生活基金。李曼在見報日多，逐漸成名後，搬出木屋區，沉迷於上流社會之中。王亮後因救了被丈夫胡百熙賤賣而淪落風塵的潘令嫻，逐漸與善良的她滋生情愫。故事的終結，總綰了上升與沉淪兩條主線，李曼仰藥自殺，潘令嫻則因義救火災中的小傻子葬身火窟。王亮在失去一切之餘，仍悲憤自持，決心以「半下流社會」的毅力與精神，影響下一代，永遠為自由真理戰鬥不懈。

「半下流社會」此一名詞，其實頗有象徵寓意。書中人物，或為地主、商賈、教授或文人，本不屬於下層社會，卻淪落於貧困與不幸的生活之中。趙滋蕃書中「半下流社會」的本質，沒有上流社會的自私冰冷，也不如下流社會的喪失理想。它是一個理想的象徵，也是縮影。某種程度而言，1950 年代前後隨軍隊遷徙到臺灣的外省作家群，高教育背景而淪落貧困異地，在臺灣也是一個典型的，與香港難民對應的「半下流社會」。在反共文學、戰鬥文藝喊得震天價響的時候，這些人當中，頗不乏以文學為寫作職志，默默抵拒主流者。就此而言，趙滋蕃此一力作對臺灣文壇的對應意義亦是深遠的。除此之外，《半下流社會》多線進行的布局，生動的人物刻畫與氣氛營造，都顯現出趙滋蕃出眾的才情，並且普遍贏得好評。趙滋蕃曾自言，《半下流社會》是「苦熬 58 個通晚」而成的產物。以血淚書

寫，以堅實的生活作為基底，「靠自己的生命，來實證自己的存在」，它的原創性是它不被歷史淘汰的原因。[18] 在光明與黑暗之中，勾畫出一個交織著失望與希望，糾纏著新生與滅亡的時代。這部書的出版，以及後來香港亞洲電影公司將之搬上銀幕，[19] 使趙滋蕃聲名大噪，獲亞洲出版社編輯工作，並開始接觸臺灣文壇，對港臺文藝發揮影響力。

著名專欄作家彭歌（姚朋，1924～），多年後曾回憶，1953 年他以〈黑色的淚〉入選亞洲小說獎首獎，主辦並來電致賀者，即是當時任亞洲出版社編輯的趙滋蕃，當時兩人都正值 30 青壯之期。此後趙滋蕃來臺，彭歌為之引見「春臺小集」同人，晤談甚歡。[20] 趙滋蕃在港時期，陸續寫作《荊棘火》（1954 年）、長篇雪峰山抗暴劇詩《旋風交響曲》（1955 年）、嘲弄香港政客的《蜜月》（1956 年）、科幻小說《飛碟征空》（1956 年）、《太空歷險記》（1956 年）、《月亮上望地球》（1959 年）等。1950、1960 年代這些由香港亞洲出版社出版的小說，可稱為趙滋蕃小說的前期作品，除《半下流社會》外，算不上趙滋蕃的滿意之作。《飛碟征空》、《太空歷險記》、《月亮上望地球》等科幻故事，趙滋蕃即自言「結果是失敗的」、「頭巾氣太重，不曾深切而自然的掌握寫作技巧」。[21] 1964 年前後，趙滋蕃由香港來臺定居，由香港經驗再延伸出去，《子午線上》、《重生島》、《海笑》，成就了他後期小說的高峰。

（二）趙滋蕃後期（臺灣時期）小說

在趙滋蕃的所有文學創作中，小說不但寫作較早，且無疑是為代表文類，其中又以長篇為最擅長。從《半下流社會》到《海笑》，總共 13 部小說，[22] 全部寫於 1950 到 1960 年代。1971 年趙滋蕃首度中風，重挫了健

---

[18] 趙滋蕃，〈孟浪半生——說說《半下流社會》〉，《聯合報》，1978 年 4 月 4 日。

[19] 《半卜流社會》之改編電影，丁文治〈我看《半下流社會》〉認為精釆度遠遜原著，《聯合報》，1955 年 9 月 24 日。趙滋蕃自己亦稱最怕見到文學作品搬上銀幕，感覺是「糟蹋」，見林小戀訪談稿〈春風‧綠樹‧語意長〉，趙滋蕃，《流浪漢哲學》（臺北：水芙蓉出版社，1980 年）。

[20] 彭歌，〈頑強的大筆〉，趙滋蕃《重生島》（美國：瀛舟出版社，2002 年），頁 4。

[21] 趙滋蕃，〈孩子們的書〉，《擊劍集》。

[22] 除了這 13 部已結集小說外，據趙滋蕃自稱，由於生性疏懶，大約有五十萬字左右已發表短篇小

康，此後他不但未能完成《海笑》的修改版，籌備多時的另一部長篇《天涯之戀》（又名「野獸與家畜」）[23]亦因此擱筆，齎志以終。1970 年以後，趙滋蕃的小說完全停筆，取而代之的是雜文與文學批評。總計 1960 年代中期趙滋蕃移居臺灣後出版的小說，依序為《子午線上》、《重生島》、《天官賜福》[24]、《烽火一江山——王生明傳》、《半上流社會》、《默默遙情》、《海笑》，數量上適與 1950 年代在香港時期大約等同，而開展出來的格局，則頗有過之。

1.《半上流社會》、《烽火一江山》

趙滋蕃後期小說中，名氣不小的《半上流社會》寫香港的富商巨賈、失意政客和軍閥的勾結，但在小說成就上，頗不能與《半下流社會》比並。《半上流社會》藝術成就不高，主要是主題稍嫌制式，人物太類型化，影影綽綽皆似有所本。彭歌即指出：「『許老總』大概是許崇智，『張向公』是號稱『鐵軍』名將的張發奎，『谷夢如博士』想必是顧孟餘，『童希聖』很像前立法院院長童冠賢，『伍憲智』與民社黨伍憲子相近，『上官雷丞』與上官雲相更是有緣，『呂公望』不知是否李璜？『左諸馮』大概是左舜生」。[25]這個弊病，其實與趙滋蕃稍早的《蜜月》同。鄭傑光〈為風暴見證的靈魂——趙滋蕃（文壽）與其作品〉一文便指出，《蜜月》影射意味太濃，形同一齣道德劇。例如費民宜故遇上朱「晦氣」教授便改名「朱德賢」，其實是趙滋蕃諷刺的設計。「何許人」、「何必六」等人物，都依照姓名字面的意思而適時出現，並產生某一特定的作用。和《半上流社會》一樣，犯了「意念先行」的毛病。

說未曾剪存或結集。見趙滋蕃，〈幾句閒話——代《默默遙情》序〉，《默默遙情》（臺北：三民書局，1969 年）。

[23] 《天涯之戀》（「野獸與家畜」），趙滋蕃原定為《海笑》續篇，1960 年代中期即開始收集資料，並預計成為自己的壓卷之作，後因中風，終未完成。見鄭傑光，〈為風暴見證的靈魂——趙滋蕃（文壽）與其作品〉，《中華文藝》第 8 卷第 5 期（1975 年）。趙滋蕃〈闖海七百里〉（原載於《幼獅文藝》1966 年 8 月號，收入趙滋蕃《人間小品》，臺北：三民書局，1969 年），對此亦有記述。

[24] 《天官賜福》，1989 年改拍成電影《三狼奇案》，獲金馬獎八項提名。

[25] 彭歌，〈頑強的大筆〉，趙滋蕃《重生島》，頁 6。

　　《烽火一江山》，是 1965 年青年節趙滋蕃應林適存之邀而寫的傳記小說。寫一江山戰役中，死守大陳島而壯烈成仁的王生明將軍，與游擊隊隊員 150 人浴血奮戰，集體殉國的悲壯史詩。趙滋蕃與王生明將軍為湖南同鄉，曾於大陸、香港多次晤談，寫來格外令人動容。《默默遙情》則集〈默默遙情〉、〈血戰〉、〈龍城一夜〉、〈打鼓嶺〉、〈一家春〉、〈沉默的人〉六個先後發表的短篇小說而成，結構、文采俱有可觀，鄉土口語情境可比段彩華、司馬中原、朱西甯、楊念慈小說，然而《默默遙情》主題分散，全書無一主要脈絡，主旨未易集中。要論趙滋蕃後期（1960 年代）小說的代表作，長篇的《子午線上》、《重生島》、《海笑》恐怕仍屬首選。

2.《子午線上》

　　王德威在〈一種逝去的文學？——反共小說新論〉一文中，早已指出，趙滋蕃的《半下流社會》和潘壘的《紅河三部曲》（1962 年）、鄧克保（郭衣洞，柏楊）《異域》的越南、緬北背景頗可並觀。趙滋蕃以異域（香港）觀點來看國共對立的局面，與一般反共小說的確是「同中有異」。趙滋蕃的「非典型」特質，又表現在他的小說雖稱反共，其實更大部分描寫人性是／非、善／惡、光明／黑暗的二元對立。趙滋蕃寫作的背景並非（受戰鬥文藝影響下的）復興基地臺灣，因此也不是那麼典型的生聚教訓或「義憤悲愴」（王德威語）傾向。《子午線上》、《重生島》兩部長篇，前者著眼於間諜心理戰，後者發揮人道主義精神，並孜孜於二元對立的結構，和時空壓縮的描寫，和 1950、1960 年代臺灣反共小說比起來，實在是相當殊異的兩本傑作。

　　「子午線上」一詞取意，趙滋蕃自己於再版序言中清楚道出，出沒於蠻荒與文明、封閉與開放社會的形形色色間，「生與死、愛與恨、美與醜、自由與組織、光明與黑暗、永恆與短暫、善與惡、是與非，就虎視眈眈，雄踞在子午線的兩端。」「子午線」的二元對立指涉，於全書之中成為重要象徵。全書結尾處並以男主角金秋心的自我犧牲，再度回應此一主題：

> 金秋心孤獨的佇立在鐵絲網旁邊。他的淚眼明亮的閃爍著，洩漏了他心
> 靈深處的祕密。一道鐵絲網，劃分了善惡，界定了明暗。這是根人為的
> 子午線。而愛，顫動在他心頭，像死一般強烈，雖然他被這荒謬的時
> 代，歪曲成最荒謬的形式。

　　趙滋蕃〈談《子午線上》〉一文自言，《子午線上》旨在「人類靈魂受
難的深刻重現」，是一本有立體感的空間小說，打破了時間單線進行的平面
小說結構。[26] 這本書的具體技巧，是「用場景的重疊交叉，用情節的層層
逼近，用合理的對比設計，具現為藝術的效果」。[27] 鮮明的對照，強烈的對
比，形成全書的結構與張力。「把那根人為的子午線倒轉過來」，便成為主
角金秋心的具體使命。

　　《子午線上》全長五十餘萬字，最早曾在 1962 至 1963 年的「中央副
刊」連載，其時趙滋蕃仍在香港，未經考量，草率給了高雄大業書店出版
（此趙滋蕃於再版序中，仍記憶猶新）。沉寂多時，在出版了 15 年後，《子
午線上》才在謝冰瑩的大力推薦下，於 1978 年榮獲第一屆中山文藝小說
獎。《子午線上》歷來佳評甚多，魏子雲讚譽此書「有雨果《可憐的人》、
《巴黎聖母院》的才情與氣魄」，王集叢則稱《子午線上》的仁愛感人力
量，足可和雨果《九三年》比並。甚有作家小民，認為《子午線上》表現
了「上帝的愛」，為「一部平信徒的傳教書」者。[28]

　　《子午線上》時間設定於 1960 年，故事的主線，是癌症專家金秋心深
入大陸為一中共高幹動肺癌手術，由此展開數星期極緊張的統戰活動。地
點跨越了臺灣、大陸（廣州）、香港、澳門多地，也彰顯出金家四代悲劇的
宿命。起首數章，先寫金秋心的身世及一場驚心動魄的血腥殺戮。在清末

---

[26] 趙滋蕃，〈談《子午線上》〉，《藝文短笛》（臺北：臺灣商務印書館，1968 年）。
[27] 趙滋蕃，〈生命銳氣的昂揚〉，《子午線上》（美國：瀛舟出版社，2004 年），頁 4。
[28] 魏子雲，〈評《子午線上》〉，《中央日報》，1963 年 5 月 9～10 日。王集叢，〈趙滋蕃的《子午線
　　上》〉，《王集叢自選集》（臺北：黎明出版公司，1975 年）。小民，〈從遊俠到流浪漢〉，趙滋蕃，
　　《重生島》，頁 10。

湖南雪峰山區黃金井峽谷裡，淘金發跡的金家與為官的楊家，因婚配未諧，種下殺機。楊家將金家送新娘的隊伍於山區幾乎全數殺害，擄去新娘十一姑，迫嫁楊家主人。[29]最後報了血仇的是金秋心的父親——強盜頭子金恢先，在千刀萬剮了世仇之後，他娶了表姊楊靜，希望弭平數代恩怨。最終，金恢先自首後被槍決，換得了下一代的生命與未來。

　　故事由這樣悲慘血腥，但精采萬分的風雨中展開，揭示了一個更困難的時代，以及金家後代金秋心身上遺傳的悲劇命運與過人毅力。在抗戰年間，金秋心即在痢疾的藥物研發上，活人無數，展現過人才華，也因此偶遇他未來的妻子白傲霜。大陸淪陷，金秋心僥倖逃離鐵幕，卻與妻子白傲霜、女兒金素如流離失散。

　　多年後，金秋心成名返臺，於臺灣喜獲白傲霜母女消息，然而這一切竟然晚了一步，白傲霜母女當時已被騙前往香港找尋他的下落。在有心人士安排下，母女甚且已落入中共之手。

　　金秋心急往香港、澳門尋找妻女，雙方並就此展開一場心理戰。共黨極力勸說金秋心回到大陸，他卻一心營救妻女脫險。故事的結尾，正如世代的悲劇一樣，是一個未了的殘局。年幼的女兒素如得到不治之症，就在金秋心即將救出白傲霜之際，卻見到金素如被共幹使計捉到鐵幕之中，金秋心明白唯有犧牲自己，才能救白傲霜母女脫離共產黨的控制，於是慨然同意以自己的自由，交換他人的自由。最後一幕，金秋心緩緩向鐵幕走去，抱著奄奄一息的女兒。那受難者的背影與悲劇英雄的重任，彷彿是當年祖父與父親的重現，並彰顯了全書人道精神與理想主義的情操，令人為之動容。

　　《子午線上》的成功，除了布局的高妙，結構、張力俱佳，人物刻畫，亦栩栩如在目前。一般評論，多半把它界定在反共小說之上，稱許它的時代精神與道德立場。秦慧珠〈臺灣反共小說研究〉就將《子午線上》

---

[29]魏子雲〈評《子午線上》〉甚至認為，金兆獅（金秋心祖父）、金恢先（金秋心父）、金老太太（金秋心曾祖母）和十一姑的人物描寫，勝於主角金秋心及白傲霜。

列為趙滋蕃 1960 年代重要反共小說作品之一。魏子雲在〈評《子午線上》〉一文稱讚它「在氣質上，它有哲學家的靜觀，也有藝術家的豪情。溫馨處有如一位儀態萬千端莊的處子；奔放處則有如一位頂天立地氣慨萬世的豪英。」

王集叢〈評《子午線上》〉則是稱許它：「可見自由民主和科學宗教的光輝。」他並且說：「《子午線上》的慈愛倫理、自由民主、科學宗教的光芒四射，照亮了人心，照亮了時代真理，照亮一切進步、美麗、善良的人事萬物，他把殘暴、醜惡、愚昧存在的本質，充分顯示了出來。」[30]

除了小說旨意外，讀者尤其難忘的是趙滋蕃文筆的鮮活靈動。趙滋蕃不輕易在散文中展露的想像力和文采，似乎在小說中反而縱橫無礙，迸現著靈光。在一場風雨欲來的血腥屠殺前，黃金井峽谷前，金家車隊逶邐十數里，歡喜嫁送女兒與豐富妝奩，完全沒有意會到即將面臨的災厄。趙滋蕃以「雨絲帶血」來醞釀戲劇的張力：

> 那支送親隊伍，在日頭偏西時，吹吹打打，進入黃金井市集。這時，從街尾通達峽谷的那一大塊藍天上，橫抹著一片斷雲。山風用響鞭嘩啦嘩啦趕著它，輕陰沿赭黃色官道兩邊盪來盪去，而峽谷外面的山窩裡，驟來的秋雨，替秋山紅葉披上一襲鮫綃輕紗，襯映得雨絲帶血，天色泛黃。

——《子午線上》，頁 22

數十年後的金家後人金秋心醫師，徹夜開完手術後身心俱疲。渾然不知共區會議室裡，一場蓄意安排的陷阱已然悄悄將他包圍。匪幹們打算提調他到大陸為高層人士作肺部腫瘤手術，孤立他，並「進行思想說服教育」。在一個充滿未知與混沌，即將展開內心角力，劇力萬鈞的夜。趙滋蕃

---

[30] 王集叢，〈評《子午線上》〉，《王集叢自選集》。

以「巨蟒」象徵猶疑與未測，這樣埋下意味深長的伏筆：

> 窗子外，月亮下去了。寥落晨星，分外璀璨。白晝隱隱來臨，一切人類的活動也在逐漸甦醒。而明亮的淡水河像是一條巨蟒，閃著淡藍色的浪花，向前面，向不可知的未來蠕動。
>
> ——《子午線上》，頁 155

趙滋蕃的靈活文筆，意識流與現代主義的手法，也常不經意的表現在後來的小說集《默默遙情》或《海笑》中。例如：

> 夜暗和伸舔的火舌，融進了他那晃動的玻璃杯。使黑啤酒上邊的泡沫，泛溢著紫藍色的光。
>
> 偏屋好像在膨脹，在繼續膨脹。那兒充滿了暗霧。一切都帶著誇張的走了樣的形式，在兩個僑生的疲憊的眼睛裡游泳，暗霧之中迴旋浮盪著數不清的幽靈。
>
> 雪後的漣水是迷人的，薄霧搖曳著，像擺動的魚鰭。兩岸枯枝，殘雪猶存，蒼白有如剛吹熄的洋燭上冒起的煙。[31]

3.《重生島》

在《默默遙情》序言中，趙滋蕃點出，小說是一種「易寫難精」的藝術，他有意識的在小說藝術上，注意人物素描、用語生動、形式完整，及「戲劇性瞬間」。這些實踐，在他的長篇小說中皆歷歷可見。而趙滋蕃的長篇小說，除了具史詩氣概之外，更擅長以時空壓縮的結構，以小寓大，作極大的延展性與象徵寓意。《子午線上》整個故事歷史縱深長達 60 年，包括金秋心三代複雜身世，地點則涵蓋港、臺、澳門、廣州。然而由破題、

---

[31] 趙滋蕃，《默默遙情》，頁 34、21；趙滋蕃，《海笑》（上）（臺北：驚聲文物供應社，1971 年），頁 17。

開端、發展到結局，實際經歷時間不到四星期。正如《重生島》也只是演繹七天之內的情事，然而人類的悲劇綿亙，永無止息。

　　寫於《子午線上》次年的《重生島》，趙滋蕃序言自稱，是「以蒼鷹之眼盯住血淵骨獄」的悲慘人間，另一個人道的故事與悲劇的再現。在一個距香港 39 海哩，當地漁民名之「落氣島」（又稱痲瘋島）的小島上，自 1950 至 1962 年，是香港政府棄置罪犯或不受歡迎人物之地。被放逐者從被棄於島上的第一刻開始，便陷入死亡的掙扎。每人只有國際紅十字會配給的五加侖淡水，與少許麵包乾糧維生。島上白骨嶙峋，布滿死亡的陰影，陰森可怖，幾乎令人窒息。

　　《重生島》故事的發展，從 1962 年 2 月 11 日開始，到 20 日結束，一共只有九天。作者以 28 萬字來描寫九天之內所面臨死亡的感受，以及人性的復甦，基調是十分沉重的，一句句發自人心深刻的言語，就像鐵鎚打著人類的心靈。

　　在被遞解的人犯中，編號 14 號，綽號「老頭」的夏大雨，原在法國軍團中當過兵，為國際警察追緝的要犯，和香港警務處長為舊識，他眼見自己的同胞罪不致死，卻身處絕境，於是成了這一群落難者的首領。三天內三批被放逐的人們，在夏大雨的安排下努力求取生存。在絕境中，仍可看到人性未泯的溫情。先是 4 號和 11 號父子的團員。他們在夜裡聽到來自海上喊叫之聲，11 號奮不顧身，投海搭救海上遇難的艇婦母子三人，和另一個海難者，使得自己右腿受傷。幸而 12 號及時援救，才把 11 號從暗礁裡搶救回來。2 號玄德公因解衣給 15 號艇婦禦寒，自己得了急性肺炎，生命垂危。艇婦與 12 號公更挺身而出，掌舵送玄德公到澳門急救。

　　港警在截獲夏大雨在島上呼救的電報後，派人緝捕，這時在澳門的玄德公知道自己得了絕症，他大徹大悟，打聽到警方消息，於是將夏大雨送給他的兩萬元，立刻雇了船隻，返回重生島，及時救出一群落難者。故事的最後，「老頭」夏大雨並沒有上船。他留下一句最後的話語：「火速開船。我們將在重生島上再見。凡事憑愛心工作，盡其在我，行所當行。世

界公民的樂園，是可以在人間建立的。」

　　夏大雨自願留在島上從容赴死，成為這黑暗背景中，最燦亮的一道人性曙光。詹悟〈《重生島》研究〉一文指出，《重生島》不但是一部抗議文學，也是一部人道寫實小說。它記錄人類最大的汙點，批判當代文明的虛偽，「在善與惡朦朧的邊緣，投射著人性的光輝」。[32]詹悟此番解析，實深中肯綮。如果說趙滋蕃《子午線上》強調的是善惡二元的兩極，《重生島》就是在戰慄中超越黑暗，從深淵生出的奇異花朵。無論是《子午線上》或《重生島》，題材無疑都是沉重的，然而《子午線上》作為反中共統戰的題材，無疑較方便於在官方機制中獲獎，並納入「反共」取樣。《重生島》的灰敗醜惡，可就面臨了兩面（甚至三面）不討好的境地，從此書評論之稀少，略可見出。讀者讀來苦痛，題材犯了所在地香港政府的忌諱，連趙滋蕃自己也因心力交瘁，完稿後種下高血壓的禍因。

　　趙滋蕃小說寫作源於香港，往往針對亂離時代中知識分子殘存的理想與勇氣，藉由書中的主角人物點出主旨，而這些主角人物之中，大都有著自己影影綽綽的樣貌。《半下流社會》中秉持讀書人風骨的酸秀才、堅定不屈的王亮、《子午線上》捨身救人的醫師金秋心及其好友陳搏、《重生島》中義救難友的老人夏人兩，其實都是趙滋蕃自己的側影，理想人格的不同分身。與其說趙滋蕃小說是國共意識形態對立的產物，倒不如說他投射的是理想主義與宗教情懷，更為適切。正如趙衛民指出，趙滋蕃如同「強盜與基督的混合」，別具「怪誕美」，他並善於運用社會底層的語言，足可戳穿文明的虛假與偽善。[33]

4.《海笑》

　　趙滋蕃在文學史上的地位，主要是 1950 年代作為反共標誌的長篇小說《半下流社會》，稍後的《子午線上》、《重生島》著重發揮敵我意識／統戰

---

[32]詹悟，〈《重生島》研究〉，《文訊》第 18 期（1985 年 6 月）。

[33]趙衛民，〈強盜與基督〉，《聯合報》，2001 年 7 月 16 日，收入趙滋蕃，《半下流社會》（美國：瀛舟出版社，2002 年）序言。

伎倆與人道精神，亦稱經典。然而要明白他的一生與時代、文學如何交軌，則不得不先讀《海笑》這本趙滋蕃半自傳性質的小說。這本小說，是作者在二十餘年的沉澱後，以回憶寫出 1940 年代一群年輕學生的戰亂流離，傳奇際遇的悲歌。「風暴的靈魂」隱喻一群即將被戰火捲入的年輕生命，在民族的聖戰中，保存鮮血記憶，創造生存價值。公理戰勝強權，「使1100 萬平方公里的破碎國土上，奔騰著大海一般的笑！」。而在《海笑》中，高潔與其好友趙木鐸是趙滋蕃一人的分身為二，正如《子午線上》金秋心與陳搏的加總，也是趙滋蕃自己的寫照。[34]

　　《海笑》這部雄壯如史詩的戰爭小說，以抗戰後期一群中學生與常德、衡陽兩場大會戰為主軸，多被取以與《戰爭與和平》、《西線無戰事》、《齊瓦哥醫生》比並。[35]《海笑》數十萬言，厚達千頁，是趙滋蕃小說創作極重要及最後一部力作。1968 至 1969 年於「中副」連載九個月，1971年由驚聲文物社出版。《海笑》的體制宏富，完全不遜於抗戰三大小說——《藍與黑》、《滾滾遼河》、《餘音》，甚且是少見直接涉入前線烽火，描寫戰爭史事者。曾親自在戰場上經歷常德、衡陽二役，死中求生，並留下槍疤的趙滋蕃，曾於 1980 年代初受訪時指出，「抗戰八年，真正以小說形式寫成的歷史可能就只有《海笑》這本書。原因是，參加實戰的人多半缺乏寫作的才能，有寫作才能的人又大多沒有實戰經驗」。[36]《海笑》此書，作者頗引以自豪，趙衛民稱此書「顯然是趙滋蕃的深心大願」，實為真確。趙滋蕃於 1971 年甚且不畏字數龐大，意欲改寫此書，（未幾中風病倒，記憶崩毀，只好於同年依原始面貌出版），可見他對《海笑》的厚望。只可惜《海笑》成書至今逾三十年，所得到的注意，幾乎與作者的宏願不成比例，至為可惜。

　　《海笑》整個故事發生的具體時間，自 1942 年舊曆年前，到 1945 年

---

[34] 王集叢，〈趙滋蕃的《子午線上》〉，《王集叢自選集》。
[35] 見李應命，〈《戰爭與和平》與《海笑》〉，《中央日報》，1978 年 6 月 4～6 日。左海倫，〈風暴的靈魂——評介《海笑》〉觀點略同。
[36] 林小戀，〈春風‧綠樹‧語意長〉，收入趙滋蕃《流浪漢哲學》。

8 月日軍戰敗投降，約三年餘。故事起始於湖南安化縣藍田鎮，抗戰方酣之際，一群活潑青春的中學生在學校放假後，穿越風雪，結伴步行返鄉過年。他們男男女女共二十餘人，來自不同中學。高潔外號「假洋鬼子」，返國未久，和綽號「木頭」的趙木鐸是在德國柏林一起長大的童伴兼好友，他們和鄧大年、梅瑜、黃星朗、黃鶴樓、文學才（文娘娘）一行人，在橋上會合周南、明憲女中學生潘茜心、許漱玉等人共同前行。在行列中，崔逸鳳帶著弟弟崔逸松的美麗形影令高潔印象深刻，終於在一行人的分手晚會上，高潔演奏小提琴，崔逸鳳高唱「我住長江頭」，並於紀念冊上簽名留念，二人種下情苗。

高潔返回桃花崙老家，在老管家的照拂下獨自過了新年。此時的崔逸鳳卻捲入一場無法避免的人生悲劇之中，訂婚已久的未婚夫熊光亞病重，急欲迎娶逸鳳沖喜。逸鳳入門未幾，熊光亞即病逝。恰巧熊光亞之弟熊克非與趙木鐸為同學，高潔因此得知此事，與趙木鐸前往崔家探詢，並夜宿逸鳳房中。睹物思人，高潔相思成疾，無可自拔。遂托胡醫師據逸鳳與母親相片繪製成畫，並置於自己房中。逸鳳與高潔母親容貌極像，無人知為何故。

逸鳳辭別熊家，返回自宅。不意突遭父親病故之痛，母親又反對其與高潔情事，逸鳳遂罹肺病休學。暑假到來之時，高潔得知父親高儒已自德返國，遂赴桂林會見。趙明甫（趙木鐸父）為名醫，與高儒素有通家之好，應允收逸鳳為義女，並照顧逸鳳身體，逸鳳逐漸痊癒，並與木鐸、高潔書信往返。1943 年 9 月，高潔、趙木鐸分入湖南大學物理、數學系，此時潘茜心已因好友柳曉風在空襲中慘死，放棄大學，從軍報國，並與文學才結婚。11 月，戰火席捲常德，高潔於慘烈戰事中任翻譯官，與好友潘茜心中尉皆未離開常德，見證了幾乎屠城的空戰。趙木鐸加入軍隊，冒死營救高潔出城。潘茜心與文學才死守中央銀行地下室，終至引爆手榴彈，與敵軍同歸於盡，寫下最壯烈的一頁史詩。

1944 年舊曆年間，高潔終獲崔母接納，趙木鐸與梅珍（梅瑜之妹）也

互定終身，任中校職的黃鶴樓與許漱玉結婚。4 月，豫中會戰開始，梅瑜、熊克非隨黃鶴樓從軍。衡陽慘遭轟炸，城內曝屍四萬，黃鶴樓與熊克非身負敢死隊任務，終壯烈捐軀，衡陽淪陷。許漱玉產子，名以「抗生」。梅珍隨桂林大撤退難民潮至南方，父（梅天心）母皆不幸去世，桂林慘遭轟炸。木鐸響應十萬青年從軍，於軍中得知崔逸鳳表哥崔逸龍投效日軍，逼死崔母，並綁架崔逸鳳之妹，欲騙回逸鳳送予軍官橫山義吉。逸鳳隻身赴險，幸得游擊隊梅瑜、黃星朗、曼如等人力救脫險，並剷除惡奸崔逸龍。1945 年 8 月，日軍投降。青春靈魂的悲劇尚未結束，（木鐸未婚妻）梅珍病逝，趙母託木鐸於義女逸鳳，傷悲去美。就在同時，逸鳳收到遠來的噩耗。高潔在戰火中為遠赴印度與母親會面，不幸於昆明撞車昏迷，經16 個月，終於去世。高潔的母親吳慎儀更說出一個驚人的事實，崔逸鳳的母親原與她是同父異母姊妹，逸鳳與高潔為姨表兄妹，血緣頗近，亦不宜婚配。

在戰亂紛擾中，二十餘個年輕生命，如烈焰中的灰燼在時代的陰風裡盤旋。趙滋蕃的《海笑》將背景放在一個動亂的大時代中，高潔彷彿是隻帶來死亡陰影的「死亡之鳥」，也是不切實際的完美象徵，趙木鐸則形同他的事實面的分身。這兩個主角的命運，在雪花飛舞中，彷彿早有前身。小說集《默默遙情》中的〈默默遙情〉一篇，兩個德國回來的僑生在雪地裡救了一對姊弟，竟同對那個女學生念念不忘終生。此處正如高潔、趙木鐸的翻版。《海笑》故事最終，逸鳳與木鐸的結局則象徵了「人生戰場上兩個殘兵的結合」。左海倫〈風暴的靈魂——評介《海笑》〉深心讚美趙滋蕃語言的深度與內涵，並認為本書結尾雖稍嫌匆忙，然大致的架構與情節皆極為成功。[37]此說實有見地。趙滋蕃顯然不只是一位文學家，小說中藉主角人物道出的人生哲理，更令人尋思：

---

[37]左海倫，〈風暴的靈魂——評介《海笑》〉，《懷沙》（臺北：大漢出版社，1977 年）。原載於《中央日報》，1972 年 3 月 20～21 日。

騷擾我們的，不過是我們對事物的看法，並不是事物的本身。

——《海笑》，頁 295

人們其所以要互相輕視，就因為他們希望彼此推崇。

——《海笑》，頁 14

活著的人，酣睡如死；而死去的人，卻帶著各式各樣的兇惡姿態，準備
迎接那永遠不再使他們激動的戰鬥。

——《海笑》，頁 557

「小說是在生活上從事想像」[38]。從風暴的時代走來，見證了一個狂
飆的年代，趙滋蕃的小說，謂之「反共」雖亦有理，然而他所涵蓋的哲學
指涉實遠大於此。論者多以之與托爾斯泰《戰爭與和平》的「寫實主義」
並觀，然而他念念於「小說必屬虛構」，《文學原理》中許多創作理念，說
明了他的美學家特質，遠非「反共文學」所能涵蓋。

參、趙滋蕃的散文寫作與創作理念

和小說創作不同，趙滋蕃的散文主要分布於 1960 年代後半至 1980 年
代（早期於香港所寫的多未結集），以雜文、短論、時評為主。依時間先
後，分別是《藝文短笛》（1968 年）、《談文論藝》（1969 年）、《人間小品》
（1969 年）、《生命的銳氣》（1970 年）、《文學與藝術》（1970 年）、《長話
短說集》（1972 年）、《夏天的書》（1974 年）、《寒夜遐思》（1975 年）、《永
恆的祈禱》（1975 年）、《擊劍集》（1977 年）、《十大建設速寫》（1979
年）、《流浪漢哲學》（1980 年）、《生活大師》、《情趣大師》（1986 年）、《創
作大師》、《遊戲大師》、《靈魂大師》、《風格大師》、《現代大師》、《自由大
師》（1987 年），凡十數本，數量亦不弱於其小說。這些作品，大抵始自於
1965 年於《中央日報》以「文壽」為名撰寫的專欄雜文，終於去世前後諸

---

[38]趙滋蕃，〈幾句老實話〉，《流浪漢哲學》。

多依主題編選的八本「大師」系列。專欄雜文，穿越了趙滋蕃中晚年的圓熟生命，是窺探他的內在意志與文學理念，不可忽略的另一重要文類。

趙滋蕃的雜文出現在 1960 年代中期臺灣文壇，當時雜文早已名家輩出。1949 年，國府遷臺之初，為因應當時動盪不安的局勢，孫陵接編《民族晚報》副刊，並喊出「反共文學」的口號，獲《中華時報》、《掃蕩日報》、《全民日報》的支持響應。鳳兮（馮放民）接手《新生報》副刊，更確定了「戰鬥性第一，趣味性第二」的徵稿原則。而後，1950 年張道藩創設「中國文藝獎金委員會」（下簡稱「文獎會」），「中國文藝協會」（下簡稱「文協」）隨之成立。「文獎會」的特屬刊物《文藝創作》亦於此時創刊，1950 年代反共文學的官方架構於焉確立。相較於小說、詩歌、劇本而言，散文不在文獎會獎助項目之中，在 1950 年代顯然是較被忽視的，然而報紙副刊上散文名家不少。據尹雪曼《中華民國文藝史》所述，所謂「復興時期第一期（民國 38 到 41 年）」散文，可分為「純散文」（美文）和「說理的散文」（雜文）兩項。純散文如徐鍾珮、張秀亞、艾雯等，說理的散文多為文藝性的政論。尹雪曼指出，「當時最著名的作者為鳳兮（馮放民）和茹茵（耿修業），在《新生》、《中央》兩報副刊上，每期必有的方塊文章，立論正確，文采亦佳。」[39]

1950 年代初期專欄雜文名家，除鳳兮、茹茵之外，另有孫如陵、王聿鈞、寒爵、尹雪曼、劉心皇、孫陵、宣建人、葛賢寧、司徒衛、寇節（王鼎鈞）多人。他們或為軍中作家，或有黨政背景，極大多數身兼報紙（或雜誌）編務。這些雜文名家、副刊主筆，其實同時也是催生「中國文藝協會」的主力推手，及重要成員。李牧〈新文學運動歷程中的關鍵時代〉一文即指出，「文協」的由來，就是以臺北市各報「副刊編者聯誼會」為基礎而產生的[40]。「副刊編者聯誼會」前身為「副刊聯誼座談會」，於民國 38 年

---

[39] 尹雪曼編，《中國文藝史》（臺北：正中書局，1975 年），第四章第六節「復興時期的散文」。尹雪曼此處所記，與劉心皇〈自由中國五十年代的散文〉（《文訊》第 9 期，1984 年 3 月）完全相同。

[40] 李牧，〈新文學運動歷程中的關鍵時代——試探五〇年代自由中國文學創作的思路以及所產生的

11 月，由《新生報》（主編鳳兮）主辦。參加者有《民族報》的孫陵、《新生報》的馮放民、《中央日報》的耿修業、《中華日報》的徐潛（徐蔚忱）、《經濟時報》的奚志全、《公論報》的王聿鈞、《全民日報》的黃公偉等。他們聯誼的結果，醞釀出組織「中國文藝協會」，於民國 39 年 5 月 4 日正式宣告成立。

　　趙滋蕃 1964 年 9 月偕家人來到臺灣定居。當時趙滋蕃以《重生島》一書觸怒香港政府，經由救總安排，始得來臺。初來臺灣，即於《中央日報》主編孫如陵邀約下，以「文壽」為筆名，撰寫「文壽專欄」，並任中央日報社主筆[41]。趙滋蕃前後所開的專欄，並包括《香港日報》（「趙滋蕃專欄」）、《臺灣日報》多處。筆力遒健，見地深遠，頗受注目。當時他的雜文頗負盛名，林語堂先生自海外回臺小住，曾仿金聖歎「不亦快哉」的筆意，說「清晨閱報，讀文壽的方塊，不亦快哉」，由此可見一斑。撰稿之餘，趙滋蕃也開始應邀擔任淡江、文化、政工幹校教職，教授「散文原理」、「小說原理」、「戲劇原理」、「文學批評」等課程。

　　1960 年代與趙滋蕃同時期的專欄名家，較有名的是何凡（夏承楹）──《聯合報》，茹茵（耿修業）──《中央日報》，鳳兮（馮放民）──《新生報》，彭歌（姚朋）、方以直（王鼎鈞）──《徵信新聞》等，諸家各有偏重，各擅勝場。趙滋蕃於其中，產量宏富，論人生、文學、時事皆別具隻眼，極富批判性。在此一時期諸多文章中，他強調「文字貴於創造」、「藝術最忌庸俗」、「人是文學的焦點」、「天真、誠實、沉默為藝術三大支柱」，甚且指出國內中文系課程多抱殘守闕，不重文藝與創作。這些雜文的主題與內在意念，毋寧離「反共」與「戰鬥」已經很遠了，它們的主軸，

影響〉，《文訊》第 9 期（1984 年 3 月）、陳紀瀅，〈文藝運動二十五年〉（收入《當代中國文學大系》「史料與索引部」，臺北：天視出版公司，1981 年）、鳳兮，〈戰鬥過來的日子〉《文訊》第 9 期，1984 年 3 月）所記與李牧略同。

[41]孫如陵於 1962 至 1972 年接掌《中央日報》副刊，當時「中央副刊」合併「綜合副刊」，擴版為 18 批，趙滋蕃為當時重要作者，除雜文專欄外，趙滋蕃長篇小說《子午線上》亦連載於「中央副刊」之上。見〈根埋在生活裡──專訪孫如陵先生〉，《文訊》第 52 期（1990 年 2 月）。

反而比較近於人生、美學與藝術。與趙滋蕃同時期的雜文作家張健（汶津），曾稱文壽雜文「學識廣，為文有格局，有筆力，論事能由多種觀點著眼」，然「偶爾亦有激切之辭」[42]，這就和趙滋蕃的性格有關了。

趙滋蕃在臺灣文壇的起步晚於鳳兮等人，等於整整跳過了整一個反共年代。尤其他未具任何官方身分，在專欄作家中，和小說一樣屬「非主流」一派。分析他的作品得獎情形，亦可見出他與其他「反共小說家」（得獎多為文獎會獎金、國軍金像獎）不同之處境。1978 年，趙滋蕃在臺灣首度得獎之作，是《子午線上》，獲頒「文協」獎章，及第一屆中山文藝獎；1979 年，趙滋蕃以工程文學《十大建設速寫》獲第五屆國家文藝獎。[43]比起端木方、潘壘諸人，趙滋蕃受官方肯定極晚，然而他自己似乎也了然於心，並且毫不在意。在距出版《子午線上》十數年後（時未得獎）的〈談《子午線上》〉一文中，他自稱：「《子午線上》被冷藏多年，我了無遺憾。因為我知道，真正要求藝術的時代並沒有到來」。[44]他的文學創作既不是官方文藝政策「鼓勵」下的產物，當然一向奉行的只是自己良心與誠意的準則。

趙滋蕃的散文雖稱數量眾多，除了「非主流」思維與立場之外，亦難以建立散文家形象。除了他的小說名氣太大之外，雜文專欄受限於字數短小，主題分散，不易予人專業印象，這是所有雜文作家共同的窘境。然而趙滋蕃於雜文寫作，頗有一番深入見解。他認為雜文是「當我們感受過剩，而仍能保持客觀分析的頭腦，寧靜的心理狀態時」才可以寫的。〈談雜文〉一文，趙滋蕃指出：

---

[42]張健，〈六十年代的散文——民國五十年到五十九年〉，《文訊》第 13 期（1984 年 8 月）。

[43]《十大建設速寫》共 57 篇，18 萬字，細寫十大建設故事，歷述其中艱辛，曾於「中央副刊」連載。作此書時，趙滋蕃罹高血壓疾病，戲稱抱病跑畢「十項全程」。趙滋蕃原學工程科學出身，以陰柔遊於陽剛，兼作家之筆與記者之筆，極受推重。參見韓濤，〈邦國之光——評介《國家十大建設速寫》〉，《中央日報》，1979 年 8 月 22 日。

[44]趙滋蕃，〈談《子午線上》〉，《藝文短笛》。

優美的散文，有時可以隨意敷陳，上窮碧落下黃泉，覃思冥索。雜文因
受字數的嚴格限制，要求開門見山，直起直落。故必須言之有物。必須
將優美的散文亟力濃縮，汰其游詞，刪其浮語，從洗練中見精純。為了
保存散文家的晦澀意趣，散文可以偶爾涉足形上學的範疇；但雜文家卻
無此方便。雜文必須以集中表現見長。集中表現的強度往往能見作品的
深度。雜文家立一義，見一理以後，立刻揮灑到紙上，不計文章的工
拙，不管說理的周全，不夾帶隻字片語，但寫出來的東西卻富有自然之
氣，野趣盎然。假如沒有堅實充盈的散文基礎，就不容易辦到。[45]

　　雜文寫作，須以理御情，有賴於廣博的知識領域和優秀的散文基礎，
體兼眾長，不拘一格，「在最痛苦的束縛中創造了最大的自由」。趙滋蕃的
雜文體式，說理勝於抒情，從未提及自己、家人或身邊瑣事，遠非英美傳
統散文那種家常絮語（Familiar Essays）風格，和 1950、1960 年代懷鄉憶
舊基調大相逕庭。他的散文主理而不主情，說人生，話藝術，抒雜感，評
時事，析詩詞，解小說，涵蓋萬方。瘂弦即曾稱趙滋蕃文字的犀利「猶如
醫生的解剖刀」，且兼具了詩人的慧心與哲人的悲憫。[46]趙滋蕃 1970 年代
中期以下雜文，具批評視野，意念連貫，成了他文學理論的前身。

　　趙滋蕃散文的意義有二：一是以雜文風格表現社會關懷，二是成為他
美學與文學理論的前身。1960 年代末至 1970 年代間，無疑是趙滋蕃創作
最宏富的時候，此一時期他的雜文，常見以與小說互為發明的概念，並隱
隱對傳統的文學理論與當前文學教育提出質疑。趙滋蕃早期的幾本雜文
集，如《藝乂短笛》、《談文論藝》、《人間小品》、《生命的銳氣》，多重複收
入《文壽雜文選》中。1970 年的《文學與藝術》加入了一些刊登在《文
藝》月刊、《作品》雜誌上的長文，較偏重探討文學與美學問題。1971 年
他首度中風，之後身體大不如前，無法再凝聚心神於長篇巨作上，從此完

---

[45]趙滋蕃，〈談雜文〉，《文學與藝術》（臺北：三民書局，1970 年）。
[46]瘂弦，〈慧心與悲憫──「現代大師」〉，《聯合文學》第 4 卷第 9 期（1988 年 7 月）。

全轉向散文寫作，並致力於文學批評理論的建構。

　　1974 年，趙滋蕃《夏天的書》開始著重於文學教育與文學理論的建構，1975 年《寒夜遐思》、《永恆的祈禱》，1977 年《擊劍集》，品類紛呈，面向頗廣。1978 年《文學與美學》是一本小說理論加寒山詩剖析的深入之作。1980 年的《流浪漢哲學》，嚴格說來，是趙滋蕃的最後一本散文集，之後 1987 年的《風格大師》等「大師」系列，皆為重編，而非新作。也許是已然邁入人生的熟成境地，《流浪漢哲學》談〈綠化心靈〉、〈夜讀偶感〉、〈生活的藝術〉，多了不少寬和圓融的體會與平淡的樂趣，和諸多前作之犀利勁切，顯有不同。

　　趙滋蕃的雜文雖偏重說理，但他畢竟是個熱情蘊於內心的人，他的小說結構繁複，多線並行，然而常有詩情與靈光閃現其間。他的文字，融文言白話於一爐，是情采與才氣煥發的自然之狀，而沒有學究氣或掉書袋的習性。偶爾帶一點歐化句法，頗類 1920、1930 年代作家筆致，但全然看不出是個「14 歲還不會說一句中文」的人。趙滋蕃的文字，如左海倫推崇的《海笑》開篇，男主角高潔那段意識流的回憶，就是一段漂亮的抒情之作：

> 荒野的喧囂並不曾驚醒他那夢中之夢。他的幻想，正展翅翱翔於另一個遙遠的國度，和異國漂泊童年底鮮綠時辰。他髮鬚仍然置身風雪柏林，兩隻冰鞋正劃過帕栗色廣場，劃過布蘭登堡門，劃過菩提樹下街威廉舊宮和威廉大街，劃過光潔、沉靜、美麗的高額後邊某處，突然在冥想的光圈裡凝聚而成焦點。
>
> ——《海笑》上冊，頁 2

又如趙滋蕃早期散文〈人生各階段〉：

> 你我都是這條生命河流中泛起的一點點泡沫。在某一段流程中閃閃發

光，在另一段流程中黯然失色，然後卻在不可知的終點上消失。我們曾經掙扎，曾經吶喊與徬徨，曾經在時代的主流中翻滾迴旋。但最終我們想獲得的是生命的價值與意義。[47]

以及〈夜遊〉：

春寒料峭，春雨如絲，深夜漫步臺北街頭，確實別有一番風味，市聲漸隱，計程車馳過，黃色螢光燈燦現在乳白色霧靄深處。一切顯得有些漂浮靡定，在風絃上震顫。我開始領略到這蒼白而無重量的夜色，竟存在著一種朦朧的美。[48]

都是這樣不刻意在文采上發揮，卻詩情內蘊，表達無礙，不可小覷的好文采。

趙滋蕃總其一生十數本雜文集，雖多有意念重疊或重複收入，然而由寫作實證而來的體會，以及飽經戰爭與離亂型塑而成的意志，都遠遠超過中文系國學派，或西方「新批評」所措意的範圍。他的「文學原理」雖不無爭議，仍有值得重視的價值。主要由於他匯通中西文學的能力，結合了詩的語言、哲學的意境與科學的分析，在中文學界如同另一種「新批評」，展現出一種奇異而天成的美。

趙滋蕃對中西文學理論，用功甚勤，他是第一個提出「文藝系」應與傳統中文系教育分流的人。早在 1970 年代中期《文學與美學》一書中，趙滋蕃〈平心論印象批評〉，對程石泉、顏元叔、夏志清中西批評方法的筆戰，在文學批評的主觀（印象式）或客觀（新批評）之間，就有持平且深入的分析。在〈小說創作的美學基礎〉一文，趙滋蕃更指出：「一切有藝術深度和思想內涵的小說，均植根於兩大基礎上。其一是形式的完整性；其

---

[47] 趙滋蕃，〈人生各階段〉，《夏天的書》。
[48] 趙滋蕃，〈夜遊〉，《文壽雜文選》（臺北：清流出版社，1968 年）。

二是內容的有機性。前者要求首尾一貫（Coherence）；後者要求通體相符（Correspondence）。」[49]證諸其長篇小說之宏富精密，實良有以也。他去世後結集的《文學理論》皇皇巨帙，成為他文學批評的總集成。在藝術氣質（本質）、創作與風格、天才理論、文學教育四方面，趙滋蕃距今 30 年前就提出幾項獨特見解。這些見解集中於文學教育與寫作理念上，頗可補益長久以來僵化的文學教育思考。

一、藝術氣質——天真、誠實、沉默與甘於寂寞

趙滋蕃於〈藝術氣質〉與〈江湖不負初來人〉等早期諸文，即標舉天真、誠實、沉默諸項作為藝術的重要指標[50]。其中又特別標舉「天真冠冕一切德行」。天真即赤子之心，不失赤子之心，作品中始有真我存在。「精神狀態，一如嬰兒，所說皆真，所見皆新奇具體」，才是藝術的本質。趙滋蕃主張文學是人的藝術，以批評人生，探求人生的理想為目標。無論是美的描寫或醜的描寫，都需基於理想、良心和誠意。我們從他後來推重其女弟子周芬伶《絕美》一書為「天真、清新與美」，讚譽小民《媽媽鐘》「以愛心說誠實的話語」，都可見出他獨特的藝術品味，與不同凡俗的眼光[51]。

二、流星作家、行星作家與恆星作家之別

趙滋蕃認為，藝術貴於獨創，因為創作，就是藝術家內在生命的自我表現。在藝術的原創性上，趙滋蕃於〈話獨創〉一文指出：「真摯的感情，強烈的內心要求與真實的生活經驗，共同決定了獨創性之有無」。凡借助他人經驗者，率皆贗品。真正的第一流作品是「真正天才筆下出現的最熟悉事物」，靈氣充盈，無所依傍，獨來獨往，幽邃深遠。

由此，趙滋蕃引述德哲叔本華之說，衍生出獨特的作家三分法。

---

[49]趙滋蕃，〈小說創作的美學基礎〉，《文學與藝術》、《文學與美學》（臺北：道聲出版社，1978年），後收入《文學原理》卷四（臺北：東大圖書公司，1988年）。

[50]趙滋蕃，〈藝術氣息〉，《藝文短笛》；〈江湖不負初來人〉，《遊戲大師》（臺北：李白出版社，1987年）序；〈談風格〉，《生命的銳氣》（臺北：大西洋出版社，1970年）。

[51]趙滋蕃，〈以天真、清新與美挑戰〉，周芬伶，《絕美》（臺北：九歌出版社，1985年）序文。趙滋蕃，〈童心宛在媽媽鐘〉，小民，《媽媽鐘》（臺北：道聲出版社，1974年）序言。

1.流星作家——一閃即逝，在創造生命中間不會留下痕跡，但是在當代享有盛名。

2.行星作家——他們要借別人的光來照亮自己，思想上沒有原則力，藝術上沒有深厚的生活經驗，他們的光是從別人來的。

3.恆星作家——他們用自己的生命來證實自己，有思想的原創力，也有豐富而獨特的生活經驗，他們有才能，但因為超越時代很遠，所以往往在生前很寂寞。

　　文必己出，寫作必須有自己獨特的經驗與情思，「真正的作家以自己深沉的思想和頑強的生命力，來證實自己的存在」[52]。趙滋蕃一生的寫作，似乎都在見證這項「死後方生」的寂寞哲學。

三、「天才」論

　　在〈天才與瘋子〉、〈慧敏的反應〉諸文中，趙滋蕃曾提出此說：「唯瘋子具備大傲骨，敢於蔑視一切，也樂於遺忘一切。他們永遠不受世俗成見的約束，不為前人所左右，不為理性所剪裁，故一見有所創作，必能情真意深，別出機杼，橫絕古今」。他甚且認為，天才多半需有病態的傾向，在希臘文中，「天才」與「瘋子」語根就是相同的。天才型人物，主要的精神特徵就是睜開一隻眼睛作夢。他們或許日常生活遲鈍，然而瞬間集中注意所能爆出的火花，極端驚人。在〈趣談天才〉中，趙滋蕃更指出，天才者往往「死後方生」，不見容於當世，是風暴的靈魂，也是悲劇的一生[53]。趙滋蕃常謂自己有「天眼通」，他論「天才」之時，似乎已然洞澈了自己，也預知了未來。

四、中文系＝國故系？——中文學界「新批評」

　　出身數理，從事文學，趙滋蕃對中文系課程及國內文藝教育的缺失，

---

[52]趙滋蕃，〈文必己出〉，《流浪漢哲學》。

[53]趙滋蕃，〈天才與瘋子〉，《藝文短笛》；〈慧敏的反應〉，《夏天的書》；〈趣談天才〉，《流浪漢哲學》。

措意極早。在 1960 年代末（任教淡江、文化中文系時），收入《藝文短笛》中的〈中國文學系〉、〈談文藝系〉二文，即首開此一議題。1974 年的《夏天的書》，針對文化大學中文系「文學系」「文藝系」分組一事，以〈談中文系〉、〈中文系分組〉、〈文藝創作組〉、〈文藝教育〉多篇文章，更加深入闡釋。這些議題相關的系列文章，後來全部收入趙滋蕃去世後彙編的《風格大師》一書之中。《風格大師》中，以一篇擲地鏗鏘的序言〈文學教育的明確目標〉犀利指出，在舊觀念下，我國一向的文學教育有四大禁忌，亟待突破。1.認為文學是無法教育的；2.「凡我所不知道的，就是不存在的；凡我所不會的，就是不好的」，極端抱殘守闕；3.文學教育與藝術教育分道揚鑣，有文字教育，而無文學教育；4.只欣賞，不創作，等同鼓勵模仿，不重創作。具體一點，趙滋蕃更指出阻礙中文系發展的四個觀點。這番主張，於今視之，仍深中肯綮，頗有參考價值：

> 1.由於主觀唯心論作祟，使中文系的部分師生，認為他們所不知道的，就是不存在的；他們不會的，就是不好的。這種原始圖騰思想，衍生出一種精神狀態與一種觀察態度。
>
> 2.文化的發展，於保持的精神與變革的精神交互運用。而中文系部分師生的精神狀態，過於偏向保持的精神，至 70 年來一仍舊貫，很少作實質的變革。這樣一來，就大大的削弱了中文系應有的進取精神，因此，也大大減低了中文系應有的吸引力。
>
> 3.中文系部分師生們欠缺整體觀察的心理習慣，對不同的意見，很難予以客觀的尊重；對相反的經驗，也很難予以認真的考慮。致「以一隅之解，擬萬端之變。東向而望，不見西牆。」他們雖出奇的敝帚自珍，但人們的感受，卻是出奇的原始圖騰。
>
> 4.中文系的部分師生們，誤認過去的都是完美的。他們忽略了文化中的進化原則。直到目前為止，進化並沒有為我們提供任何保證，認為文化的未來發展，必須局限於過去。職是之故，此四大圖騰思想存在一天，中

文系的發展還是談不上。

——〈談中文系〉[54]

　　趙滋蕃對中文系及傳統文學教育的「新批評」，原由教育部製訂文藝系課程會議之討論而發，而後又回應中華日報社彙編而成的《大學文學教育論戰集》，遂陸續寫成一系列文章。從文學教育基本心態之保守與做法之偏差，趙滋蕃甚至直指中文系袞袞諸公抱殘守闕，毫無「進取精神」。多年來中文系的訓練重心，直如「訓練活人講死話，訓練現代人寫古文，而且是以寫給三百年以上的死人看為準則」。[55]他認為解決之道是：

　　將「今之古人」的訓練目標，朝向「今之活人」的訓練目標。培養他們
　　不獨善於「祖述」，「憲章」，箋注整理古籍，發揚傳統文化的精粹處，而
　　且善於表情達意，寫一手文從字順的文章。進一步為文化加添活力，為
　　知識加添智慧，為了解加添寬容。使得他們能吸收人類在道德、智力和
　　審美方面的遺產，認識和控制本身以及外在世界。……增加文學教育的
　　課程，使中文系能名符其實地成為「中國文學系」，也使中文系成為能適
　　應當代文學的潮流，培養文學理論、文學批評、文學史和文學家的搖
　　籃。

——〈談中文系〉

　　趙滋蕃當時提出的建言，儘管懇切，得到的回響並不完全是正面的。王集叢〈中文系與中文寫作〉一文，即針對趙滋蕃「中文系出不了好作家」的說法為中文系緩頰。王集叢認為，中文系鑽研古典，本不以培養作家為職志。雖然他也不得不承認，當今中文系學生的文筆確實有待鍛鍊。[56]

---

[54]趙滋蕃，〈談中文系〉，《中央日報》副刊，1974 年 2 月 20 日，收入《夏天的書》、《風格大師》
　　（臺北：李白出版社，1987 年）。
[55]趙滋蕃，〈中文系分組〉，《中央日報》副刊，1970 年 4 月 29 日，收入《夏天的書》。
[56]王集叢，〈中文系與中文寫作〉，《王集叢自選集》。

時隔 30 年，趙滋蕃的諤諤之言，仍令人感喟。儘管當時中文系偶有開明派如葉慶炳，呼籲加開新文藝課程，[57]臺灣的中文學界普遍源自清末乾嘉樸學傳統，諸多觀念盤根錯節，未易撼動。然而趙滋蕃其人之正直坦率，卻在這些義正辭嚴的話語中，幾乎躍出紙面。這是不是張健（臺大中文系教授）所稱：「偶爾亦有激切之辭」呢？斯人也，能不像左海倫所形容「率直寡群，不斷觸及暗礁」，「與權貴相處不歡」嗎？

在雜文創作中，以理性和正直期許一個社會，並著力建構文學批評的新準則與新方法。在創作位置與理念上，趙滋蕃似乎永遠站在非主流的一方。正如一般人很難將他定位為傳統的「散文家」一樣。他的人與文，正如他自己期許於青年的：「野生的力量和浪漫的氣質互為表裡」。[58]並且終其一生，活在理性與熱情的交織裡。在他的長篇小說《海笑》之中，眼見好友柳曉風被當場炸死，決心棄文從軍的女詩人潘茜心淚眼辭別好友時，所說的話語，簡直是發自趙滋蕃冰炭滿懷抱的內心深處：

> 要我們冷靜地觀察這世界，像高倍顯微鏡底下，看那些染了色的切片一樣，我想我是辦不到的。……我內心永遠有些影子在飄動，我的思潮，永遠平息不下來。[59]

肆、結語：顛沛時代，被遺忘的作家

趙滋蕃的長相，據好友左海倫形容是——外表矮壯，黝褐膚色，穿著不入時的西裝，關刀三角眉，一雙惺忪睡眼，抿緊堅毅的上下唇。內在有強壯智力和未泯童真，外表卻赤裸著原人粗拙的味道。德哲康德曾說：「我是規則動詞中的規則動詞」，趙滋蕃則自嘲：「我是不規則動詞中的不規則

---

[57]葉慶炳，〈加強新文藝課程〉，《筆陣》，1977 年 10 月 7 日，收入葉慶炳，《暝色入高樓》（臺北：正中書局，1983 年）。
[58]趙滋蕃，〈青年氣質〉，《永恆的祈禱》（臺北：大漢出版社，1975 年）。
[59]趙滋蕃，《海笑》（上），頁 295。

動詞」。一個在德國長大的少年，在中日抗戰和國共內戰砲火中瑣尾流離，「半下流社會」與「流浪漢氣質」都貼切的形容了他的生命特質。趙衛民分析說，趙滋蕃結合了數學家出身的康德的崇高美，與詩人氣息濃厚的尼采的酒神式激情，使他的語言獨具一種簡潔有力的美感，亦即「崇高感」。[60]

趙滋蕃曾多次揭櫫「天真冠冕一切德行」，並多次談論藝術者的天生氣質，他把「天才」詮釋得最為完整的篇章，當屬〈趣談天才〉一文：

> 大自然最能容許變異。人類社會卻不大接納天才。社會守常，天才主變，所以真正的天才只好睜開一隻眼睛作夢。他們以獨特的眼光看世界，又乏苟合取容的涵養；本性天真而富反抗精神，故經常被俗人目為怪物。……半數的「天才」死後方生，這是天才悲劇的尾聲。天才的靈魂中常起風暴，知情意三者難於平衡，歌哭無端，喜怒無常，有人形容他們為風暴的靈魂。[61]

這項詮釋，用在他自己身上，無疑最為適切。

左海倫稱趙滋蕃的性情，頗有天才異能，擁有照相般的記憶力，看卡通能拊掌大笑，那種大笑就像「深海面上的陽光」般美麗。他性情狷介，不易與人處，是典型的湖南騾子脾氣。他談話時不理別人，要用思想時，全神貫注。是非好惡強烈，幾至不近人情。左海倫〈灼灼風骨一宏才——懷念趙滋蕃先生〉形容他：

> 又直覺、又理性、又天真、又固執。任何人要作了一件他不以為然的錯事，他會說一輩子看不起這人，包括他失節投共的老丈人衛立煌[62]在內，而且能當面給人難堪。心靈反應的快速，呈極化現象。如果有人說了不

---

[60]趙衛民，〈強盜與基督〉，《聯合報》，2001 年 7 月 16 日，收入趙滋蕃《半下流社會》序言。

[61]趙滋蕃，〈趣談天才〉，《流浪漢哲學》。

[62]趙滋蕃 1950 年代初逃離大陸赴港前，上司衛立煌託女衛道京於亂離中，趙、衛二人後於 1954 年結褵於香港。

正直的話，我們可以馬上看到黝褐色在他的臉上淡化了，代之而起的是一種慘白，一種自信，幾乎是冷酷的表情浮現出來。

左海倫並記趙滋蕃「率直寡群，不斷觸及暗礁」，更且在生命的後期，「每與權貴相處不歡」，於是提前退休，到臺中講學。趙滋蕃的狷介性格與非主流性格，香港時期即已相當明顯。《蜜月》嘲諷香港政客，《子午線上》又以臺、港、澳、大陸多地指涉政治之醜惡。《重生島》揭發香港政府將罪犯遞解到「重生島」任其自生自滅的不人道舉措。《重生島》初在《聯合報》副刊連載刊登，即觸犯香港政府禁忌，被香港政府列為「不受歡迎人物」，一時風聲鶴唳，在救總安排下，趙滋蕃始得來臺定居。趙滋蕃前半生物質困頓，後半生精神坎坷，根源於早年缺乏天倫呵護，加上個性中的孤憤求全。左海倫痛惜其思想、知識、文筆，都不下於美國的喬治·威爾（George Will），卻未受相當重視，從學界對他的忽視，完全可以看到一個顛沛時代中被遺忘了的作家。

灼灼宏才，為世所妒。趙滋蕃的一生，如同基督使徒保羅說的：「我們活在這個世界，我們不屬於這個世界」。然而他自己未必在乎。他就這麼說過：「生命原只是生前死後兩者無限之間的一點微光。光度弱而時間短，如果要超越時間的局限，就要行所當行，死也不足懼」。活在當代人的記憶中裁示不朽，「能創造未來生命的人，才是不朽」。[63]

趙滋蕃自稱是「生命學派」，正如其謂：「作家為了追求自由的精神與崇高的理想，他們的氣質中必然存在著一些不為流俗人所理解的東西」。[64]他的小說藝術愛憎分明，近於雨果，而遠於康德。他認為藝術的目的，是為了人類的將來，因此應該是「有思想、有目的、有用處」的。[65]他對文學與藝術所持的立場，於今視之，似乎稍嫌守舊，接近保守派的寫實主

---

[63]左海倫，〈灼灼風骨一宏才──懷念趙滋蕃先生〉，《幼獅文藝》第 425～426 期（1989 年 5～6 月）。
[64]趙滋蕃，〈作家的氣質〉，《談文論藝》（臺北：三民書局，1969 年）。
[65]趙滋蕃，〈小說要不要思想傾向？〉，《藝文短笛》。

義。如左海倫所記述，趙滋蕃對現代藝術的欣賞興味並不高。例如他對現代派與波特萊爾的《惡之華》並無好感，視之為一場「莫名其妙的歪風」，「破壞審美標準，造成思想混亂」。[66] 趙滋蕃曾給予沙特（Jean-Paul Strare）劣評，甚至也不能欣賞披頭的音樂。[67]他的反共立場堅定，從痛斥 1930 年代左傾作家，談文化作戰、倡戰鬥文藝，聲援余光中〈狼來了〉種種，都稍可見出。[68]然而這些，畢竟無損於他的文學所投射於時代的巨大清輝。

　　趙滋蕃非僅精神孤僻狷介，於物質上，筆耕終生，亦清貧一世。據其女弟子周芬伶形容，他是個徹底的理想主義者，自比為「老鷹」，始終懷疑，始終反抗，也始終肯定愛與智慧的價值。[69]周芬伶〈一扇永不關閉的門〉追憶恩師時稱，一直到死時，趙滋蕃與家人還一直住在租來的破舊公寓，看黑白電視，存摺裡只剩下一萬餘元。[70]他的狷介孤傲，不容於世，正與他曾深心賞愛，精闢析論過的詩人唐代詩人寒山子近似。他所形容的寒山子，是個典型睜開一隻眼睛作夢的傳奇詩人。患有輕度迷狂症，哀樂無常，癡狂無定，個性倔強天真，生活態度永遠跟生活環境衝突。[71]他形容的寒山子，不正是他自己的寫照嗎？

　　人生只是在哭與笑，苦與樂的二重奏中流轉。

　　他那再也沒有機會完稿的《天涯之戀》（《海笑》續集），彷彿仍以一個不屈的靈魂與純潔的意志，俯視著人間。1966 年趙滋蕃曾在古寧頭的碉堡上過夜，並搭乘陽字號、中字號軍艦，縱橫閩海前線 700 里，宣慰福建沿海漁民，蒐集此書資料，並實際體會沿海漁民生活。趙滋蕃還曾自詡，《天

---

[66]趙滋蕃，〈歪風不可長〉，《藝文短笛》。

[67]趙滋蕃，〈兩個小說家〉、〈沙特與諾貝爾文學獎〉，《談文論藝》；〈披頭的沒落〉，《夏天的書》。其言披頭為「四個陰陽怪氣後生」，狂熱無知，「人海裡的四個泡沫而已」。

[68]趙滋蕃，〈新文藝與戰鬥文藝〉、〈戰鬥文藝〉、〈談文化作戰〉，《談文論藝》。〈我讀〈狼來了〉〉，《流浪漢哲學》。

[69]周芬伶，〈品人〉，《花房之歌》（臺北：九歌出版社，1989 年）。

[70]周芬伶，〈一扇永不關閉的門〉，《閣樓上的女子》（臺北：九歌出版社，1992 年）。

[71]趙滋蕃，〈寒山子其人其詩〉、〈寒山詩評估〉，《文學與美學》。

涯之戀》將會是他的壓卷之作，這部大書完成後，他將封筆。[72]而今廣陵
散絕，誰再能彈奏一闋大時代的雄渾悲歌？

「沙漠伸展著，苦了懷沙的人」。[73]這是心靈荒寒和廢墟的時代。趙滋
蕃終身所寫，與其說是典型的反共文學，不如說是戰爭寫實文學。趙滋蕃
畢生服膺雨果與托爾斯泰，[74]他寫的小說，奠基於風暴的時代，幾乎全以
真人實事為本，在烽火戰亂中，他釐清正邪，剖析人性，作品極富正義精
神、宗教情感與理想主義。1950 年大陸淪陷後，趙滋蕃以湖南雪峰山抗暴
運動為本，寫出《旋風交響曲》（香港：亞洲出版社，1955 年）8000 行長
詩，寫的就是游擊隊。那種富陽剛之美的英雄史詩，足稱史無前例。雄渾
氣勢之外，更贏得「想像力豐富，顯現了諸多複雜而又尖銳的形象……泳
過有血有淚如沸如潮的生活海洋，達到一個完美的境界」的讚響。[75]「旋
風」一語，用作趙滋蕃一生及其文學的隱喻，亦最適切不過。悲壯時代，
傳奇人生，趙滋蕃的文學及 1950 年代作家精神，誠然如朱西甯所說，不僅
未曾逝去，且為一種「光輝永續」的文學。[76]

《海笑》末尾，在長沙大撤退中送趙木鐸從軍，梅珍捧面抽噎，她的
話語，有如趙滋蕃一生的註腳：

> 很少人會再提到這個時代，可是沒有人會忘記它！你的工作將十分艱
> 鉅，不過也非常神聖。為喑啞無聲的時代仗義執言，為流汗流血的戰士
> 留下光榮紀錄，你應該有勇氣為歷史作證！
>
> ——《海笑》下冊，頁 865

---

[72]鄭傑光，〈為風暴見證的靈魂——趙滋蕃（文壽）與其作品〉，《中華文藝》第 8 卷第 5 期（1975
年）。
[73]趙滋蕃，《海笑》（上），頁 240。
[74]趙滋蕃曾推崇托爾斯泰兼具但丁的淵深暴烈，與莎士比亞寬大和平二者之長，見趙滋蕃，〈前輩
風範〉，《談文論藝》。
[75]見上官予（王志健，1924～），〈評《旋風交響曲》〉，《幼獅文藝》第 4 卷第 1 期（1956 年 2 月）。
[76]朱西甯，〈光輝永續的反共文學——為王德威〈一種逝去的文學〉稍作增補〉，《聯合報》，1994 年
1 月 11 日，副刊。

　　風暴的靈魂,「見證了命運的無常,彰顯出轉型期歷史中人的價值,人的尊嚴,以及人文精神對世運推移的因果關係」。「海,有寧靜的時候,也有激動的時候。寧靜時我們可以看到海笑,激動時我們可以看到海嘯」。趙滋蕃的文學,像刺破胸膛的刺鳥,以鮮血染紅生命,也像《旋風交響曲》中旋風戰役的領導者楊卓思慷慨激昂的詠歌:「我知道你的歌唱蘊藏著深意,像是要替充滿淚水的世界,作一個活的見證;你的歌裡抖落了悲哀,使我想起那遙遠的生活,和那鮮綠的時辰。」[77]

　　這樣一位文學史上重要的作家,他的作品內涵與開創性意義,都值得文學評論界給予尊榮,並重新檢視其價值。

——選自《逢甲人文社會學報》第 12 期,2006 年 6 月

---

[77]趙滋蕃,《旋風交響曲》(臺北:長歌出版社,1975 年),頁 1。

輯五◎
研究評論資料目錄

作家生平資料篇目

自述

1. 趙滋蕃　　我對於人生的體驗　半下流社會　香港　亞洲出版社　1955 年 7 月
頁 1—7

2. 趙滋蕃　　我對於人生的體驗——寫在《半下流社會》出版之前　中華日報
1978 年 3 月 27 日　11 版

3. 趙滋蕃　　我對於人生的體驗　半下流社會　臺北　大漢出版社　1978 年 4 月
頁 311—318

4. 趙滋蕃　　我為什麼寫《半下流社會》？　半下流社會　香港　亞洲出版社
1955 年 7 月　頁 8—14

5. 趙滋蕃　　我為什麼寫《半下流社會》？　臺灣新生報　1978 年 3 月 3 日　10
版

6. 趙滋蕃　　我為什麼寫《半下流社會》？　半下流社會　臺北　大漢出版社
1978 年 8 月　頁 319—326

7. 趙滋蕃　　我為什麼寫《半下流社會》？　半下流社會　臺北　瀛舟出版社
2002 年 2 月　頁 21—27

8. 趙滋蕃　　作者致讀者的信（代序）　飛碟征空　香港　亞洲出版社　1956 年
4 月　頁 1—6

9. 趙滋蕃　　作者致讀者的信（代序）　飛碟征空　高雄　三信出版社　1977 年
8 月　頁 1—6

10. 趙滋蕃　　再致讀者（代序）　太空歷險記　香港　亞洲出版社　1958 年 1 月
頁 1—3

11. 趙滋蕃　　寫在《重生島》之前　聯合報　1964 年 3 月 24 日　7 版

12. 趙滋蕃　　寫在《重生島》之前　重生島〔全三冊〕　臺北　自由太平洋文化
公司　1965 年 5 月　頁 1—2

13. 趙滋蕃　　寫在《重生島》之前　重生島　臺北　德華出版社　1981 年 5 月

頁 1—5

14. 趙滋蕃　寫在《重生島》之前　重生島　臺北　瀛舟出版社　2002 年 8 月　頁 19—22

15. 趙滋蕃　談《子午線上》　中華日報　1966 年 11 月 9 日　6 版

16. 趙滋蕃　談《子午線上》　藝文短笛　臺北　商務出版社　1968 年 6 月　頁 175—180

17. 趙滋蕃　序　藝文短笛　臺北　商務出版社　1968 年 6 月　〔1〕頁

18. 趙滋蕃　前記　半上流社會　香港　亞洲出版社　1969 年 2 月　頁 1—4

19. 趙滋蕃　前記　半上流社會　臺北　大漢出版社　1978 年 9 月　頁 1—4

20. 趙滋蕃　《談文論藝》（序）　中央日報　1969 年 4 月 10 日　11 版

21. 趙滋蕃　《談文論藝》序　談文論藝　臺北　三民書局　1969 年 4 月　頁 1—2

22. 趙滋蕃　關於《人間小品》　人間小品　臺北　三民書局　1969 年 4 月　頁 1—2

23. 趙滋蕃　幾句閒話——代《默默遙情》序　默默遙情　臺北　三民書局 1969 年 12 月　頁 1—3

24. 趙滋蕃　《文學與藝術》序　文學與藝術　臺北　三民書局　1970 年 5 月　頁 1—2

25. 趙滋蕃　關於《海笑》　中央日報　1971 年 11 月 8 日　9 版

26. 趙滋蕃　關於《海笑》　海笑　臺北　驚聲文物供應公司　1971 年 11 月　頁 1—2

27. 趙滋蕃　《長話短說集》之外　長話短說集　臺北　彩虹出版社　1972 年 10 月　頁 1—2

28. 趙滋蕃　以「文」為「壽」　藝文人物　臺北　空中雜誌社　1972 年 10 月　頁 122—124

29. 趙滋蕃　揮汗談《夏天的書》（代序）　夏天的書　臺北　華欣文化事業中心　1974 年 11 月　頁 2—3

30.　趙滋蕃　關於我自己　趙滋蕃自選集　臺北　黎明文化公司　1975 年 5 月
　　頁 1—2

31.　趙滋蕃　關於我自己　趙滋蕃自選集　臺北　黎明文化公司　1978 年 4 月
　　頁 1—2

32.　文　壽　序　永恆的祈禱　臺北　大漢出版社　1975 年 11 月　〔2〕頁

33.　文　壽　寫雜文的（代序）　寒夜遐思　臺北　道聲出版社　1975 年 11 月
　　頁 7—8

34.　趙滋蕃　寫雜文的　擊劍集　臺北　彩虹出版社　1977 年 12 月　頁 35—36

35.　趙滋蕃　重印「少年科學故事」的幾句話——代四版序　飛碟征空　高雄
　　三信出版社　1977 年 8 月　頁 1—2

36.　趙滋蕃　《擊劍集》的話　擊劍集　臺北　彩虹出版社　1977 年 12 月　頁
　　1—2

37.　趙滋蕃　《文學與美學》後記　中央日報　1978 年 2 月 17 日　10 版

38.　趙滋蕃　《文學與美學》後記　文學與美學　臺北　道聲出版社　1978 年 2
　　月　頁 253—256

39.　趙滋蕃　《文學與美學》後記　文學與美學　臺北　道聲出版社　1979 年 8
　　月　頁 253—256

40.　趙滋蕃　孟浪半生——說說《半下流社會》這本書　聯合報　1978 年 4 月 4
　　日　12 版

41.　趙滋蕃　第二十四版序言　半下流社會　臺北　大漢出版社　1978 年 4 月
　　頁 1—5

42.　趙滋蕃　談《十大建設速寫》[1]　中央日報　1979 年 6 月 21 日　10 版

43.　趙滋蕃　前言　十大建設速寫　臺北　中央日報社　1979 年 6 月　頁 1—8

44.　趙滋蕃　《海笑》心酸三十年　第五版代序（全文）　臺灣日報　1980 年
　　7 月 8 日　12 版

45.　趙滋蕃　《海笑》心酸三十年——第五版代序　中央日報　1980 年 7 月 11

---

[1]本文後為《十大建設速寫》前言。

日　12 版

46. 趙滋蕃　　重校《子午線上》有感——第五版代序　子午線上　臺北　德華出
版社　1980 年 10 月　頁 1—4

47. 趙滋蕃　　重讀《旋風交響曲》——第五版代序　中央日報　1980 年 8 月 30
日　12 版

48. 趙滋蕃　　重讀《旋風交響曲》——第五版代序　旋風交響曲　臺北　德華出
版社　1980 年 9 月　頁 1—4

49. 趙滋蕃　　形象與意象　文訊雜誌　第 4 期　1983 年 10 月　頁 74

50. 趙滋蕃　　重振狂飆精神（序）　生活大師　臺北　李白出版社　1986 年 10
月　頁 1—8

51. 趙滋蕃　　生活的情趣（序）　情趣大師　臺北　李白出版社　1986 年 10 月
頁 1—8

52. 趙滋蕃　　培養創造性的幻想（序）　創造大師　臺北　李白出版社　1987 年
1 月　頁 1—4

53. 趙滋蕃　　江湖不負初來人（序）　遊戲大師　臺北　李白出版社　1987 年 1
月　頁 1—6

54. 趙滋蕃　　新人文主義者的基本信念（序）　靈魂大師　臺北　李白出版社
1987 年 7 月　頁 1—11

55. 趙滋蕃　　文學教育的明確目標（序）　風格大師　臺北　李白出版社　1987
年 7 月　頁 1—12

56. 趙滋蕃　　面對二十一世紀（序）　現代大師　臺北　李白出版社　1987 年
10 月　頁 1—15

57. 趙滋蕃　　誰起中華民國於沉痾（序）　自由大師　臺北　李白出版社　1987
年 10 月　頁 1—8

58. 趙滋蕃　　詢問的沈思（代序）　文學原理　臺北　東大圖書公司　1988 年 3
月　頁 1—36

59. 趙滋蕃　　生命銳氣的昂揚　子午線上　臺北　瀛舟出版社　2004 年 1 月　頁

3—5

他述

60. 漢　　勳　　關於趙滋蕃的學習精神　幼獅文藝　第 53、54 期合刊　1958 年 12 月　頁 34

61. 〔臺灣新聞報〕　　文協今年文藝獎章——得獎人名宣佈——趙滋蕃、朱西甯、季薇、艾雯、王祿松、何欣、申學庸、方向、周志剛、曹健、辜雅琴、白茜如。　臺灣新聞報　1965 年 5 月 3 日　2 版

62. 〔臺灣日報〕　　第六屆文藝獎章得獎人昨日分別選出——中國文協宣佈共十二人，他們分別是趙滋蕃、朱西甯、季薇、艾雯、王祿松、何欣、申學庸、方向、周志剛、曹健、辜雅琴、白茜如等　臺灣日報　1965 年 5 月 3 日　2 版

63. 百　　篇　　趙滋蕃三度喬遷　幼獅文藝　第 147 期　1966 年 3 月　頁 214

64. 百　　篇　　趙滋蕃家住火焰山　幼獅文藝　第 155 期　1966 年 11 月　頁 252

65. 李德安　　小記趙滋蕃　學林見聞　臺北　環宇出版社　1968 年 6 月　頁 44—45

66. 李德安　　小記趙滋蕃先生　訪問學林風雲人物　臺北　大明王氏圖書公司　1970 年 11 月　頁 109—110

67. 應未遲　　以「文」為「壽」　藝文人物　臺北　空中雜誌社　1972 年 12 月　頁 121—122

68. 〔書目書評〕　　作家話像——趙滋蕃　書評書目　第 10 期　1974 年 2 月　頁 97—98

69. 金　　蕾　　文學鬥士趙滋蕃　民生報　1979 年 1 月 8 日　8 版

70. 韓　　濤　　文字緣同骨肉深——念滋蕃　韓濤自選集（下）　臺北　中央日報出版部　1980 年 12 月　頁 49　57

71. 鄭　　奇　　從「從半下流社會」出來的趙滋蕃　幼獅文藝　第 24 期　1980 年 12 月　頁 28—30

72. 小　民　　文壇「流浪漢」——代序[2]　流浪漢哲學　臺北　水芙蓉出版社　1980 年 9 月　頁 1—3

73. 小　民　　　文壇「流浪漢」——代序　流浪漢哲學　臺北　水芙蓉出版社　1980 年 12 月　頁 1—3

74. 小　民　　流浪漢趙滋蕃　親情　臺北　道聲出版社　1985 年 5 月　頁 212—214

75. 〔編輯部〕　　趙滋蕃傳奇　趙滋蕃短篇小說集　臺北　德華出版社　1981 年 9 月　頁 1—8

76. 阮文達　　天賦、憨厚與傲氣——悼念趙滋蕃兄　聯合報　1986 年 3 月 22 日　8 版

77. 許牧野　　哭趙滋蕃兄　臺灣日報　1986 年 3 月 24 日　8 版

78. 黃信樵　　悼慰文壽　臺灣日報　1986 年 3 月 26 日　8 版

79. 陳綏民　　文壇反共的老兵　中央日報　1986 年 4 月 6 日　12 版

80. 李崇科　　醉臥沙場君莫笑——悼趙滋蕃先生　臺灣日報　1986 年 4 月 7 日　8 版

81. 韓　濤　　常懷千歲憂　中央日報　1986 年 4 月 30 日　12 版

82. 趙衛民　　風暴的靈魂——悼趙滋蕃老師　文訊雜誌　第 23 期　1986 年 4 月　頁 238—244

83. 呂天行　　趙滋蕃先生事略　湖南文獻　第 54 期　1986 年 4 月　頁 47—48

84. 〔編輯部〕　　趙滋蕃傳略　情趣大師　臺北　李白出版社　1986 年 10 月　頁 225—229

85. 〔編輯部〕　　趙滋蕃傳略　生活大師　臺北　李白出版社　1986 年 10 月　頁 227—231

86. 小　民　　欣見「李白」新印故友傑著——懷念趙滋蕃弟兄　臺灣日報　1987 年 11 月 9 日　8 版

87. 小　民　　感謝《媽媽鐘》——紀念故友滋蕃兄　臺灣新聞報　1987 年 11 月

---

[2]本文後改篇名為〈流浪漢趙滋蕃〉。

11 日　8 版

88. 趙衛民　目擊道存　文訊雜誌　第 33 期　1987 年 12 月　〔1〕頁

89. 左海倫　灼灼風骨一奇才——憶趙滋蕃先生　聯合報　1989 年 3 月 20 日
　　　　　27 版

90. 左海倫　灼灼風骨一宏才——懷念趙滋蕃先生（上、下）　幼獅文藝　第
　　　　　425—426 期　1989 年 5—6 月　頁 64—80，58—71

91. 張　放　追念趙滋蕃[3]　不是過客　臺北　黎明文化公司　1991 年 10 月　頁
　　　　　150—155

92. 張　放　記趙滋蕃　大海作證　新店市　獨家出版社　1997 年 10 月　頁 92
　　　　　—97

93. 張　放　河清海晏（二）——記趙滋蕃　明道文藝　第 383 期　2008 年 2 月
　　　　　頁 152—155

94. 上官予　筆挾風雷震九江——印象中的趙滋蕃　中央日報　1993 年 6 月 26
　　　　　日　16 版

95. 趙衛民　強盜與基督（上、中、下）　聯合報　2001 年 7 月 16—18 日　37
　　　　　版

96. 趙衛民　強盜與基督　半下流社會　臺北　瀛舟出版社　2002 年 2 月　頁 3
　　　　　—11

97. 小　民　從游俠到流浪漢——懷念趙滋蕃弟兄　中央日報　2002 年 3 月 24
　　　　　日　18 版

98. 小　民　從遊俠到流浪漢　重生島　臺北　瀛舟出版社　2002 年 8 月　頁 9
　　　　　—11

99. 趙慧婷　頑皮豹長大了　重生島　臺北　瀛舟出版社　2002 年 8 月　頁 15
　　　　　—18

100.〔編輯部〕　　永恆的英雄樂章，不朽的文學生命　重生島　臺北　瀛舟出
　　　　　版社　2002 年 8 月　頁 417—420

---

[3]本文後改篇名為〈記趙滋蕃〉。

101. 胡正群　　當享千秋名——追懷趙滋蕃先生　過客悲情　臺北　瀛舟出版社
　　　2002 年 9 月　頁 159—164

102. 〔編輯部〕　　作者簡介　子午線上　臺北　瀛舟出版社　2004 年 1 月　頁
　　　631—633

103. 周芬伶　作家的死亡功課　紫蓮之歌　臺北　九歌出版社　2006 年 10 月
　　　頁 29—31

104. 〔封德屏主編〕　　趙滋蕃　2007 臺灣作家作品目錄　臺南　國立臺灣文學
　　　館　2008 年 7 月　頁 1198

105. 馬　森　光復初期的臺灣文學〔趙滋蕃部分〕　世界華文新文學史——中
　　　國現代文學的兩度西潮（中編）・戰禍與分流：西潮的中斷　臺
　　　北　印刻文學生活雜誌出版公司　2015 年 2 月　頁 734—735

106. 周芬伶；顏訥紀錄整理　　審美的人：創作與出版　我們的文學夢 3　臺北
　　　上海銀行文教基金會　2015 年 5 月　頁 58—59

訪談、對談

107. 林小戀　　春風・綠樹・語意長——趙滋蕃（文壽）訪問記　流浪漢哲學
　　　臺北　水芙蓉出版社　1980 年 9 月　頁 209—214

108. 林小戀　　春風・綠樹・語意長——趙滋蕃（文壽）訪問記　流浪漢哲學
　　　臺北　水芙蓉出版社　1980 年 12 月　頁 1—3

109. 鐘麗慧專訪　　趙滋蕃・一身都是傳奇——在德國出生・回祖國抗戰・學的
　　　是理工・教的是文學　民生報　1980 年 11 月 15 日　7 版

110. 趙滋蕃等[4]　　抗戰文學作品・民族精神火花　抗戰文學概說　臺北　文訊雜
　　　誌社　1987 年 7 月　頁 279—290

111. 許慧嫻　　長話短說——訪中文系主任趙滋蕃　畫眉深淺入時無　臺北　大
　　　雁書店　1990 年 6 月　頁 228—232

年表

112. 〔編輯部〕　　大事記　重生島　臺北　瀛舟出版社　2002 年 8 月　頁 424

---

[4]與會者：唐紹華、趙滋蕃、鳳兮、墨人、吳痴、應未遲、尼洛；紀錄：沙金。

—425

其他

113. 姜　穆　　趙滋蕃逝世週年祭　文訊雜誌　第 29 期　1987 年 4 月　頁 232—
238

114. 王蘭芬　　趙滋蕃之女・代父重出經典集　民生報　2002 年 3 月 2 日　13 版

115. 趙靜瑜　　趙滋蕃作品集出版　自由時報　2002 年 3 月 2 日　40 版

作品評論篇目

綜論

116. 鄭傑光　　為風暴見證的靈魂——趙滋蕃（文壽）與其作品　中華文藝　第
47 期　1975 年 1 月　頁 132—145

117. 鄭傑光　　為風暴見證的靈魂——趙滋蕃（文壽）與其作品　人間情趣　臺
南　新人出版社　1978 年 4 月　頁 190—214

118. 周安儀　　趙滋蕃：小說必須有時代感　青年戰士報　1975 年 10 月 20 日
11 版

119. 楊昌年　　趙滋蕃　近代小說研究　臺北　蘭臺書局　1976 年 1 月　頁 559

120. 小　民　　介紹主內作家〔趙滋蕃部分〕　紫窗外　臺北　巨浪出版社
1977 年 5 月　頁 110—111

121. 朱星鶴　　簡樸・自然・生動・風趣——文壽的人和文壽的書　國魂　第 387
期　1978 年 2 月　頁 68—69

122. 鮑　芷　　趙滋蕃與報導文學　中央日報　1980 年 12 月　11 版

123. 張　珂　　趙滋蕃（1924—1986）　傳記文學　第 290 期　1986 年 7 月　頁
144—145

124. 黃重添　　科幻小說〔趙滋蕃部分〕　臺灣新文學概觀（下）　廈門　鷺江
出版社　1991 年 6 月　頁 235—236

125. 王志健　　摘星的與提燈的——趙滋蕃　中國新詩淵藪（中）　臺北　正中
書局　1993 年 7 月　頁 1697—1729

126. 張超主編　　趙滋蕃　臺港澳及海外華人作家辭典　江蘇　南京大學出版社　1994 年 12 月　頁 691

127. 皮述民　　從反共小說到現代小說〔趙滋蕃部分〕　二十世紀中國新文學史　臺北　駱駝出版社　1997 年 10 月　頁 318

128. 舒　蘭　　五〇年代詩人詩作——趙滋蕃　中國新詩史話（三）　臺北　渤海堂文化公司　1998 年 10 月　頁 305—307

129. 楊勝坤　　趙滋蕃先生紀念文集　半上流社會　臺北　瀛舟出版社　2002 年 2 月　頁 13—16

130. 趙衛民　　趙滋蕃的美學思想[5]　第八屆「文學與美學」國際學術研討會　臺北　淡江大學中文系主辦　2003 年 10 月 17—18 日

131. 趙衛民　　趙滋蕃的美學思想　海峽兩岸現當代文學論集　臺北　臺灣學生書局　2004 年 2 月　頁 13—31

132. 張瑞芬　　「旋風」，亦或「海嘯」？——趙滋蕃的文學及時代意義[6]　緬懷與傳承——東海中文系五十年學術傳承研討會　臺北　東海大學中文系主辦　2005 年 10 月 29—30 日　頁 161—210

133. 張瑞芬　　趙滋蕃的文學創作及其時代意義　逢甲人文社會學報　第 12 期　2006 年 5 月　頁 27—58

134. 張瑞芬　　趙滋蕃的文學創作及其時代意義　胡蘭成、朱天文與「三三」——臺灣當代文學論集　臺北　秀威資訊科技公司　2007 年 4 月　頁 161—210

135. 周芬伶　　愛的神祕劇——聖徒小說的終極探索——趙滋蕃[7]　聖與魔——臺灣戰後小說的心靈圖像（1945—2006）　臺北　印刻出版公司

---

[5] 本文以《文學理論》中〈文學的美學〉、〈陽剛與陰柔〉、〈小說創作中的美學基礎〉三章為主要參考資料，只論述趙滋蕃的美學思想，不涉及小說理論的相關問題。文中探討美是什麼、崇高與美、崇高與真、後現代的崇高等問題。

[6] 本文後改篇名為〈趙滋蕃的文學創作及其時代意義〉，並於內文多所修正。文分 4 小節：1.前言；2.趙滋蕃及其「非典型」反共小說；3.趙滋蕃的散文寫作與創作理念；4.結語：顛沛時代，被遺忘的作家。

[7] 本文分 2 小節：1.趙滋蕃小說中的流浪漢哲學與理想國；2.殷憂啟聖——「廣」與「愛」。

2007 年 3 月　頁 34—39

136. 陳建忠　1950 年代臺港南來作家的流亡書寫：以趙滋蕃與柏楊為中心　跨國的殖民記憶與冷戰經驗——臺灣文學的比較文學研究國際學術研討會　新竹　清華大學臺文所主辦，教育部顧問室，行政院國科會，國立臺灣文學館，清華大學人文社會研究中心協辦　2010 年 11 月 19 日

137. 蘇偉貞　不安、厭世與自我退隱：南來文人的香港書寫——以一九五〇年代為考察現場〔趙滋蕃部分〕　中國現代文學　第 19 期　2011 年 6 月　頁 41—42

138. 蘇偉貞　不安、厭世與自我退隱：南來文人的香港書寫——從 1950 年代出發〔趙滋蕃部分〕　四川大學學報　2011 年第 5 期　2011 年　頁 92

139. 陳芳明　一九五〇年代的臺灣文學局限與突破——陳紀瀅與反共文學的發展〔趙滋蕃部分〕　臺灣新文學史　臺北　聯經出版公司　2011 年 10 月　頁 304

140. 李瑞騰　不再流離——以劉以鬯、姚拓、趙滋蕃、馬朗為例　流離與歸屬——二戰後港臺文學與其他學術研討會　香港　香港中文大學人文學科研究所，成功大學合辦　2014 年 2 月 14—15 日

分論

◆單行本作品

論述

《談文論藝》

141. 李漢亞　讀趙滋蕃《談文論藝》　文化旗　第 28 期　1970 年 2 月　頁 22—23

142. 王少雄　評趙滋蕃的《談文論藝》　新知識　第 97 期　1975 年 9 月　頁 19—21，24

《文學與美學》

143. 陳飛龍　　趙滋蕃著《文學與美學》評介　出版與研究　第 39 期　1979 年 2 月　頁 27—33

144. 黃忠慎　　讀《文學與美學》（上、下）　臺灣日報　1981 年 4 月 15—16 日 8 版

145. 韓　濤　　我愛寒山——評介趙滋蕃著《文學與美學》　韓濤文選　臺北 文泉出版社　1982 年 12 月　頁 95—103

146. 韓　濤　　我愛寒山——評介趙滋蕃著《文學與美學》　沉思錄　臺北　黎 明文化公司　1983 年 12 月　頁 148—153

147. 韓　濤　　我愛寒山——評介趙滋蕃著《文學與美學》　韓濤自選集（下） 臺北　中央日報出版部　1994 年 9 月　頁 41—48

《文學原理》

148. 〔編輯部〕　　本書編後及其他[8]　文學原理　臺北　東大圖書公司　1988 年 3 月　頁 667—672

詩

《旋風交響曲》

149. 〔亞洲出版社〕　　簡介　旋風交響曲（上）　香港　亞洲出版社　1955 年 7 月　〔1〕頁

150. 蔡　禎　　我對《旋風交響曲》的看法　人生　第 10 卷第 9 期　1955 年 9 月 頁 8—9

151. 上官予　　評《旋風交響曲》　幼獅文藝　第 20 期　1956 年 3 月　頁 31

152. 王祿松　　《旋風交響曲》我讀　文壇　第 53 期　1974 年 11 月　頁 10—11

153. 〔編者〕　　介紹《旋風交響曲》　旋風交響曲　臺北　長歌出版社　1975 年 10 月　〔1〕頁

154. 陳進川　　評介趙滋蕃《旋風交響曲》　中華日報　1975 年 12 月 24 日　12 版

---

[8]本文簡述趙滋蕃生平和《文學原理》編輯重點。

散文

《十大建設速寫》

155. 韓　濤　　邦國之光──評介《國家十大建設速寫》　中央日報　1979 年 8
月 22 日　11 版

156. 韓　濤　　邦國之光──評趙滋蕃《國家十大建設速寫》　韓濤文選　臺北
文泉出版社　1982 年 12 月　頁 104─108

157. 韓　濤　　邦國之光──評介《國家十大建設速寫》　沉思錄　臺北　黎明
文化公司　1983 年 11 月　頁 154─157

《現代大師》

158. 魏子雲　　慧心與悲憫──《現代大師》　聯合文學　第 45 期　1988 年 7 月
頁 184

小說

《半下流社會》

159. 子　羽　　評介趙滋蕃著《半下流社會》　自由報　第 291 期　1953 年 12 月
16 日　3 版

160. 陳一塵　　趙滋蕃《半下流社會》讀後　人生　第 6 卷第 11 期　1953 年 12
月　頁 20─21

161. 王世昭　　評趙滋蕃著《半下流社會》　自由報　第 297 期　1954 年 1 月 6
日　3 版

162. 冷　明　　趙滋蕃《半下流社會》　人生　第 7 卷第 3 期　1954 年 2 月　頁
20─21

163. 孫　旗　　趙滋蕃《半下流社會》　人生　第 8 卷第 11 期　1954 年 10 月
頁 20─23

164. 丁文冶　　我看《半下流社會》　聯合報　1955 年 9 月 24 日　6 版

165. 于　歸　　赤裸裸的面對著生活──《半下流社會》讀後　人生　第 11 卷第
3 期　1955 年 12 月　頁 20─21

166. 吳可君　　趙滋蕃的小說　自由青年　第 17 卷第 7 期　1957 年 4 月 1 日　頁

22

167. 沈治平　評趙滋蕃《半下流社會》　青年戰士報　1967 年 8 月 2 日　6 版

168. 張　健　讀《半下流社會》　從李杜說起　臺北　南京出版公司　1979 年 10 月　頁 119—122

169. 向　陽　自死灰裡揚播生命的烈火——讀介趙滋蕃《半下流社會》　民眾日報　1980 年 5 月 10 日　12 版

170. 向　陽　自死灰裡揚播生命的烈火——讀介趙滋蕃《半下流社會》　康莊有待　臺北　東大圖書公司　1985 年 5 月　頁 171—175

171. 謝白雲　我們需要可歌可泣的作品，賀《半下流社會》入選《世界文學全集》　中華日報　1980 年 12 月　12 版

172. 上官予　中國文學的反共性——反共小說的成就〔《半下流社會》部分〕　文學天地人　臺北　黎明文化公司　1981 年 5 月　頁 177—180

173. 舒傳世　戰鬥的《半下流社會》　臺灣日報　1982 年 1 月 15 日　8 版

174. 陳芳明　臺灣新文學史——五〇年代的文學侷限與突破〔《半下流社會》部分〕　聯合文學　第 200 期　2001 年 6 月　頁 172—173

175. 王德威　一種逝去的文學？——反共小說新論〔《半下流社會》部分〕　中華現代文學大系（貳）·臺灣一九八九—二〇〇三評論卷（二）　臺北　九歌出版社　2003 年 10 月　頁 743

176. 王德威　一種逝去的文學？——反共小說新論〔《半下流社會》部分〕　20 世紀臺灣文學專題 1——文學思潮與論戰　臺北　萬卷樓圖書公司　2006 年 9 月　頁 166

177. 王德威　一種逝去的文學？——反共小說新論〔《半下流社會》部分〕　如何現代，怎樣文學？　臺北　麥田出版公司　2008 年 2 月　頁 148

178. 應鳳凰　趙滋蕃《半下流社會》　五〇年代臺灣文學論集　高雄　春暉出版社　2004 年 6 月　頁 68—69

179. 應鳳凰　趙滋蕃《半下流社會》　臺灣小說史論　臺北　麥田出版公司

2007 年 3 月　頁 169

180. 應鳳凰　　五○年代臺灣小說「反共美學」初探——趙滋蕃：《半下流社
會》　臺灣文學史書寫國際學術研討會論文集・第二集　高雄
春暉出版社　2008 年 6 月　頁 458—459

181. 陳栢青　　不徹底的底層——趙滋蕃的《半下流社會》　文訊雜誌　第 262
期　2007 年 8 月　頁 44

182. 陳智德　　一九五○年代香港小說的遺民空間：趙滋蕃《半下流社會》、張
一帆《春到調景嶺》與阮朗《某公館散記》、曹聚仁《酒店》
中國現代文學　第 19 期　2011 年 6 月　頁 5—24

183. 王鈺婷　　冷戰局勢下的臺港文學交流——以 1955 年「十萬青年最喜閱讀文
藝作品測驗」的典律化過程為例——《半下流社會》中難民文學
的歷史想像與書寫模式　中國現代文學　第 19 期　2011 年 6 月
頁 99—103

184. 應鳳凰　　趙滋蕃／《半下流社會》　人間福報　2012 年 10 月 23 日　15 版

185. 應鳳凰　　香港文學傳播臺灣三種模式——以冷戰年代為中心〔《半下流社
會》部分〕　全國新書資訊月刊　第 174 期　2013 年 6 月　頁 4
—5

186. 翁智琦　　流亡時代的香港書寫：趙滋蕃《半下流社會》與邱永漢《香港》
第十二屆國際青年學者漢學會議：華語語系文學與影像　臺中
中興大學臺灣文學與跨國文化研究所，美國哈佛大學東亞語言及
文明系主辦　2013 年 7 月 30—31 日

187. 蘇偉貞　　在路上——趙滋蕃小說《半下流社會》與電影改編的取徑之道
全球化下的南方書寫：文化場域與書寫實踐國際學術研討會　臺
南　成功大學中國文學系主辦　2013 年 10 月 12—13 日

188. 蘇偉貞　　在路上——趙滋蕃小說《半下流社會》與電影改編的取徑之道
成大中文學報　第 45 期　2014 年 6 月　頁 373—404

189. 趙稀方　　五十年代香港的難民小說〔《半下流社會》部分〕　甘肅社會科

學　2014 年第 3 期　2014 年　頁 11—12

190. 應鳳凰　香港文學生產場域與 1950 年代文學史敘述——《半下流社會》與
文學史書寫　香港：都市想像與文化記憶　北京　北京大學出版
社　2015 年 3 月　頁 349—354

《蜜月》

191.〔中國文學出版社〕　　《蜜月》　蜜月　臺北　中國文學出版社　1956 年
5 月　〔1〕頁

《子午線上》

192. 孫如陵　《子午線上》序　中央日報　1963 年 11 月 30 日　6 版

193. 孫如陵　序　子午線上　高雄　大業書店　1964 年 1 月　頁 1—2

194. 魏子雲　評《子午線上》　子午線上　高雄　大業書店　1964 年 1 月　頁
748—759

195. 魏子雲　評《子午線上》（上、下）　中央日報　1980 年 12 月 9—10 日
6 版

196. 魏子雲　評《子午線上》　偏愛與偏見　臺北　皇冠出版社　1980 年 12 月
頁 199—211

197. 史　君　趙滋蕃《子午線上》評析（上、下）　青年戰士報　1967 年 7 月
4，7 日　6 版

198. 蔡丹冶　讀趙滋蕃《子午線上》箚記一——讀法和看法　青年戰士報
1967 年 7 月 8 日　6 版

199. 蔡丹冶　趙滋蕃《子午線上》的人物簡記——讀《子午線上》箚記之二
（上、下）　青年戰士報　1967 年 7 月 10—11 日　6 版

200. 蔡丹冶　趙滋蕃《子午線上》內容提要——讀《子午線上》箚記之三
（上、下）　青年戰士報　1967 年 7 月 12—13 日　6 版

201. 牛　臂　趙滋蕃《子午線上》的思想透視（上、下）　青年戰士報　1967
年 7 月 14—15 日　6 版

202. 陳一山　從遺傳學觀點剖析金秋心的性格——兼論趙滋蕃《子午線上》的

象徵意義（1—4）　青年戰士報　1967 年 7 月 19—22 日　6 版

203. 周伯乃　趙滋蕃《子午線上》淺論（1—4）　青年戰士報　1967 年 7 月 24 —27 日　6 版

204. 嶽　峯　趙滋蕃《子午線上》的評論讀後　青年戰士報　1967 年 8 月 26 日 6 版

205. 王集叢　《子午線上》的存在與光輝（1—5）[9]　青年戰士報　1967 年 9 月 18—22 日　6 版

206. 王集叢　趙滋蕃的《子午線上》　王集叢自選集　臺北　黎明文化公司 1978 年 4 月　頁 261—276

207.〔編輯部〕　簡介《子午線上》　子午線上　臺北　長歌出版社　1976 年 2 月　〔1〕頁

208. 保　真　《子午線上》讀後——一部高水準的基督教文學作品[10]　全家福 臺北　文豪出版社　1979 年 3 月　頁 167—174

209. 保　真　《子午線上》讀後——一部高水準的基督教文學作品　子午線上 臺北　德華出版社　1980 年 10 月　頁 941—948

210. 保　真　《子午線上》讀後——一部高水準的基督教文學作品　歸心　臺 北　九歌出版社　1980 年 3 月　頁 222—229

211. 保　真　《子午線上》的基督教精神　中央日報　2004 年 4 月 8 日　17 版

212. 方念國　魔鬼的手術——陰暗的《子午線上》　民聲日報　1979 年 4 月 3 日　11 版

213.〔編輯部〕　簡介《子午線上》　子午線上　臺北　德華出版社　1980 年 10 月　〔2〕頁

《重生島》

214. 詹　悟　《重生島》研究　文訊雜誌　第 18 期　1985 年 6 月　頁 73—87

215. 詹　悟　趙滋蕃《重生島》研究　好書解讀　南投　南投縣文化局　1997

---

[9]本文後改篇名為〈趙滋蕃的《子午線上》〉。
[10]本文後改篇名為〈《子午線上》的基督教精神〉。

年 5 月　頁 13—37

《半上流社會》

216. 周伯乃　《半上流社會》讀後　青年戰士報　1969 年 8 月 9 日　7 版

217. 周伯乃　《半上流社會》讀後　情愛與文學　臺北　東大圖書公司　1984
年 8 月　頁 157—164

《海笑》

218. 左海倫　風暴的靈魂──評介《海笑》（上、下）　中央日報　1972 年 3
月 20—21 日　9 版

219. 蔣　藝　我讀趙滋蕃《海笑》　中華日報　1973 年 6 月 22 日　9 版

220. 孫　陵　評《海笑》　中央日報　1973 年 8 月 5 日　9 版

221. 李應命　《戰爭與和平》與趙滋蕃的《海笑》（上、中、下）　中央日報
1974 年 6 月 4—6 日　10 版

222. 周芬伶　又見《海笑》　臺灣日報　1980 年 7 月 8 日　12 版

223. 舒傳世　抗戰史詩《海笑》　臺灣日報　1982 年 2 月 12 日　8 版

◆多部作品

《飛碟征空》、《太空歷險》、《月亮上看地球》

224. 何笑梅　兒童文學與科幻小說──科幻小說〔《飛碟征空》、《太空歷
險》、《月亮上看地球》部分〕　臺灣文學史（下）　福州　海
峽文藝出版社　1993 年 1 月　頁 732—733

《半下流社會》、《子午線》

225. 張夢瑞　寫作跨越人間靈界子午線　民生報　2000 年 1 月 19 日　6 版

《半下流社會》、《蜜月》

226. 秦慧珠　五〇年代之反共小說──趙滋蕃　臺灣反共小說研究（一九四九
年至一九八九年）　中國文化大學中國文學系　博士論文　金榮
華教授指導　2000 年 4 月　頁 89—94

《子午線上》、《烽火一江山──王生明傳》

227. 秦慧珠　六〇年代之反共小說──趙滋蕃（二之二）　臺灣反共小說研究

（一九四九年至一九八九年）　中國文化大學中國文學系　博士論文　金榮華教授指導　2000 年 4 月　頁 170—173

《半上流社會》、《半下流社會》

228. 楊勝坤　從書中人酸秀才的遺囑「勿為死者流淚，請為生者悲哀」談生命哲學與現代人的窘困　半下流社會　臺北　瀛舟出版社　2002 年 2 月　頁 13—19

229. 彭　歌　頑強的大筆——為趙滋蕃遺作重新出版而寫　青年日報　2002 年 3 月 12 日　18 版

230. 彭　歌　頑強的大筆——為趙滋蕃遺作重新出版而寫　中央日報　2002 年 3 月 20 日　18 版

231. 彭　歌　頑強的大筆　重生島　臺北　瀛舟出版社　2002 年 8 月　頁 1—8

232. 保　真　趙滋蕃的兩本書　青年日報　2002 年 3 月 15 日　10 版

233. 保　真　趙滋蕃的兩本書　重生島　臺北　瀛舟出版社　2002 年 8 月　頁 13—14

234. 林秀玲　趙滋蕃小說代表作重出江湖——半上流與半下流之間　聯合報 2004 年 3 月 24 日　23 版

235. 陳國偉　難民潮的生活寫照——《半上流社會》、《半下流社會》　文訊雜誌　第 221 期　2004 年 3 月　頁 56

236. 黃冠翔　過客與難民——一九五〇至六〇年代臺灣作家的香港書寫——人性與社會之控訴——趙滋蕃的《半下流社會》與《半上流社會》異鄉情願——臺灣作家的香港書寫　臺北　獨立作家　2014 年 7 月　頁 47—53

《半下流社會》、《重生島》

237. 周芬伶　顫慄之歌——趙滋蕃小說《半下流社會》與《重生島》的流放主題與離散書寫　東海中文學報　第 18 期　2006 年 7 月　頁 197—216

238. 周芬伶　顫慄之歌——趙滋蕃小說《半下流社會》與《重生島》的流放主

題與離散書寫　芳香的祕教——性別、愛欲、自傳書寫論述　臺
北　城邦文化公司　2006 年 12 月　頁 187—217

239. 魏　艷　　另一個香港的《旋風》？——談趙滋蕃的兩部小說《半下流社
會》與《重生島》與香港 5、60 年代的難民文學　冷戰時期中港
臺文學與文化翻譯國際學術研討會　香港　嶺南大學人文學科研
究中心主辦　2015 年 3 月 6—7 日

單篇作品

240. 王牧之　　從自覺出發——〈慰消沉者〉讀後　中央日報　1973 年 7 月 18 日
10 版

241. 魏子雲　　論趙滋蕃作〈寒山其人其詩〉　中國詩　第 4 卷第 3 期　1973 年
9 月　頁 1—12

242. 編輯部　　焦點評論——〈三十年代文藝縱橫談〉及其延伸[11]　書評書目　第
91 期　1980 年 11 月　頁 69—79

243. 衣　魚　　〈三十年代文藝縱橫談〉及其延伸讀後　書評書目　第 92 期
1980 年 12 月　頁 20—28

作品評論目錄、索引

244. 〔封德屏主編〕　　趙滋蕃　臺灣現當代作家評論資料目錄（六）　臺南
國立臺灣文學館　2010 年 11 月　頁 4113—4122

---

[11]本文輯錄多位評者文章而成：尹雪曼、趙俊邁、楊孝榮、古正夫、黃菊、洪潔倫、戀倫、林富
松、平野、朱星鶴。

國家圖書館出版品預行編目資料

臺灣現當代作家研究資料彙編. 69, 趙滋蕃 / 趙衛民編
選. -- 初版. -- 臺南市：臺灣文學館, 2015.12
　　面；　　公分
ISBN 978-986-04-6392-7 (平裝)

1.趙滋蕃 2.傳記 3.文學評論

863.4　　　　　　　　　　　　　　104022632

【臺灣現當代作家研究資料彙編】69

趙滋蕃

發 行 人　陳益源
指導單位　文化部
出版單位　國立臺灣文學館
　　　　　地　　址／70041 臺南市中西區中正路 1 號
　　　　　電　　話／06-2217201　　　　　傳　　真／06-2218952
　　　　　網　　址／www.nmtl.gov.tw　　　電子信箱／pba@nmtl.gov.tw

總 策 畫　封德屏
顧　　問　林淇瀁　張恆豪　許俊雅　陳信元　陳義芝　須文蔚　應鳳凰
工作小組　白心瀞　呂欣茹　陳欣怡　陳映潔　陳鈺翔　莊淑婉　張傳欣
編　　選　趙衛民
責任編輯　汪黛姈
校　　對　汪黛姈　陳欣怡　陳映潔
計畫團隊　財團法人台灣文學發展基金會
美術設計　翁國鈞・不倒翁視覺創意
印　　刷　松霖彩色印刷事業有限公司

著作財產權人　國立臺灣文學館
　　　　　本書保留所有權利。欲利用本書全部或部分內容者，須徵求著作財產權人
　　　　　同意或書面授權。請洽國立臺灣文學館研究典藏組（電話：06-2217201）

經銷展售　國家書店松江門市（02-25180207）
　　　　　國立臺灣文學館—雪芙瑞文學咖啡坊（06-2214632）
　　　　　三民書局（02-23617511）　　　　五南文化廣場（04-22260330）
　　　　　台灣的店（02-23625799）　　　　府城舊冊店（06-2763093）
　　　　　南天書局（02-23620190）　　　　唐山出版社（02-23633072）
　　　　　草祭二手書店（06-2216872）

初版一刷　2015 年 12 月
定　　價　新臺幣 290 元整
　　　　　第一階段 15 冊新臺幣 5500 元整　第二階段 12 冊新臺幣 4500 元整
　　　　　第三階段 23 冊新臺幣 8500 元整　第四階段 14 冊新臺幣 5000 元整
　　　　　第五階段 16 冊新臺幣 6000 元整
　　　　　全套 80 冊新臺幣 24000 元整

GPN　1010402154（單本）　　ISBN　978-986-04-6392-7（單本）
　　　1010000407（套）　　　　　　　978-986-02-7266-6（套）

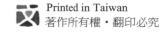